扬州市文艺创作引导资金项目作品

守家

美丽军嫂周忠燕的故事

孙克勤 著

江苏凤凰文艺出版社
JIANGSU PHOENIX LITERATURE AND ART PUBLISHING

图书在版编目（CIP）数据

守家：美丽军嫂周忠燕的故事 / 孙克勤著. 一南京：江苏凤凰文艺出版社，2023.1

ISBN 978－7－5594－6980－9

Ⅰ. ①守… Ⅱ. ①孙… Ⅲ. ①报告文学—中国—当代 Ⅳ. ①I25

中国版本图书馆 CIP 数据核字(2022)第 113759 号

守家：美丽军嫂周忠燕的故事

孙克勤 著

出 版 人 张在健
责任编辑 李珊珊
责任印制 刘 巍
出版发行 江苏凤凰文艺出版社
南京市中央路 165 号，邮编：210009
网 址 http://www.jswenyi.com
印 刷 苏州彩易达包装制品有限公司
开 本 880 毫米×1230 毫米 1/32
印 张 9.5
字 数 250 千字
版 次 2023 年 1 月第 1 版
印 次 2023 年 1 月第 1 次印刷
书 号 ISBN 978－7－5594－6980－9
定 价 56.00 元

目录

引子

你今天受的苦，吃的亏，担的责，扛的罪，忍的痛，到最后都会变成光，照亮你的路。

——泰戈尔

10 年前，年轻的军官丈夫胡永飞，在生死关头，伸出手奋力一推，把生的出路让给了战友，自己永远倒在了中印边境的雪域高原。上帝给周忠燕关上了一扇希望之门，她悲痛着、绝望着、孤独着、无助着。

10 年中，她与命运抗争，给自己凿出了一扇希望的窗，含着眼泪一路打拼，撑起家庭一片天，她渴望着、追求着、坚持着、顽强着。

10 年后的今天，本该备受呵护的她，传递爱、延伸爱、放大爱，向同样需要社会关爱的弱势人群，播撒春天般的温暖，她奔跑着、期许着、燃烧着、绽放着。

2019 年盛夏时节，首届“江苏最美退役军人”表彰大会在南京隆重举行，表彰仪式还特别设置致敬环节，推选活动组委会特邀最美军嫂周忠燕和“时代楷模”王仕花（王继才烈士的妻子），来到表彰大会现场，并给这两位烈士遗孀颁发了“特别致敬奖”，向她们致以崇高敬意。大屏幕上的颁奖词直抵人心：

一个是雪域边关的雄鹰

十年生死两茫茫
妻儿踏雪鉴丹心
一个是黄海孤岛的哨兵
一生守护一座岛
一生陪伴一个人
山有魂
山魂磅礴守边关
岛有韵
岛韵悠远护海岸

致敬——
最美军嫂　周忠燕
致敬——
时代楷模　王继才　王仕花

第一章

他奋力一推，把生的希望让给了战友

他没有能穿着妈妈做的千层底新布鞋，踏上解甲返乡的路，而是穿着这双布鞋，永远地行走在祖国西南大门的中印边境巡逻线上。

在具有2500多年历史、有着“中国运河第一城”美誉的古城扬州，西区杨柳青路上有一个普通的居民住宅小区“海德庄园”，周忠燕的家前几年从高邮搬到了这里。

周忠燕长期悉心保管的两个行李箱中，一直珍藏着那个令人心碎的故事。一套套叠得整整齐齐的军装，一本本按照时间段制作的相册，10来本大大小小的工作笔记和日记，各种获奖证书……在儿子胡博文一次次打开、翻看之后，这段尘封10年的凄惨、壮烈的场景又呈现在面前。

2009年6月25日傍晚，扬州高邮市天山镇北茶村中心组，在田间劳作了一天的村民们纷纷收工回家，家家户户的烟囱里冒出了缕缕炊烟。

西藏山南市错那县边防某团汽车队队长胡永飞的家里，突然来了两名军人，他们自我介绍说和胡永飞是战友，都在西藏高原某团当兵，正在盐城老家休假，抽空到胡永飞家里来看看，顺便接胡永飞的妻子周忠燕到部队去玩玩。有客自高原边防部队来，周忠燕十分惊喜，抱着刚16个月大的儿子跑进跑出，忙得不亦乐乎。

周忠燕热情地招呼着客人，兴奋地和他们谈西藏，说部队，叙家里，夸儿子，后来聊着聊着她感到不大对劲，战友大老远地来家里看望，胡永飞怎么也不事先打电话说一声？她感觉到他们的脸上都不轻松，心事重重。

她联想到前一天晚上，胡永飞就没有打电话和发短信来，她打了好多个电话，就是联系不上他。夜里 1 点钟左右，周忠燕打电话到镇上的好朋友吴敏家里，倾诉了她的担心。吴敏隔着话筒也能感觉到周忠燕的焦急和不安，因为吴敏也是一名军嫂，她的丈夫也在部队服役，她知道军人随时有紧急任务身不由己的时候，所以她当时就一个劲儿地安慰周忠燕，说肯定是胡永飞有紧急任务，不方便联系……

周忠燕想想，也有道理。这一夜，吴敏陪着周忠燕失眠了。同为军嫂，吴敏自然能够体会生活中太多的辛酸和不易，但吴敏和周忠燕还不一样，她生活在自己的家乡，有父母的守护，有亲戚朋友的帮助；而周忠燕是一个外来的媳妇，身边的老人和嗷嗷待哺的幼儿，都需要她一个人来照顾。两个好姐妹，躺在各家的床上，怀揣着不同的心思，辗转反侧，好不容易熬到天亮。

家里突然来了两个丈夫的战友，周忠燕的心里便有了一丝不安。拨打胡永飞的手机，不在服务区。她转念一想，会不会是出去执行任务还没有回来，西藏那边信号中断也是常有的事。前些天，周忠燕从胡永飞的电话中得知，最近部队比较忙，但是每天不管忙到什么时候，胡永飞总会对家中报个平安的。短信好像是储存在手机里的一句固定的话——“老婆，我回连队了，勿念。”

想到这，周忠燕赶紧跑到屋外去打丈夫的手机，打通了，但无人接听。她心想，他可能正忙着。过一会儿，周忠燕连续打了几次手机，都是无人接听。周忠燕有一种不祥的预感。她又跑出去拨打了丈夫所在部队的电话，战友们说，胡永飞在拉萨执行任务，其他什么也没有说。

“嫂子，你别打了，胡队长因公负伤了，目前正在医院救治，明天我们就陪你一起去看望他吧!”战友艰难地挤出了这几句话。

这时候，胡永飞的姨夫也过来了。“燕子，永飞部队的战友顺道过来看看我们，让我们去西藏谈一笔灯具生意。永飞因为执行任务受伤了，他不方便出面，那你就和我们一起去吧，正好去看看永飞，已经有几个月没有见到他了。”

第二天一早，周忠燕吻别襁褓中16个月大的儿子，怀着忐忑不安的心情，和胡永飞的舅舅、姨夫、堂哥、堂嫂一起，跟随着两名军人，从高邮赶到南京，乘飞机前往成都。同行的还有天山镇人民武装部、民政部门的两名干部。

年轻、单纯的周忠燕一直在想，老公估计伤得不轻，但愿老天爷能保佑他闯过这一关！在飞机上，她一直在默默祈祷。

到了成都，没有飞往拉萨的机票了，便改乘部队安排的汽车长途跋涉。周忠燕一行几经颠簸，来到了海拔4380米的西藏山南市错那县的边防某团，部队首长心情沉痛地向他们通报了事实的真相。周忠燕顿感山崩地裂，她的心一下子被掏空了。

胡永飞所在的部队，戍守着我国西南大门，守护着400多公里边境，和印度接壤，平均海拔4300多米。多年以来，中印两国都有部队驻守，站在我军的哨所上，便可看到印军的哨所，两军的哨所之间隔了一条河。放眼望去，山峦、雪原、冰川等系列长镜头，都在展示着错那荒凉贫瘠、寒冷缺氧的极端恶劣环境。

孤零零地镶嵌在雪山之巅绝壁上的拉则拉哨所，条件十分简陋，哨所官兵一直住在简易木房里，过着“夏住水帘洞，冬窝冰晶宫”的生活。“拉则拉”在藏语里就是“神仙住的地方”的意思。新建哨所，改善哨所官兵居住条件刻不容缓，拉运建材物资的重担就落在了时任团汽车队队长胡永飞的肩上。

2009年初夏，地处藏南的错那县还在雨季。6月24日，一连下了10多天的雨终于停了。作为连队官兵主心骨的胡永飞，一早起来看看天气，想着边境线上的拉则拉哨所修建还差最后一批建筑材料，前几天下雨耽误了运输，今天必须赶时间。他和连队指导员朱仁喜商量，一早便集合队伍，布置任务，明确分工，同时要求大家一定要谨慎驾驶，确保安全。

上午 8 时，11 辆满载沙石建材的军用卡车编好队伍，从团机关出发了。胡永飞所带的卡车行驶在最后，收尾压阵。这辆车上有胡永飞、驾驶员和副驾驶员 3 个人，胡永飞坐在靠右的车窗边。车身在不停地左摇右晃，胡永飞右胳膊也不停地碰撞着车门。只要出车，胡永飞肯定坐在最后一辆车上压阵。这是部队的一贯优良传统和作风，当干部就是要挑重担、尽责任。

团机关距离哨所修建地有 80 多公里，这个公里数如果在内地，根本就不起眼，而在雪域高原则是让人心里发怵的数字。这里都是沿着山体修筑的土路，有的地方道路很窄，窄到轮胎副胎常悬空在路边；常年积雪，土路边的积雪都高过车顶；沿山筑路，弯弯曲曲，复杂的地段十几公里就有 40 多个回头弯。因为地势险要，遭遇塌方、雪崩、泥石流是常有的事。

胡永飞率领的这支车队，如走钢丝般在环山公路上艰难地前行，11 辆军车上的每个人都瞪大了眼睛，死死盯着前方的路，小心翼翼。

时至中午，胡永飞指挥大家原地休整片刻，战士们取出随身携带的水壶、干粮，坐在路边喂饱肚子。

“这里道路异常复杂，预计要行驶 10 个小时才能到达，大家不要心急，一定要注意安全!”胡永飞给战士们交了一下底。

为了给大伙提提精神，胡永飞又亮开了嗓门：“还有几天就是党的生日了，我们要排大合唱，咱们现在再练两遍，也壮壮士气。”

“是谁带来远古的呼唤，是谁留下千年的祈盼，难道说还有无言的歌，还是那久久不能忘怀的眷恋。我看见一座座山一座座山川，一座座山川相连，呀啦索，那可是青藏高原……”

雄壮、浑厚的《青藏高原》，从 23 名年轻军人的胸腔里奔流出来，在山谷间久久回响……

车队像一条巨蟒，缓慢地游行在崎岖的山道上。下午 5 时 50 分，车队到达一个 30 度角的急转弯处，路很窄，边上即是悬崖。

按照预定的方案，车队停了下来，胡永飞下车，跑到车队的最前面。他站在拐角前，打着手势，喊着话，熟练地指挥前 10 辆车通过。随后，他回到了自己的车上。可车头刚刚通过，被雨水浸泡太久的路基突然塌方，车子随塌方翻下近 30 米深的悬崖，3 个人一起被抛到了车外。

此时，腿部已经受伤的胡永飞正在挣扎着往上爬，惊魂时刻，他突然看见不远处上方有一块被卡车带落的大石头，正向副驾驶员刘波身边滚来。千钧一发之际，眼疾手快的胡永飞来不及多想，他不顾伤痛，奋力将昏迷中的刘波掀开，自己却被滚石击中头部。这奋力一推，把战友推出了死亡线，胡永飞壮烈牺牲。

周忠燕失魂落魄。她拒绝了团里安排的招待所，独自住进胡永飞在连队的单人宿舍，她想和她亲爱的飞哥好好说说话。随手打开衣柜，都是整齐的衣物，闻着衣服上胡永飞的味道，周忠燕哭得撕心裂肺。

周忠燕对这间宿舍非常熟悉。简易的木架床上铺着洁白的床单，绿色的军被叠得像豆腐块似的，军被上摆放着一顶军帽，衣架上挂着两件军装，床头柜上还有一包没有抽完的香烟，书架上立着一张周忠燕怀抱儿子的照片，床底下整齐地摆放着一双皮鞋、一双迷彩胶鞋。所有的东西都整整齐齐地摆放在那里，似乎还在等待主人的归来。

靠近窗口的书桌上，有一只大西瓜。胡永飞对战士们讲过，这只西瓜是准备完成了这批运输任务后，回来和大家一起吃的……没有想到，这一只西瓜竟成了为丈夫准备的供品。

西瓜旁边的一只饭碗里，摆满了香烟。这几天，每一个进来的战士，都会在碗里放一支香烟。出事后，战友们每天都会把胡永飞的皮鞋擦得干干净净的，他们在期盼队长的归来。

在连队的食堂，战士们指着队长吃饭时坐的位置，对周忠燕说："嫂子，胡队长的位置我们永远都留着。"

胡永飞是高邮人，从小喜欢吃咸鸭蛋。因此，队里的食堂每年都会腌制咸鸭蛋。这次，鸭蛋刚腌下不久。战士们说，等咸鸭蛋好吃了，他们一定会送到胡队长牺牲的地方，让队长也尝一尝家乡的味道。

在汽车队，周忠燕所到之处，听到的都是战士们对丈夫的称赞。丈夫随和，没有架子，而且非常幽默，他的笑声时常会温暖枯燥的营房。

周忠燕在胡永飞的房间里转来转去，这里的每一件物品，她都无比怜爱，可她无法把整个房间都搬回老家去，于是她用相机将宿舍的每个角落、每件物品都一一拍照，以后自己可以随时看看照片。她说："将来等儿子长大了，也要经常让他看看，告诉他有一个多么伟大的爸爸。"

躺在胡永飞宿舍的单人床上，周忠燕的脑海里像放电影一样闪过和胡永飞相识、相恋、结婚、生子的一幕幕场景。这 4 年，她从一个单纯朴实的女孩，变成了雪域高原战士口中的"嫂子"，变成了一个军娃的妈妈。现在，爱人已离她而去，阴阳永隔。周忠燕悲从心生："老天爷啊，你太捉弄人了！"

周忠燕向部队提了一个要求，想到丈夫牺牲的地方去看看。部队领导告诉她，路很远，也很难走，但是她坚持要去，部队领导答应了她的要求，派出专人专车陪伴保护她。

经过长时间艰难跋涉，周忠燕来到了事故现场，那辆军用卡车还躺在山脚下的乱石丛中，车体已经摔得严重变形，两根洁白的哈达系在卡车旁边的竹竿上，随风飘荡。

周忠燕瘫坐在悬崖边，捶胸顿足，“永飞啊，你太不守信用啦，太不负责任啦，你说过几年就转业回老家，和我一起创业持家的，可你……”

周忠燕号啕大哭，她似乎要哭醒长眠于此的丈夫。脚下是丈夫倒下的地方，也许深情的泪多一滴，丈夫就少一分孤独……

满堂哀思行祭礼，军营悲泪别战友。在离营区400公里外的拉萨殡仪馆，周忠燕终于见到了胡永飞的遗体。周忠燕永远不会想到，她会在这里和心爱的丈夫见面。

见面已不是相聚，而是送别。

“这就是我朝思暮想的丈夫吗?”周忠燕真的不敢相信。胡永飞的左胳膊已经断了，头部被纱布裹得严严实实，根本看不清他的脸，躺在那里，冷冰冰的，再也不能跟自己说一句话。周忠燕当时想仔细辨别到底是不是丈夫，她就看着他的手指，因为丈夫的手指关节有点特别，心想一定是弄错了，躺在那里的人不是他……周忠燕的心一阵阵揪着痛，哭得呼天喊地，不能自已。

周忠燕抹着眼泪，拿出从胡永飞箱子里找出来的一双新布鞋，给丈夫穿上。这双千层底布鞋是胡永飞刚入伍时，妈妈给他做的，让他带到部队上换换脚，胡永飞却心疼妈妈那双手，不想让妈妈操劳，一直舍不得穿，已经存放在身边10多年了。周忠燕在心里默默对丈夫说：“穿上这双鞋，我带你回家看妈妈吧!”

胡永飞对周忠燕讲过，等他转业返乡时，他才会穿上这双布鞋，踏上老家门口的那条小路。当时讲这话时，胡永飞的眼神中充满了深情和期待。可如今，胡永飞没有能穿着这双千层底布鞋，踏上解甲返乡的路，而是穿着这双布鞋，永远地行走在祖国西南大门的中印边境巡逻线上。

2009年7月3日，西藏军区批准胡永飞为革命烈士。

人生，就像一张有去无回的单程车票，没有彩排，每一场都是现场直播。人生就是白驹过隙，如流星，但都会在某处永久停留。米兰·昆德拉说，“生命属于我们只有一次，时间不会为我们的欢笑和泪水停留。就像每一个繁花似锦的地方，总会有一些伤感的蝴蝶从那里飞过。”

第二章

行囊里的乡愁

“胡家大嫂子，快拿印戳来，你家儿子又从西藏部队寄钱来了！”邮递员的喊声，把左邻右舍的婶子大娘们都召集到胡家门口，大家纷纷投来羡慕的目光。

胡永飞走得太匆忙，一句话也没有留下。

在整理胡永飞的物品时，周忠燕看到了一本黑色塑料皮的日记，扉页上清秀的字体工工整整地写着四句话：

做人要实在，活得有精神，对友情真诚，对爱情忠贞。

周忠燕看完第一篇日记，心底就止不住生出无限怜惜。

1998 年 12 月 22 日

带着父母的嘱托，带着亲朋好友的祝福，我穿上了绿军装，来到了西藏的雪域高原。

一座座连绵不断的山川屹立在眼前，光秃秃的山体上没有一点绿色，给我们感觉就是凄凉。我们在机场被军车拉到了一个兵站，大伙开始有反应了，感觉头晕、呕吐、流鼻血，有的同志体质差一些，被拉到医院去救治了。

当时，我还算可以，就只是有些头晕，我没有多想，我相信自己，一切都会好起来的。在兵站调整适应了 3 天，我们被卡车拉到新兵营所在地。我们是早晨 5 点钟发车的，晚上 9 点钟才到新兵营。在路上，我呕吐了两次，整个人就像大病了一场，大伙儿都差不多。我们经过了海拔 5010 米的波拉山口，中午在团部兵站吃饭时，我们都吃不下，饭菜基本都是罐头，大家都没有胃口。

到达新兵营时，由于是晚上，大家都看不清楚怎么走，也不知道周围的环境怎么样，只知道弯道很急，一会儿上坡，一会儿下坡。我被分在新兵二连五班，晚上我们吃粥，吃完了也没有水洗碗，就用卫生纸擦一下。晚上要睡觉了，就在地上铺一些稻草，大家都睡在草铺上。

……

在梦中，周忠燕好多次看见胡永飞穿着威武的军装，手里拎着一只行李箱，脚上穿着妈妈亲手做的那双黑色面料的千层底布鞋，走在家门口的土路上，大声喊着“燕子”，向她微笑招手。

胡永飞有着浓浓的家乡情结，无论是在得意顺境，还是艰难低谷，他最为思念的便是家乡的父母亲人。他像一只飞翔在高原上的风筝，线绳的一端牢牢地系在家乡村头的老槐树上。

大运河由南至北蜿蜒流淌，在河湖相连、水网密布的里下河平原停顿了一下。小城高邮安卧在大运河边，傍水而生，也因河而兴，成为里下河西部的运河城市。

胡永飞，1978 年 11 月就出生在这片土地上的天山镇北茶村，这里以种水稻、小麦为主。他的家是一座老旧的平房，是 20 世纪 80 年代建造的，墙上有青砖、红砖，非常普通。在胡永飞的记忆里，母亲总是围着锅台转，时而挥动铲子，时而添把柴火。时间一分一秒过去，灶膛里的火焰上下跳跃着，发出“噼里啪啦”的声音。锅内的响动或急促、或和缓，守在一旁的小永飞默默听着，不消说话，只一个表情就足以明白发生的事情。这其实就是一个农村少年同生活进行的对话。

胡永飞的母亲胡翠莲，从小掉到水塘里，耳朵就聋了，后来又患上了精神分裂症，每天自言自语，时重时轻，长期服药，严重时生活也不能自理。胡永飞是个苦孩子，一次，幼小的胡永飞给自己烤衣服，不小心烤煳了一块，他便把自己的糖果给邻居，央求邻居帮他缝补一下。邻居帮他补好衣服，当然也谢绝了他的糖果。

胡永飞的小名叫小兵，家里的亲戚和邻居都是这样叫他的。或许是因为这个小名，为他长大后当兵埋下了伏笔。左右邻居都疼爱小永飞，主动关心照顾他。小时候的永飞，最强烈的感受就是饿，饿！家里不能按时按点吃饭，小永飞在村里邻家玩耍时，别人家开饭了，哪怕是粗茶淡饭，也会散发出诱人的香味，让望嘴的小永飞口里生津，且汩汩翻腾，无法抑制。这时邻家主人总是心地一软，盛一碗饭给望嘴的小永飞，小永飞毫不客气地接过饭碗，狼吞虎咽一番。在疼爱他的乡邻面前，先于生理本能的饥饿，小永飞可怜的矜持与自尊被击得粉碎。

那时候家里没有冰箱，卖冰棒的叔叔骑着自行车，用木块敲打着后座上的木箱，每次吆喝着经过村里，不管小永飞在玩什么，都会立马跑过去，不是每次都有钱买，尽管冰棒只要一毛钱一支。村里来了货郎担子，只要听到叫卖声，小永飞就会迅速闪出来，跟着货郎担子走出很远，因为担子上有烧饼、麻球。小永飞当然买不起，他只是跟在担子后面闻闻那股香味。

他们家的炊烟顺着烟囱冲出房顶，懒洋洋地飘着。胡永飞的爸爸总会说："谁家也少不了烟火气！"生活的酸甜苦辣，在淡淡炊烟中飘飘袅袅，成为日子的画卷。

在村庄里，房子和庭院是一户人家的脸面，而乡亲们常说的"人烟"则是一户人家的精气神，也就是炊烟，这是家家户户的魂，是村庄的魂。

胡永飞懂事早，知道自己是吃"百家饭"长大的。儿时的经历，在胡永飞幼小的心灵里打下了烙印，也激励着他一定要好好读书，报答乡亲，报效国家。少年时，他一心想着的事，就是有一天乘上大巴车，离开这个还不算富裕的村落，到外面闯一番事业。

穷人的孩子早当家。作为家中独子的胡永飞并不自卑，热情大方地与亲戚邻居相处，对父母一直非常孝顺，尤其对妈妈特别关心，帮她洗衣服、打洗澡水、穿衣服、梳头、做饭，带她到城里镇上去逛。

学校放学的时候，胡永飞和村里的孩子总喜欢沿着河边走，不停地朝水面张望，希望自己能碰见鱼啊虾的。一天，胡永飞在一条小河沟里逮到了一条大黑鱼，足足有两斤重，他抱着黑鱼一蹦一跳地跑回家，想着晚上可以好好地美餐一顿，口水就情不自禁地流了下来。

看着养在脸盆里的黑鱼，收工回家的父亲犹豫了片刻，还是郑重地给儿子讲述了高邮湖西胡氏宗亲有不吃黑鱼的祖训，传说因为先祖替皇上运粮，有一次卸粮以后，发现船底有一个洞。惊喜的是洞竟被一条黑鱼用尾巴严密塞住，使皇粮无损，于是先祖教育子孙，不吃黑鱼，以报其恩。

第一次听说这个祖训的胡永飞，禁不住竖起了大拇指。他咽了两下口水，高高兴兴地把大黑鱼放进了附近的河塘里。

胡永飞的父亲原先办过一个小工厂，因为他没有什么文化，竞争不过人家，工厂倒闭了，还欠了一屁股的债。后来，他的父亲只好在镇上一家灯具厂当工人，在厂里负责安全生产和机械维修。一家人就靠父亲打工挣来的钱维持家用还要给妈妈买药治病，日子过得紧巴巴的，常年听不到笑声。

胡永飞看过路遥的小说《平凡的世界》，里面有一个主人公叫孙少平。对孙少平来说，在学校里吃饭是一种煎熬，因为学校食堂的蒸笼分三六九等，有白面馍，有窝窝头，而他唯一吃得起的是最末等的黑高粱团子。他总是等所有人吃完，才悄悄走进食堂，躲在无人的角落里啃黑高粱团子。胡永飞觉得，自己就像那个孙少平。

胡永飞在家里是一个听话懂事的孩子，在学校里是一个勤奋好学的学生。他的学习成绩一直很好，但高考的时候偏偏落榜了，老师和同学们都替他惋惜，劝他复读一年，来年再考。他含着泪，摇摇头："看我家这个条件，怎么能再花父母的钱继续读书呢？"

于是，他在 1998 年底选择了当兵，而且毫不犹豫地走上了西藏高原的军旅路。离开家乡的前一天，他穿着没有领章帽徽的新军装，走进村庄里的每一户农家，致谢告别，拜托左邻右舍多照顾妈妈。

黄昏，炊烟飘在村庄的上空，月亮慢慢地从树梢的那一边爬上来。晚上，听着不远处传来的狗叫声，看着村庄里星星灯火，闻着麦田里泥土的气息，胡永飞独自在家门口的田埂上走了好几个来回。村庄笼罩在无边的寂静里，夜晚的梦沾了雨滴，变得连绵而悠长。初冬的晚风寒意已浓，他反复做着深呼吸，仿佛要把家乡的氧气吸个饱，然后底气十足地走上西藏高原。

胡永飞是一个有追求、有行动、有情怀的热血青年，在他入伍第三年，他坐在解放军蚌埠车管学院的课堂里，写下过这样一篇日记：

2001 年 10 月 25 日

选择这绿色的军营，我无怨无悔。从小学到中学，我一路都在奔跑，虽然我没有和其他同学一样奔跑到大学，奔跑进公司，但我却跑进了这绿色的军营。

也许你奔跑了一生，也没有达到彼岸；也许你奔跑了一生，也没有登上峰顶。不必太在意奔跑的结局如何，奔跑了，就问心无愧，奔跑了，就是成功的人生。只要你奔跑，路就会在你脚下延伸，智慧得到充分发挥，人的生命就会更新。只要我有一颗积极向上、开拓创新、与时俱进的心，在我生命的最后一刻，我都会努力把它发挥得淋漓尽致。

……

“每向前奔跑一次，就距离梦想近一点。”在胡永飞看来，奔跑是军旅生活最好的姿态。

胡永飞一直在绿色军营里奋力地奔跑着，眼睛一直瞄着前方，但他始终没有忘记来时的路，惦记牵挂着高邮湖畔的那个小村庄。胡永飞每次休假回来，都喜欢到村里各家各户去串串门，跟大伯大妈们拉拉家常，如果听说哪一家生活上有啥子难处，他就会随即掏出二三百元，塞到人家手里。村里有一个中年妇女，患有心脏病，胡永飞每次回来，都要塞给她一些钱。他还会从部队驻地买回不少贝母等藏药，分给需要的乡亲。

胡永飞有一副热心肠，待人能把人焐热，干事能把事干好。2008年汶川大地震，胡永飞一下子就捐出了5000元，那可是他整整一个月的工资啊！在汽车队，哪个战士家里遇到了困难，他都会慷慨解囊；哪个官兵家庭产生了矛盾，胡永飞总是耐着性子听官兵家属打电话倾诉，有时甚至长达一个多小时，他也不会先挂电话。

有一次休假在家时，有一个同学小两口子闹矛盾，电话打到胡永飞这里，胡永飞认真听完事情缘由，发现都是一些鸡毛蒜皮，他诚恳地奉劝男同学，要大度一些，“家不是讲理的地方，是讲爱的地方”。周忠燕在一旁看了一下时间，通话将近两个小时。

他总是这样教育手下的兵，“家属在家里不容易，我们常年不在家，一定要处理好工作与家庭的关系，不是什么原则性的问题，就让家属说了算，她们就是我们的领导。处理好这个关系，有很多学问和方法，要用心去爱你的心上人。西南地区用‘耙耳朵’来形容男人怕老婆。其实，没有怕老婆的男人，只有尊重老婆的男人”。

“我是在水乡长大的，耳目之所接，无非是水，水影响了我的性格，也塑造了我为人处世的风格。”胡永飞时常对身边的战友这样说。

每次休假归队前，胡永飞总会跑东家走西家，收集各种各样的菜种，带到高原部队去，他梦想着播绿雪域，丰富官兵的菜篮子，也能在遥远的他乡吃到家乡鲜美的味道。

村里人都说，胡永飞的妈妈胡翠莲是一个苦命的女人。从小过继到别人家，一直缺少家庭的温暖。她没有多少文化，也没有什么大的追求，对幸福也讲不出确切的概念，她最大的愿望就是一家人能够健康，唯一的儿子能够有出息、孝顺她。

胡永飞每次回家，带着妈妈上街买东西，听到有人夸她有一个好儿子，她的脸上就洋溢着灿烂的笑容。为了照顾患病的母亲，胡永飞经常晚上抱上一床被子，陪伴妈妈睡觉。听到妈妈发出均匀的呼吸声，他才闭上眼睛进入梦乡。

又要离开家回部队了，妈妈哭成了泪人，怎么劝都不行。临睡前，爸爸照例又问了句："明早几点叫早？"胡永飞本想说，不用了，我已当兵好几年了，生物钟已校得准准的，哪还用再叫早？但他没有拒绝，说："5点钟吧！"胡永飞躺在床上，一会儿又担心起妈妈来，刚刚团圆没几天，她煮的半锅茶叶蛋还没有吃完，就要走了，妈妈今后的日子怎么办？想着想着，迷迷糊糊睡着了。

第二天一大早，还真是爸爸叫醒了胡永飞，家里的床睡觉也香。当胡永飞推门要迎爸爸进房间时，他已转身向大门外走去，门前的土路上留下他长长的背影。

胡永飞深情凝望的目光，跟着爸爸走了好远好远。

母亲胡翠莲骄傲地告诉别人，儿子给她买衣服、买金项链了，还带她到高邮和扬州市区去玩，开心得像个孩子似的。家门口菜地里种下这个菜、那个苗，胡翠莲也会对邻居讲，这个菜是等儿子下次回来时吃的，这个鸡是等儿子回来时杀的。等胡永飞真的回来了，胡翠莲又说鸡要生蛋的。胡永飞每次都只是笑笑。

胡翠莲虽然脑筋时好时坏，但一直惦记着儿子。胡永飞一年也回不来一次，胡翠莲头脑清醒时，便把对儿子的思念，一针一线纳进一只只千层底中。她说："小兵在西藏高原守边防，整天穿皮靴、胶鞋，那个肯定没布鞋舒服，让他换布鞋穿穿，给脚放松一下。小兵如果穿不了，还可以给他的战友穿穿。”

夏天，胡翠莲就把家里没有用完的零碎布条抹上浆，然后贴在门板上晒干，再对着儿子42码的鞋底画样，照着画样剪出鞋底的形状和大小，然后一层一层把样布叠起来。冬天，胡翠莲会静静地坐在暖阳下，不急不忙地用细细的麻线纳鞋底，纳进一针，她就用右手中指上戴着的铜圈圈使劲顶一下针头，让针头顺利地穿过厚厚的千层底。夜晚外面寒冷，胡翠莲坐在被窝里重复着这样的动作，不知疲倦，循环往复。

每每纳完一只千层底，她就会得意地欣赏一阵子自己的杰作，露出会心一笑，然后把完工的千层底妥妥地放进床头那只红色木箱里。胡翠莲在想，趁着自己还没有老，多纳一些千层底存放着，以后再做成布鞋，给在高原上的儿子小兵慢慢穿，让儿子永远能穿得上妈妈亲手做的千层底布鞋。

“这是给小兵穿的。”无论哪个旁人向胡翠莲索要鞋底，她都不肯给。胡永飞听了之后，暖到心底，他搂着妈妈说：“妈，等我以后转业返乡，一定天天穿着您亲手做的布鞋！”

胡永飞经常给家里寄钱，只要有来自西藏军营的汇款单，邮递员都会亲自跑一趟，把汇款单送到胡家门口。邮递员刚进村口就会摇响车铃，用他那悠长的音调喊：“胡家大嫂子，快拿印戳来，你家儿子又从部队寄钱来啦！”

邮递员的喊声，把左邻右舍的婶子大娘们都召集到胡家门口。大家凑热闹，看看这次又寄了多少钱，问胡妈妈收到这么多钱都派啥用场。每每这时，在老姊妹们的一片羡慕声中，胡翠莲布满皱纹的脸上，都会绽开灿烂的笑容。

这个普通的家庭，也因为有了来自远方军营的一张张汇款单，日渐快乐起来。

守卫在祖国西南边陲的胡永飞，经常哼唱《飘向北方》这首歌，喜欢这首歌的歌词，因为歌词是他心境的写照。

梦想的旅途
我背井离乡
肩上扛的行囊
装着对未来的梦想
……
每逢过节的时候
少不了对父母的那份思念
不能回家
因为自己的梦想还没有实现
……

“妈妈，我是您的儿子啊！”尽管胡翠莲的耳朵不太好，有时大脑也不清楚，但胡永飞一有空就会给母亲打电话，胡永飞在电话里讲得眉飞色舞，妈妈在另一端只是憨憨地笑，聊上一阵子，尽管有些词不达意，但有时也会说“多穿点衣服”这样暖心的话，胡永飞就很满足了，他就是想听听母亲的声音。别人关心的是他飞得有多高，而妈妈牵挂的是他飞得累不累。

扬州有句谚语，说是“儿不嫌娘丑，狗不嫌家寒”。的确如此。儿是娘身上掉下来的一块肉啊，本就是一体。

儿行千里母担忧，母在家中儿更愁。无论胡永飞在什么工作岗位上，妈妈都是他心中最大的牵挂。在胡永飞当兵满 4 年，还是一名军校学员时，一天夜里，他做了一个梦，梦到妈妈一个人跑到西藏的部队来找他，因为妈妈在老家受了别人的欺侮。到了胡永飞身边她就特别地安静，胡永飞劝妈妈回去，可妈妈就是不肯，她就要和儿子一起生活，保证不给儿子添麻烦，她一个人在外面买点吃的，然后回到营区宿舍就安静地睡觉……

胡永飞醒了，这只是一个梦。这个梦的具体细节，被胡永飞如实地记在了日记本里，这页纸上，能明显看出有几滴泪水浸湿过的痕迹。

胡永飞流泪了。甘蔗没有两头甜，穿上了军装就顾不了家，管不了妈。

离家 5 个年头了，回家探亲与父母团圆，与亲戚走动，与同学欢聚，一切都变得那么令人期待！2004 年春节，胡永飞从西藏高原兴冲冲地回到老家过春节。他看见妈妈的身体大不如以前了，头脑时而清醒时而糊涂，做事情丢三落四，讲话有时也语无伦次。

看到妈妈的现状，胡永飞心里不是个滋味，十分难过，他很心疼妈妈。晚上，爸爸从工厂下班回来了，他便埋怨爸爸没有带妈妈去看病。

“我在外面累了一天，经常回到家都是冷锅冷灶的，家里没有炊烟，这还叫家吗？这个日子我也过够了。”平时积压在爸爸心里的烦恼和怨气，被胡永飞一根火柴给点燃了。正在厨房做饭的爸爸，顺手举起锅铲，就往地上砸。

“儿子，我在人家厂里打工挣钱，要养这个家，要负担你妈的看病买药，你妈是一直在吃药，可时好时坏，没法根治了！”老实巴交的爸爸，一屁股坐在门槛上，两只手捂着脸，委屈地哭了。

过了几分钟，爸爸又接着说：“不过，你妈头脑清醒的时候，也是蛮好的，她看到天要下雨了，还拿着雨衣给我送到厂里去，她自己又冒着雨走回家。”胡永飞听了，心里像打翻了五味瓶。父亲撑着这个家，也是挺不容易的，里里外外都他一个人，没有人理解他心中的苦啊！

第二天，胡永飞领着妈妈，到医院看了医生，配了不少药。回来时，又背了一个新的铁锅回家。

有多少父子，就有多少故事。回到部队之后，这件事一直堵在胡永飞的心口，他觉得对不起爸爸。父子之间的情感，往往当面难以表达，有些话总是说不出口。于是，胡永飞专门给爸爸写了一封信劝慰爸爸，充分肯定了爸爸打工挣钱、撑门当家、照顾妈妈的辛苦和不易。

胡永飞还摘抄了扬州籍著名散文家朱自清先生《背影》的优美段落，夹放在信中。

……

我说道："爸爸，你走吧。"他往车外看了看，说："我买几个橘子去。你就在此地，不要走动。"我看那边月台的栅栏外有几个卖东西的等着顾客。走到那边月台，须穿过铁道，须跳下去又爬上去。父亲是一个胖子，走过去自然要费事些。我本来要去的，他不肯，只好让他去。我看见他戴着黑布小帽，穿着黑布大褂，深青布棉袍，蹒跚地走到铁道边，慢慢探身下去，尚不太难。可是他穿过铁道，要爬上那边月台，就不容易了。他用两手攀着上面，两脚再向上缩；他肥胖的身子向左微倾，显示努力的样子。这时我看见他的背影，我的泪很快地流下来了。我赶紧拭干了泪，怕他看见，也怕别人看见。我再向外看时，他已抱了朱红的橘子往回走了。过铁道时，他先将橘子散放在地上，自己慢慢爬下，再抱起橘子走。到这边时，我赶紧去搀他。他和我走到车上，将橘子一股脑儿放在我的皮大衣上。于是扑扑衣上的泥土，心里很轻松似的，过一会说："我走了，到那边来信！"我望着他走出去。他走了几步，回过头看见我，说："进去吧，里边没人。"等他的背影混入来来往往的人里，再找不着了，我便进来坐下，我的眼泪又来了。

……

给爸爸写信、寄信的同时，胡永飞在日记本上又写下了这样一段话：回望行板如歌的风月，我也是奔向而立的人了，但愿此生能不负父母的期望，也给后辈一个交代。

当周忠燕在老屋里翻看到这封信的时候，内心百感交集，这父子两人早已不在人世，但他们的对话仿佛就发生在昨天，他们的音容笑貌也好像就在眼前。男人这辈子，做儿子，做哥哥，做男朋友，做老公，做爸爸，或许做儿子最容易，可做得最不好的，恐怕就是儿子这个角色。

唉，每个人生活得都不容易啊！周忠燕对胡永飞、对这首小诗更懂更理解了。

行囊里的乡愁啊
从不流露一丝愁绪
哦，那是人在军营身不由己
早已把思念与牵挂深深地隐藏在了心底
以微笑面对从军路上的沟沟坎坎风风雨雨

我行囊里的乡愁啊
装着多少故乡的亲情，装着多少失眠的梦
也装着柔情的月亮、调皮的星星
每时每刻无不抚慰我孤寂的心灵
唯独装不下的，是一滴忧伤的泪水
那是我已经把泪水融进了汗水的流淌
泪水与汗水浇灌着军旅路上的精彩人生
……

这些平缓得甚至没有推动和结尾的人生故事，却成为关于故乡和乡愁的最好注脚。

第三章

她领取了“军营绿卡”，成了汽车队的“编外战士”

他们“领了结婚证谈恋爱”，也没有去哪里旅行，她踏实在边防部队住了3个月，成了汽车队的“编外战士”，能够叫得出连队所有战士的名字。

高邮是中国两千多个县市中名中唯一有“邮”字的，这里有中国保存最完整的古代驿站原貌遗存。高邮这座城，千年以来，她的古韵一直在运河中流淌。胡永飞总认为，如果说大运河是一条串联沿线诸多城市水土和文脉的项链，那么高邮就是项链上闪亮的宝石。离开家乡越久，高邮在胡永飞的心里也越发真实而清晰。高邮是胡永飞魂牵梦绕的家乡。

英年早逝，31 岁、1 米 78 身躯的胡永飞，倒在了远离家乡的雪域高原。英魂浓缩在一只枣红色小木盒里，周忠燕捧着比雪山还沉的骨灰盒，失魂落魄地回到高邮。胡家门口那条窄窄的土路让周忠燕感到无比漫长。

小路上，一个亲戚抱着小博文在等候。已经十来天没有见到妈妈的孩子，两只小手拼命朝妈妈这里指着拽着，哭喊着“妈妈，要妈妈”。周忠燕没法抱儿子，她喃喃地对儿子说：“我最爱的亲人，你的爸爸，你的大山，我们的唯一，他没了！我手里抱的是你爸爸的骨灰盒，爸爸回不来了，我把你的爸爸弄丢了，对不起，对不起！”小博文哭得很伤心，可他并不知道眼前所发生的这一切。

看着怀抱骨灰盒的周忠燕和不停哭闹的小博文，围聚在门口的亲戚和邻居们都很难过，大家小声地哀叹，“让孩子哭吧，哭哭他的爸爸!”“小兵怎么就丢了，抛下他妈妈也不管了。”“唉，这个家以后可怎么办啊?”……

胡永飞回到家乡了，可是却在另一个世界。胡永飞的骨灰盒安放在高邮烈士陵园，英雄永远在这里安息了。民间一直有叶落归根的说法，可胡永飞这片正青翠绽放的“绿叶”，凋零得也太早了，让人心生遗憾。

此刻，泪眼红肿的周忠燕，心灵和情感却无处安放，她的内心空荡荡的。一连几天，周忠燕恍惚地来到高邮湖大堤上，心事重重地走着想着，她感到自己就像浮萍，漫无目的地在浩渺的高邮湖上漂荡，突然没有了着落。

那时，周忠燕才 28 岁啊，正是一个女子青春美好的年华，人生才刚刚起步。仅仅 10 多天时间，周忠燕瘦得已不成人形，头顶上一下子冒出了许多白丝。

回到家里，一幅凄惨的景象更是让周忠燕心碎。本就患有精神疾病的婆婆，无法承受失子之痛，病情急剧加重，一会儿傻说傻笑，一会儿哭天骂地；母亲抱着 16 个月大的外孙，一个劲儿地埋怨老天爷的不公，不停地抹着眼泪；怀里的儿子不停地哭着，嗷嗷待哺；父亲精神呆滞，坐在门槛上，把头埋在两手膝盖中间，一言不发……家里冷锅冷灶，烟火气全没了，一切都乱了套。

周忠燕失魂落魄，两眼空洞，吃不下，喝不下，痛苦到无法呼吸。亲戚们看到她这个样子，也没有办法，便把儿子抱给她。看着可怜可爱的儿子，她心里通透了一些，不管怎么样，为了儿子，自己也要挺过去啊！一岁多的儿子端着塑料碗里的面条，摇摇晃晃走到周忠燕身边，还不会用筷子的儿子，用小手敲了半天，好不容易抓起几根面条，喂到妈妈的嘴边，周忠燕含着眼泪吞了下去。周忠燕抱着儿子的头，埋进自己怀中，放声大哭，泪水倾泻而下。大家看到这个场景，都十分难过。

如果说，周忠燕原来的军嫂生活也清贫艰苦，但她心中有希望，有盼头，忙碌一天下来，晚上至少能和远在西藏的丈夫胡永飞通个电话发个信息，或在QQ上聊上几句，疲劳和怨言顿时就全消了。胡永飞总会给她描绘一个美好的未来，她心甘情愿、踏踏实实地照顾这个家。可现在，这一切戛然而止，周忠燕感到自己内心一下子全被掏空了，像一具躯壳。

在胡永飞牺牲前，周忠燕一直拥有甜美温情的笑容，四川女子的直爽，热情奔放的性格，敢想敢做的胆识，丰满可见的理想，也与众多的年轻军嫂一样，总是喜欢把与兵哥哥的爱情想象得那么美好单纯，享受着浪漫而简单的爱情，过日子的柴米油盐并没有被她放在眼里。可这些快乐时光，走得太匆匆，被一个急刹车一下子踩断了。

1981年11月27日，周忠燕出生在著名的花灯之乡四川自贡，她是家里的独生女，从小就被父母视为掌上明珠，宠爱有加。她走到哪，"咯咯咯"的欢笑、清脆脆的话音就带到哪，似屋檐下飞来飞去的燕子。初中毕业后，周忠燕以优异成绩考上了内江市宏大中学校，已经收到高中录取通知书的她，内心斗争挣扎了几天之后，把通知书悄悄藏了起来，然后选择上了自贡的农业广播电视学校，她想早点参加工作，为家里减轻经济负担。中专毕业后，父母留不住她，她独自来到离家200多公里的成都双流机场附近的一个会议中心做主管。她就像一只勇敢的小燕子，早早地飞离了温暖的窝巢。

"真正的男儿，你选择了军旅；痴心的女儿，我才苦苦相依。世上有那样多的人，离不开你，我骄傲，我是军人的妻……"自从认识胡永飞，周忠燕已经记不清听了多少遍这首歌曲。每一次，她都会回忆起和胡永飞相识、相爱、相望、相守的一幕幕……

2004年春天，23岁的周忠燕经过同事的介绍，认识了在西藏山南市错那县部队当汽车队干部的胡永飞。说是认识，其实也就是从同事的同学口中，了解了一些有关胡永飞的大致情况，相互间留了一个电话号码。

那时候，周忠燕还没有手机，胡永飞要打电话找她，只能先打到她单位总机，然后转分机，有时转着转着就掉线了。为了方便和胡永飞联系，周忠燕把每月几百元的工资，一部分寄回家，一部分存起来买手机，每个月给自己留 50 元的零花钱。存了几个月，她买了一部 1000 多元的摩托罗拉手机。有了这个心爱之物，再也不用担心飞哥找不到她了。

胡永飞曾担心，自己无法给周忠燕富裕稳定的生活。周忠燕却说，自己从小就喜欢军人身上的阳刚与担当。胡永飞说，可能今后陪她的时间不多。周忠燕笑了，说："那咱俩就先试试呗!"

一场军恋，童话般展开了。

因为离得太远，一时无法见面，胡永飞几乎每天晚上都要给周忠燕打电话，有时偶尔没有打电话，周忠燕倒是感到不习惯了，心里就会觉得空空的，像少了什么东西。他们成了无话不说的朋友，谈人生，谈梦想，互相鼓励支持。更多的时候，是胡永飞在说，周忠燕在听。他说，你知道西藏的藏獒吗？一种体形较大性格凶猛的犬，性格刚毅，力大勇猛，它是看护羊羔的，它能干掉 10 只狼。它在冰雪中入睡，牙齿特别长，耳朵也很长，都耷到嘴下面了。

"我说两句藏语给你听听吧，金珠玛米，亚古都!"胡永飞讲的藏语，周忠燕听不懂，问他是什么意思？

"就是解放军叔叔好！再说一句'阿佳'，就是对结过婚的女子的称呼。"周忠燕"哦哦"在响应着，继续竖着耳朵听胡永飞如数家珍。

"我们营房后面的山上还能挖到当归，你知道虫草长得什么样子吗？兼有虫和草的外形，非虫非草，是名贵中药材，我们 3 到 5 元就能买到一根了。藏鸡特别贵也很小，一只 2 斤不到……"西藏太神奇了，在胡永飞的嘴里，好像有说不完的话题。

这家伙，肚子里的知识点还真不少，挺有趣的。周忠燕的心里这样想着。

可时间一长，周忠燕感觉这段军恋像连着线的风筝，虽然线一直牵在手里，却因为难得见面，仿佛似有似无……

胡永飞让周忠燕寄一张照片给他，于是，周忠燕写出了第一封信，信纸裹着照片，飞到了雪山之巅军营的胡永飞手中。在这第一封信中，周忠燕这样写道：

> 我在想象你的模样，很高大，有点偏瘦，满脸的痘痘，大男子主义重，嘴里脏话多，讲的话百分之八十是加水的。这是我自己描绘的胡永飞，纯属虚构。现实中的你，应该是高大、英俊、帅气的男孩，有修养、有文化、有气质、有魄力、有家庭责任感，很有男人味的男人，不要让我失望哦！
>
> 你长得不要太帅了，我怕我有想法；也不要太丑了，我怕我会晕倒……

“哇，这个四川女孩还挺好看的，一张圆圆的娃娃脸，一双会说话的大眼睛，好看好看，没得话说。”胡永飞收到信，首先盯着照片看了好一阵子。

手捧姑娘的照片，反复品读很有味道的情书，胡永飞的脸上乐开了花，他对这位未曾见面的漂亮女孩满心欢喜，被她俏皮、风趣、幽默、纯真的文字逗乐了。

不知什么原因，胡永飞一直没有回寄他的照片，周忠燕只是根据胡永飞在电话中的描述，勾勒着他的模样。周忠燕充满了好奇，他究竟长得什么样子呢？或许是由于部队工作性质需要保密的原因吧，胡永飞平时在电话里很少讲工作上的事情，周忠燕只知道他在西藏部队工作，具体做什么事情她也不清楚。电话粥煲了有半年，这对有情人总算第一次见面了。

2004年底，胡永飞休探亲假，从西藏回江苏老家高邮，当时青藏铁路还没有通车，要从成都转车，这也正遂两人心意，于是，他们约好就在成都见第一次面。

头一天晚上，周忠燕问同宿舍的几个好姐妹："我明天和他见面，穿什么衣服好啦？你们帮我参谋一下。"

陈小燕说："穿我们上次买的那件橙色的棉袄吧，搭上丝巾，挺好看的。"

"我把我的小包借给你吧，和这件衣服很搭配。"何艳围上来，热情地说道。

陈小燕两只手比画了一下："明天我再给你化个淡妆，把头发也给你弄一弄，完美，让可爱的兵哥哥惊呆！"

"燕姐，我这里还有一个胸针，明天也戴上。"张碧岚补充道。

宿舍里就这么热闹着，围着周忠燕七嘴八舌，嘻嘻哈哈的笑声一阵阵飘出窗外。

在电话中，他们已是相当熟悉、无话不谈的恋人，可真的要见面，周忠燕还是很害羞，甚至有些紧张，怀里像揣了只小兔子，一上一下的。她就拉上何艳，一起去赴约。他们之前就商量好了，把第一次见面安排在胡永飞生日这一天，这样显得更有纪念意义。

这天，周忠燕到蛋糕店订了一个生日蛋糕，专门请师傅在蛋糕上用奶油挤上"祝飞哥生日快乐！"几个字，胡永飞从水果店选购了一些女孩子喜欢吃的各种水果。他们以这种传统的方式，在一家小饭馆里相见。

胡永飞挑了一只橘子，把皮剥光，把筋撕净，递到周忠燕手上。周忠燕当时就觉得这个男人挺细心，挺会照顾人的。

"飞哥，你许个心愿吧！"周忠燕点上生日蜡烛，含情脉脉地对胡永飞说。

“嗯，我的心愿就是你的期待。”胡永飞颇有嚼头的一句话，直穿周忠燕的心底，几片红霞瞬间飘到周忠燕的脸上。

“燕子，你把眼睛闭上，我送你一个礼物。”

周忠燕听话地闭上眼睛，只感到胡永飞把一个很小很小的物件放在她的左手掌心，好像是金属件，有丝丝凉意。周忠燕睁开眼睛，十分惊喜：“是戒指!”

“哈哈，这是我今天在街上买裤子时，人家店里送的，不值钱，给你玩玩的。”胡永飞解释道。在胡永飞眼中，这枚质地坚硬的戒指代表着自己的爱，不变形、不褪色。

周忠燕高兴地把戒指试戴在左手无名指上，不大不小，正好。她很喜欢，感觉像戴了一克拉的钻戒。

“等我以后有条件了，一定给你买一个真正‘鸽子蛋’那么大的钻戒。”胡永飞搓着双手，腼腆地补充道。

“你把我当成什么人啦，我又不稀罕‘鸽子蛋’，就这个就挺好的，我喜欢。”周忠燕笑着说道，很是善解人意。

在成都的时间飞快流逝，胡永飞心想：第一次和女朋友正式见面，也不宜停留太久。他还计划回老家看望陪伴爸妈，第二天他就恋恋不舍地乘火车离开了成都。

胡永飞品味着初恋的甜蜜，背着行囊、哼着小曲，回到高邮。回家的行囊中多了两样东西：一是越发浓烈的乡情；二是不断涵养的诗意。对一个长年驻守高原边防的人来说，在他行走的旅程上，一定会把家乡永远装在行囊里，就像汪曾祺，不管走到哪里，都会深情吟咏：“我的家乡在高邮，风吹湖水浪悠悠。湖边栽的是垂杨柳，树下卧的是黑水牛……”

两个人分开后，手机就成了联络感情的纽带。胡永飞回老家后的第三天，周忠燕的手机不知什么原因被锁死了，怎么也打不开，她打电话到10086咨询，答复是要过48小时才能到手机专卖店去解锁。

这个时候，周忠燕才意识到自己需要什么，知道了胡永飞在她心目中的分量有多重。她担心，他联系不上我怎么办？他会不会多想？他一定急坏了。她恨自己，只是把他的号码存在手机里，没有背下来。这两天，周忠燕觉都没有睡踏实。

手机解锁后，周忠燕盯着手机屏傻傻看着，这时候她都没有勇气拨出那个号码了，她心里在想：他是男的，应该主动联系我才是啊。想着想着，胡永飞的电话就打进来了，他告诉周忠燕，他在家里已经告诉爸妈、舅舅，他谈女朋友了，是一个漂亮可爱的四川妹子。周忠燕听了，心里乐着美着，两只大眼睛笑眯成了一条缝。

胡永飞在老家休假 50 天后，又回到了成都，要从成都转车返回西藏高原的军营。这一次他在成都住了 2 天，周忠燕陪他游览了杜甫草堂、宽窄巷子，品尝了有名的成都火锅，把胡永飞辣得眼泪鼻涕直往下掉，嘴里还不停地夸着："好吃！巴适！过瘾!"

走在路上，胡永飞看到周忠燕鞋带松开了，他立马蹲下身，帮周忠燕把鞋带系好；打出租车时，胡永飞先打开车门，周忠燕上车时，他把一只手搭在车门上方，怕她碰到头；吃饭时，胡永飞不停地给周忠燕夹菜，把鱼身上最好部位的肉挑给她……这一幕幕，深深地烙印在了周忠燕的脑海里。短短几天的接触，周忠燕觉得眼前这个男人很绅士，也很有男人味。她心里一热，默默对自己说，"这个男人值得托付!"

"我没有去过西藏，对边防部队也比较陌生，你能不能给我讲讲?"周忠燕这番话，正中胡永飞"下怀"。

"这里离我们汽车队不远，离边防线很近，长年荒无人烟，但也是离天较近的地方，我们有时候伸出手，好像就能抓到云……"胡永飞变魔术似的拿出一摞照片，摆在周忠燕面前，一张一张为她介绍，西藏那美丽迷人的景色，很快吸引了周忠燕的眼球。

"现在又不打仗，部队干吗驻扎在这么偏远的地方啊?"周忠燕天真地提出这个问题。

“这你就不懂了，我们和平时期的军人，就好比楼梯上的扶手，有它的时候，你上上下下并不在意，没有它的时候，你会非常胆怯，甚至会腿发软。”胡永飞并没有直接回答，而是机智地打了个比喻。

周忠燕思考片刻，站了起来，“咦，你还真有才，这个理论是你的原创，还是从哪里听来的?”周忠燕轻轻点了一下胡永飞的脑门。

胡永飞笑而未答。

“这是数十年前留下的一个机枪地堡，有10多位烈士牺牲在这里。战士们巡逻的时候，经常会带上一些烟、酒和哈达，来祭拜这些英雄……”一张张照片，一个个感人的故事，让周忠燕领略了边疆的雄伟壮阔，感受到了边防军人爬冰卧雪的坚韧，也对眼前这个相貌普通的军人，产生了别样的情愫。

结婚前，他们仅见过这两次面，却让周忠燕的内心深处泛起了阵阵涟漪，心扉自觉打开，爱情之花悄然盛开。

得知周忠燕谈了一个家在江苏、远在西藏高原服役的军人对象后，一向性情温和的母亲，第一次冲着周忠燕吼了起来。

“你要是谈咱们四川老家的，我绝不反对!”母亲指着周忠燕说。

“现在交通越来越发达了，我随时可以回来看你们的。再说了，将来在哪里安家还没有定呢。”周忠燕一个劲儿地解释。

“这会苦了你的，燕子!”母亲说着，抹了一把眼泪。

“我不管，我愿意。我就看他人好，认定他了!”周忠燕扭过头，不敢看母亲。

“唉，那你就等着受苦受累吧。”母亲无奈地摇摇头。

没有办法，老实巴交的父母只好依了这个宝贝独女。

周忠燕与胡永飞的爱情故事，谈不上惊天动地，却也义无反顾，他们真诚、纯粹地相知相恋，鹊桥铺向喜马拉雅。胡永飞回到部队后，他们的“两地书”写了有十几封，平时主要还是靠打电话、发信息、登录QQ交流联系。这是他们的宝贵财富，这是两人相知相恋的情感互动，也是天各一方的共同成长。

一次电话中，胡永飞问周忠燕，要不要到部队来看他？周忠燕明白，这就是确立关系的意思嘛，答应“想到部队来”，胡永飞说，你跟父母讲好了，我们确定关系了就准备结婚吧，我来给单位申请。为了表示诚意，他还特地给周忠燕转来了路费。

周忠燕决定到雪域高原走一回，不只是探望心上人，也是圆自己对雪域高原向往多年的心愿。

随着动身日子的临近，周忠燕心里喜忧参半，喜的是可以去向往已久的神圣之地，和远在边关的心上人相聚；忧的是第一次赴藏，能不能克服高原反应和征服恶劣环境？巨大的问号悬在心中。但无论如何，她都决定闯一下。因为，在雪山深处，有她不尽的思念和诗意的想象。

周忠燕知道，胡永飞在高原上买东西很不方便，错那县城不大，只能买一些简单的生活用品，一些贵重的物品需要到200公里外的拉萨市里买，几个月也难去一次。周忠燕到超市逛了一大圈，采购了许多四川的腊肉、香肠，精心为心上人挑选棉毛衫裤，还买了好多月饼。很快就要过中秋节了，她怕胡永飞和他战友们吃不上月饼。

“我向你奔赴而来，你就是星辰大海！”2005年盛夏，周忠燕在拉萨贡嘎机场下了飞机，胡永飞远远相迎，赶紧递上红景天口服液和深蓝色的氧气袋，周忠燕脸上瞬间梨花带春雨。胡永飞把恋人拥入怀中，抹去一行行交织着牵挂与幸福的泪滴。

相比成都到拉萨飞行的2000公里，从贡嘎机场到错那连队的340公里，则更为漫长。坐上军车，胡永飞便兴奋地向周忠燕介绍周边的一切，贡嘎机场坐落在拉萨和山南之间，离拉萨约50公里，离山南大概120公里。车到山南，胡永飞讲得更是眉飞色舞，“我们山南军分区就坐落在这里，我当时准备考军校时，就是关在这里复习冲刺的。”山南，是胡永飞腾飞的地方。

胡永飞指着城边山顶上那个最高的建筑物，绘声绘色地介绍：这个叫雍布拉康，就是松赞干布和文成公主居住的地方，这里有第一口井，第一亩地。西藏人民很感谢文成公主，是她把中原文化带到了西藏，西藏的农牧民不全是放牧，在这样的地理环境条件下才能种农作物青稞和进行纺织作业。“风吹石头跑，一年四季穿棉袄”，说的就是西藏高原地区恶劣的自然条件，以前这里是“房子石头盖，衣服像麻袋”，现在已经大变样了。胡永飞东指指、西点点，眉宇之间洋溢着喜悦，周忠燕则像一个求知欲极强的中学生，好奇地听着。

途中，看不到厕所，吃饭的地方也没有，饿了就啃几口胡永飞带来的干粮。

“还有多久到啊？”一路上，这是周忠燕问得最多的一个问题，而胡永飞的回答一直都是“快了，快了”。善意的谎言最具欺骗性，它让她忘记了终点，忘记了旅途的疲惫，只顾着欣赏沿途的美景，雪山、湖泊、经幡、牦牛……经过拿日雍措湖时，周忠燕的目光被牢牢地吸引住了，她让司机停下车，尽情地欣赏、赞美高原上难见的湖泊，湛蓝透亮、清澈明净、水天一色、壮观无际，在这里，她和胡永飞拍下了第一张合影。

胡永飞伫立湖边许久，在他看来，静谧的湖水仿佛有一种神奇的力量，能让一切都沉静下来。周忠燕挽着胡永飞的胳膊，头幸福地靠在他的肩膀上。此时此刻，她留心着微风的脚步、鲜花的孕育、云朵的撕扯、天空的厚重，无比细腻温和。

汽车在荒野的沙石路上继续行驶，周忠燕倚靠着车窗，望着远处的山、远处的路和远处的云，领略着这片土地最生动、最美丽的姿态。那一刻，她深深地爱上了这里。

那天，他们迎着朝阳出发，尝尽了一天的颠簸之苦，到达遥远艰险的边关连队时，已送走晚霞。快到部队之前，胡永飞不厌其烦地向周忠燕交代到连队以后的“注意事项”：下车不要往下跳，走路不要太快，吃饭不能太饱，睡觉不能太早，上厕所蹲下起来要慢一点……

下车时，胡永飞打开车门，周忠燕小心翼翼地踏上这片神圣的土地，感觉像是踩在了棉花上。周忠燕定下神来，只感到一路上看到的塌方滚落的大石块、山坡上防掉石的铁丝网，一直在她眼前晃动，挥之不去……

那个时候，他们想得很简单，也没有考虑那么多，两颗年轻的心一碰撞，当即决定裸婚。其他物质方面都没有筹备，没有像样的婚房，没有家具，没有彩礼，更没有结婚戒指、项链，甚至双方父母都没有见过面。当时周忠燕就是觉得，胡永飞这个人好，很幽默，很细心，能吃苦，很有责任心，孝顺长辈，跟他在一起心里很踏实。

后来周忠燕多次说起过，当时他们两人都没有买新衣服，胡永飞每天都穿着一套军装，肩膀上扛着中尉军衔的黄色牌牌。周忠燕轻抚着金灿灿的中尉豆豆，眼中闪烁着几分好奇。

“中尉，就是要在最一线的位置，执行最艰苦的任务。”胡永飞这样解释。

就是这身军装，让周忠燕从胡永飞的朴实无华中找到了莫大的安全感和归属感，精神生活的富有冲淡了物质上的清贫，清贫但甜蜜着。

当时，他们的想法很直接很简单：有了一个家，生活才会更有意义；有了一个家，就会明白幸福的含义；有了一个家，我们的一切奋斗才更有动力。

他们挑了 8 月 8 日这个好日子，手牵着手幸福地来到部队驻地错那县城转了一大圈，好不容易找到一家照相馆。胡永飞胸前那一枚枚军功章闪闪发光，摄影师开心地说：“能给你们拍照，我感到倍儿有面子。”

他们拍了一张结婚照，然后拿着照片到民政局登记结婚。当时他们想，再过3年，也就是2008年8月8日，第29届奥运会在北京举办，他们正好结婚3年了，很有纪念意义。

领了结婚证，周忠燕以军嫂的身份在汽车队踏实住了下来，她很快融入身边这群边防官兵中。在部队，吃得最多的就是土豆、萝卜、卷心菜、冻肉，还有猪肉罐头，周忠燕刚吃猪肉罐头，觉得特别香特别好吃，可战士们都吃厌了。一看罐头的生产日期，虽然还没有过期，但基本都是前一两年生产的，临近期限了。在连队吃不到水果，胡永飞不知从哪里找来了两罐杨梅罐头，让周忠燕解解馋。胡永飞有时也会扎着围裙，在连队伙房里忙上一阵子，配齐各种菜和调料，手握铁锹似的大锅铲，在灶台边挥舞，很快，一大锅大杂烩炒饭就出锅了，胡永飞自豪地喊着，“这是我们家乡的‘扬州炒饭’”！战士们直呼“味道好极了”。有韭菜的时候，胡永飞也喜欢给战士们炒上一大盆扬州地方菜韭菜炒鸡蛋，香味弥漫在整个连队。

胡永飞对周忠燕讲，在连队吃得算好的了，偏远的无名湖哨所条件才是艰苦。有一年冬天，大雪像发了疯似的下个没完，积雪将无名湖裹得严严实实，年货运不上来。除夕夜，官兵们用雪化水，围坐在火炉旁吃了一顿方便面，算是年夜饭。最为难的要数炊事班长王刚，望着一堆罐头和黄豆、海带等“干货”，他每次绞尽脑汁、变换着花样儿给大家调剂口味，酱油炒饭、豌豆罐头炒饭、罐头肉炖粉条……一连这样吃了好多天，终于大雪初歇，团里送来了“救命菜”。

住了一些日子后，周忠燕逐步感受到了官兵工作环境有多艰苦，之前她完全没有想到。因为想象中的西藏就是蓝天白云，非常美丽。

但是，这里地处藏南，是我国和印度的边境所在，海拔都在4000多米，常年雨雪，路很难走，到处都是悬崖峭壁盘山路，而且经常会遇到山体塌方，非常危险。部队生活条件也很差，由于高原缺氧，官兵喝的是只有80度的开水，经常吃高压锅煮出来的夹生饭，煮面条也要用高压锅，而且经常停电，很冷，官兵们需要自己生火取暖，一停电就没有热水洗漱。汽车队负责给各个连队哨所运送物资，每次出车执行运输任务，都要走很危险的山路，天天在闯鬼门关。窄窄的山路上镶嵌着各种大小不一的坑洼，路下面是悬崖，悬崖下面又盘着路，车辆在弯弯曲曲的山路上一点点挪动。上山的路蜿蜒曲折，极陡极险的“Z”字形，旁边是悬崖峭壁，汽车不停地大幅度地摇晃颠簸，车厢壁都有厚厚的护垫护着，一不小心还会撞得生疼。周忠燕心里想，常年待在这种地方，即使什么活都不干，本身也是一种奉献。周忠燕对连队的情况了解得多了，不免对胡永飞有些担心。

“老婆大人，你就放心吧。我在军校学的就是汽车管理，在这个汽车队干，我最合适。我会注意安全的。”胡永飞总是这样安慰周忠燕。

在胡永飞宿舍的书架上，整齐地排列着许多讴歌西藏高原官兵牺牲奉献精神的书籍，周忠燕饶有兴趣地翻阅着，当她打开曾在西藏高原当了7年汽车兵的著名军旅作家王宗仁所写的《藏地兵书》这本书时，被书中讲述的一个个惊心动魄的故事深深震撼了。“唐古拉山的25昼夜”的故事，就发生在某团一营。

1956年12月24日，一营204名官兵在副团长张功、营长张洪声带领下，出动数十辆车进藏，当车队行进至唐古拉山时，遇到百年不遇的暴风雪。10级狂风，零下40多摄氏度，车队被困在雪路上，进也不能，退也不能，与外界的联络完全中断了。25个昼夜，断粮、缺油，生死考验摆在每个人面前，战友们不约而同地撕下棉衣里的棉花，蘸上汽油烧烤发动机的油底壳，棉絮撕光了，就撕工作服；25个昼夜，恰逢1957年元旦，饥寒交迫的战友豪迈的革命热情不减，敲起锅碗瓢盆欢度新年；25个昼夜，战友们用铁锹和双手生生挖出了一条冲出死亡线的“雪胡同”，死神在英雄面前退却了；25个昼夜，50多名官兵被冻伤，却没有冻坏一台车辆，没有损失一件承运物资。当他们走出没膝深的雪地时，前来救援的战友们看到他们一个个衣衫褴褛，脸色黝黑，像荒野里走出的野人。

看着想着，周忠燕便哭成了一个泪人。在这里，一代又一代汽车兵，一年又一年奉献着最美的青春年华。他们顶着雨雪冰雹穿行于生命禁区，闯过死亡地带，用生命传承着军人的光荣传统，用血肉之躯诠释着军人的神圣使命。

抹去眼泪，周忠燕抄下了这样几句话：走进西藏，也许你会发现理想；走进西藏，也许你能看见天堂。走进雪山，走进高原，就走向了太阳。

当时汽车队也没有其他官兵家属在部队，周忠燕有时也会感到烦闷。吃过早饭，胡永飞对周忠燕简单安顿交代一番，就上班去了，周忠燕就在房间打扫卫生、整理内务，帮胡永飞洗洗衣服。

“能为边防战士做点事，尽点微薄之力，我也算不虚此行。”收拾完胡永飞的宿舍，周忠燕总要到洗漱间去看看，有的战士喜欢把脏衣服放在脸盆里，周忠燕就顺手把它洗干净。忙完这些，就到炊事班去帮忙洗菜、做饭。她就像遥远群山里的一股清泉，穿透密林的一缕阳光，让爱流淌进战士的心田。

有时候，周忠燕也会到各个班排去转转，看看有没有事情需要她帮忙做做。在连队楼道的阳台上、战士宿舍的窗台上，可以看见少有的几盆叫不上名的花草，绽开着笑脸，好像在欢迎她这位远来的客人。这些花草的勃勃生机与室外的荒凉世界形成了鲜明的对比。可以想象，战士们是怎样把花草从千里之外移栽到这里，又是怎样辛勤地浇灌培植，使它们在这高寒缺氧的地方顽强生长。它们的生命虽然短暂，但依然灿烂耀眼。望着这一盆盆“稀世珍宝”，周忠燕似乎看到了战士们扎根高原、奉献祖国的凌云壮志，看到了战士们热爱生命、热爱大自然的美好心灵。

中午，她会帮胡永飞洗头，拿个漱口杯冲洗头发，胡永飞也会帮她洗头。在连队，大家都要乘着中午天气好的时候洗头，如果天气不好，头发洗过了就冻起来了，就跟从冰柜里拿出来一样。洗过头发，就坐到草地上晒个太阳，胡永飞和战士一起吹吹牛，周忠燕时不时地也会参与进去。

“嫂子，你的嗓音很好听，给我们唱首歌吧。”不知是谁大声讲了一句，其他战士就一起跟着鼓掌起哄。

周忠燕饱含深情地为大家演唱了一首《边关军魂》。战士们听得入迷，胡永飞的脸上也洋溢着幸福的笑容。

周忠燕的歌声，带着对边防军人的爱，飘向蓝天白云，洒在雪域高原，化成了一朵朵怒放在天边的格桑花……

吃过晚饭，夫妻俩手拉手在营区附近散步。胡永飞到活动室打乒乓球，周忠燕就站在一旁当热心观众。那个时候，湖南卫视正在播放电视剧《大长今》，还有《超级女声》，李宇春、张靓颖、周笔畅等火得不得了，周忠燕和官兵们都喜欢看，大家不停地呐喊、加油，电视室里挤得满满的，有时看得正兴奋激动时，突然停电了。

于是，胡永飞拉着周忠燕的手，到营房前面空旷的操场上转几圈。那天是中秋节，这对新婚小夫妻第一次在一起度过这个团圆的节日。胡永飞的手机响了，是高中女同学李冬梅从苏州打来的节日问候电话，在李冬梅的心目当中，胡永飞是值得尊敬的大哥。胡永飞告诉她，他结婚了。

“大哥，祝你和嫂子中秋节快乐！”聊了一会儿，胡永飞对李冬梅说：“你跟你嫂子说几句话吧！”

第一次接到胡永飞同学的电话，因为连面都没有见过，周忠燕有些紧张。对方亲切叫出的那一声“嫂子”，说明她是认可我的。周忠燕这样想着，这才意识到，自己和胡永飞已经是一家人了，成了他的一部分，可自己还傻傻地没有转换新的角色，周忠燕的心里美美地高兴着。

中秋之夜，藏南上空的月亮特别圆，星星特别亮，他们许下了相守到老的愿望，许下了对美好生活的共同向往。中秋夜点一炷心香，愿人间花好月圆少别离，国泰民安多欢乐！周忠燕还大声地喊出了心中的祝福：祝阿飞步步高升、前程似锦！

清冷的月光下，寒意阵阵，牵着爱人有力的大手，周忠燕的心里如沐春风。“阿飞，我给你朗诵一首舒婷的《致橡树》吧！”

我如果爱你——
绝不像攀援的凌霄花，
借你的高枝炫耀自己；
我如果爱你——
绝不学痴情的鸟儿，
为绿荫重复单调的歌曲；
……
仿佛永远分离，
却又终身相依。
这才是伟大的爱情，
坚贞就在这里：
爱——
不仅爱你伟岸的身躯，
也爱你坚持的位置，足下的土地。

周忠燕喜欢《致橡树》，尤其喜欢“我必须是你近旁的一株木棉，作为树的形象和你站在一起”这两句，特别欣赏木棉对橡树的内心独白，热情而坦诚地歌唱自己的人格理想以及要求比肩而立、各自独立又深情相对的爱情观。她慢慢理解，木棉，或许就是年轻军嫂应有的模样。

胡永飞静静聆听着，轻轻搂着身边的“木棉”，接着她的声音，深情重复："爱——不仅爱你伟岸的身躯，也爱你坚持的位置，足下的土地。"爱屋及乌，这便是爱的神奇力量。

每个星期一，胡永飞都要到地处县城的上级机关参加工作例会。周忠燕就喜欢下午的时候，一个人坐在营房旁边山顶大石头上晒太阳，等着他的兵哥哥回来。此刻，周忠燕以为，这里是最接近星辰的地方。其实，在她心中，胡永飞就是高原上一颗亮闪闪的星星。

傍晚的时候，周忠燕隔着很远就能看见胡永飞回来，她朝他挥手，他从山坡下就开始大声呼喊着"燕子"，一路跑上来。

这个幸福的场景，周忠燕记得特别牢。胡永飞知道周忠燕喜欢吃四川口味的泡椒凤爪，每次开会结束，都会跑到县城店里去买上几袋带回来。这就叫幸福，你想着他，他想着你。

宿舍离厕所也不算远，每次周忠燕去上厕所，胡永飞都要陪送过去，在女厕所门口守着。周忠燕有点纳闷，胡永飞悄悄告诉她：连队没有家属来队时，大家看到男厕所有些拥挤，就会使用隔壁的女厕所。所以，胡永飞要为她上厕所"站岗"。

军嫂数千里寻夫上高原，历经艰辛而不悔，一旦在连队住下来，便又成为高原军营暖人的风景，格外温馨。边陲，雪域，群山，车队，哨楼，夕阳下，山顶大石头上翘首盼夫的女人，以及远处艰难跋涉的巡逻队……这幅意境悠远的画面，从此深深印刻在周忠燕的脑海里，印刻在汽车队官兵的心坎上。

这一次结婚度蜜月，用周忠燕的话说，是"领了结婚证谈恋爱"。周忠燕和胡永飞没有去任何地方旅行，周忠燕踏踏实实在部队住了3个月，就是为了陪伴她的兵哥哥，她成了汽车队的"编外战士"，能够叫得出连队所有战士的名字。这3个月，是周忠燕和胡永飞相处最长的一段时间，也是最让周忠燕怀念的时光。生活简单艰苦，而又充满甜蜜。

有人问周忠燕，高原什么时候最美？

她说，是星夜的夏天。

在高原上，天渐渐暗下来后，星星就开始一个一个地往外闪，眨巴眨巴，像无数只眼睛注视着她。站在高原的任何一个地方，她都会有一种想伸手摸一摸天的冲动。天好像伸手可及，星星似乎马上就要掉落下来。没有风的夜，出奇地静，一看就愣了神。她想，每一个驻守在这里的兵，都会在心中点亮一颗星。星星静静点缀着这里的天，官兵默默守卫着这里的山川河流。

闲暇时，周忠燕喜欢和战士们聊天。谈起无法摆脱的高寒缺氧，满目的荒漠冰川，漫长的冬季封山，工作生活面临的困难和挑战，他们都很淡然："没什么，这里总要有人值守，适应就好了。"

这是经过磨砺后的从容，是报效祖国戍守边关的坚毅，是"我站立的地方是中国，我用生命捍卫守候，哪怕风似刀来山如铁，祖国山河一寸不能丢"这首歌曲的生动诠释。也正是一代代官兵的奉献与坚守，才写就了冰峰雪岭的一个个传奇。

借着清冷的月光，眺望云雾中的雪山，周忠燕的心潮似滚滚云海。一轮明月遥挂中天，是那样明亮。远处，河床宽阔而静谧，宽得像边防官兵的胸怀，静谧得像汽车队官兵的心境。

婚后第二年的"五一"劳动节，胡永飞利用休假时间，和周忠燕一起，拜望双方父母，在两家简单地办了几桌喜酒。胡永飞从西藏先赶到成都，然后和周忠燕乘大巴车到自贡。小两口在汽车上就想，见了双方的父母怎么称呼呢？两个人展开了热烈的讨论。

"你怎么叫我爸妈，我就怎么叫你爸妈，你喊我爸'叔叔'，我也喊你爸'叔叔'。"周忠燕提出了这个要求，看似还挺公平的。

"称别人的父母为'爸妈'，一下子还没有适应，感觉开不了口，慢慢就习惯了。"这时候，胡永飞倒有点不像平时的他了，说话也腼腆起来。

"那你现在就抓紧练习一下，免得等一会儿到了我家紧张。"周忠燕开玩笑地提醒胡永飞。

于是，胡永飞一板一眼地大声练习称呼：“爸爸，妈妈，爸爸，妈妈……”

车上邻座的几个乘客好奇地盯着这两个年轻人看，不知道他们在干什么，只觉得挺好笑的。

小两口发现周围的乘客盯着他们看，不好意思地掩面窃笑。

然后，他俩又换了一个话题，小声研究以后有了孩子，是教他（她）学讲四川话还是学讲江苏话？

“肯定要讲四川话啦，四川话感性直白、硬中含柔。”周忠燕抢先表态。

“江苏话易听好懂，豁达乐观、质朴淳厚，你是我老婆，孩子当然要讲江苏话。”胡永飞坚持他的观点。

“反正你在部队，孩子肯定是我带的，那自然是讲四川话啦！”周忠燕得意一笑。

……

小两口各执己见，谁也说服不了谁。最后还是胡永飞想出了一个两全其美的办法：“现在社会上流行办双语学校，我们就创建一个双语家庭吧！”

“嘿嘿，这是一个好办法，老公你太有才了！”周忠燕把嘴唇贴在胡永飞脸颊旁，“啪啪”两个响吻。

到了周忠燕家里，胡永飞的嘴巴变得很甜，一口一个“爸爸、妈妈”地喊，起先刚喊出口，他自己的脸就先红了，后来喊多了也就自然多了，周忠燕的父母心里也乐开了花。

小两口在周忠燕家里住了大概有三四天时间，胡永飞有两天时间是在地里帮着周忠燕的父母播种玉米，干得非常卖力。周忠燕认定，嫁给这个有担当的男人，就是嫁给了幸福。

周忠燕的母亲逢人便夸：“别看这个女婿是个军官，可一点没有当军官的架子，为人实在、能吃苦，我家燕子将来肯定有福享。”

“爸妈，你们把燕子养这么大也真不容易，现在我们结婚了，请你们一起到我老家去看看吧，去认认门，也让你们放心。”怕岳父岳母不愿去，胡永飞接着嬉皮笑脸地补充道：“你们如果不去的话，人家以为我把燕子骗回家的啦！”

这句玩笑话可能起了一定的作用，岳父终于松口了：“你小子，可以。我在家里走不开，让燕子妈妈跟你们一起去吧，她也没有怎么出过远门，正好出去看看玩玩。”

离开自贡，周忠燕带着母亲，跟随胡永飞一起，欢天喜地地前往扬州高邮天山镇的夫家。眼前此景还是让周忠燕震惊了。富庶的江苏竟然还有如此贫穷的角落。

胡永飞家的主屋是三间矮小的旧平房，几乎没有一件像样的家具，屋里堆满了乱七八糟的东西，有的衣物都已经发霉。厢房又破又漏，锅灶到处积着又厚又黑的油垢，菜刀钝得像锯齿。小村庄还没有通上自来水，做饭、洗衣服用的是井水。家里养的狗鸡鸭随地欢跑大小便，将小院子糟蹋得难以落脚。房前屋后的荒草，更是长过了膝盖。

原来，胡永飞的母亲胡翠莲一直患有精神疾病，时轻时重，发病时连穿衣烧饭都不能自理，只知道埋头在小工厂和庄稼地里干死力气活的父亲，也顾不上收拾家里，微薄的收入在供胡永飞读完高中后，哪里还有多少结余来翻建新房呢？一个又穷又脏的家就这样艰难地维持着。

周忠燕在屋里环视了几圈，调侃嗔怪胡永飞：“你总是在我面前夸赞家乡怎么怎么好，原来家里就这个样子啊！”

“媳妇进了门，胡家就变样！”胡永飞挠挠头，憨笑着说道。

“就你嘴贫。”周忠燕抡起拳头，轻轻捶在胡永飞的胸脯上。

周忠燕撸起袖子，搬出大澡盆，把家里脏的霉的衣服被褥全部清理出来，整整用了 3 天时间洗晒了一遍。

站在胡永飞家门前，周忠燕望着充满生机的苏中平原，做了几个深呼吸动作，大声感慨：“能够吸饱氧气的地方，就是好地方！”

她在抒发生活在西藏高原 3 个月的感受，也是在给自己的未来打气鼓劲。

“燕子，一辈子就结一次婚，我们结婚什么也没有买，拍几张婚纱照不能再省了吧！”胡永飞知道周忠燕一直有一个穿婚纱的愿望，善解人意地提出去拍婚纱照。

“好啊，钱花在其他地方不一定看得出效果，拍两张婚纱照挂在家里，看着心里就感到很美。”周忠燕乐坏了。其实每一个女孩子都有一个穿婚纱的梦想。

他俩手拉手来到高邮城里，找到一家能拍婚纱照的照相馆。婚纱一穿上身，两个人对摆拍的动作、姿势，感到很不自在，觉得既好笑又很傻，就憋不住一个劲儿地笑。

摄影师见他们笑个不停，就温和地说：“你们先坐在旁边笑一会儿吧，好好酝酿一下情绪再拍。”他们真的就笑一阵子后，拍两张照片，拍好后又接着咧着嘴大笑，整整乐了半天。两个人目光里流转的深情，在婚纱照中永远定格。

回到家里，周忠燕找来一只空瓦盆，装满一盆肥土，细心栽进一棵从集市上买回来的茉莉花，茉莉的个头虽然不高，但椭圆形的叶片碧绿且茂密，充满生机，很是好看。

“你是扬州的市歌赞美的花，我是扬州的媳妇，以后咱们就一起在高邮安下家吧！”周忠燕欣赏着刚刚栽下的这盆茉莉，自言自语，像是对茉莉说，也像是对自己说。

“燕子，你真是一个热爱生活的好女孩，为你点赞！我家的现状你也看到了，现在就是缺少一个当家撑门面的人，你干脆把成都的工作辞掉，住到我家里来吧。这样，我妈平时有人照顾，我在部队也就放心了。”胡永飞憋了很久，小声吐出酝酿已久的想法，为难地看着周忠燕。

“你是家里的独生子，我是家里的独生女，高邮这边是爸妈，四川自贡那边也是父母啊，我到底该顾哪一头呢？”周忠燕面露难色。

“是啊，一家子分好几个地方，的确照顾不过来，我每年的探亲假分两头跑，时间也不够用啊！最好的办法是，把你爸妈接到高邮来生活，两家并一家过日子，多圆满！”胡永飞像下棋一样，一步步深入，捧出了自己真实的想法。

周忠燕两眼一直盯着胡永飞看，听他讲完，她用手指轻轻点了一下胡永飞的脑门子：“你啊，还真敢想，这能行吗？”

胡永飞掰着手指头，给周忠燕算了这么一笔账：我在西藏虽艰苦，你在家里也辛苦，但你每年可以到部队去度 2 个月的假，我每年有 3 个月的假期，你爸妈他们一起住在高邮，平时你可以天天和两家的老人生活在一起，大家都有个照应，我休假时全程都住在家里，这样咱俩每年都有 5 个月的时间在一起，我也有 3 个月的时间能够照顾双方的父母，这多好啊！

账越算越明，越算越开心，周忠燕心里美滋滋的，充满了幸福。善解夫意、乐观开朗、为人厚道的周忠燕很能理解丈夫的心思，是啊，陪伴是最长情的告白！她暗下决心，一定要好好照顾公婆，让丈夫在边陲部队安心工作，不能一心挂两头。

主意已定，周忠燕回到成都，痛下决心辞去双流机场的工作。公司总经理舍不得让她辞职，做她的工作，为了挽留她，十分宽松地同意让她先请一段时间的长假，这样也可以让她有慎重考虑的时间。其实，周忠燕内心也舍不得离开自己热爱的岗位，她曾认真规划过自己的职业前景，这里有她一手编织的青春梦想。可眼下，一道两难的选择题摆在了周忠燕的面前，在公司和胡永飞家的天平上，她的铁秤砣义无反顾地倾向苏中平原的胡永飞家。

周忠燕是这样说服自己的：一个大公司，少了我一个人可以正常运转，而远在雪域高原的胡永飞和他的家里就不一样了，没有女主人咋行，缺了我肯定就不像一个完整的家了。现在已经上了“贼船”，下不来了。

周忠燕叫上一帮要好的同事小姐妹，恋恋不舍地在一家路边小饭馆小聚话别。当她谈起新婚的丈夫时，眼神亮亮的，用一句现在的流行语说，就是眼睛里满是小星星。

“燕姐，你是嫁了一个军人，奉献了自己的全部啊！西藏既远又艰苦，为了你的兵哥哥，现在你连工作和家乡都不要了，值得吗？”一个小姐妹对周忠燕的行为有些不理解，善意地劝她要慎重考虑。

“谁叫你们之前不在成都给我介绍男朋友呢？我现在只能嫁鸡随鸡，嫁军随军啦！”周忠燕笑嘻嘻地打趣道。顿了一会儿，周忠燕口气又变了：“每一位成功男人的背后，都站立着一个坚强的女性。我不敢说我是坚强的，但是我在西藏军营住了3个月，感受太多了，我敢说，我和其他军嫂姐妹们，完全可以结成边关军人最可信赖的一道坚强无私的后盾。生活中虽有磨难艰辛，但更有踏实甜蜜，与相爱的人携手为祖国守护边防，就是一种幸福，这份追到祖国最南端的爱，值！”周忠燕动情地说着这段话，两眼闪着泪花，她端起一杯啤酒，仰起脖子一饮而尽。

这一天，在成都长途汽车站候车大厅里，周忠燕看到两个年轻的战士在候车，他们脸庞呈酱红色，双手粗糙、皲裂，一看就知道是从西藏高原下来的，周忠燕顿生怜悯之心。她从包里拿出护手霜，让他俩涂抹手背，两个战士羞涩地微笑道谢。

几分钟后周忠燕捧着两份盒饭跑过来，递到他俩手上，叫他们抓紧吃，他俩满眼疑惑，不肯接受。周忠燕解释说：“我爱人也在西藏山南的部队，你们就是他的战友！”

“嫂子！”两个战士异口同声。他俩“嚯”地一下站了起来，立正，“啪”的一声，向周忠燕深情地敬了一个军礼。

回到自贡老家，为了说服父母，做通他们的思想工作，周忠燕使出了浑身招数，一会儿抛出苦肉计，讲得声泪俱下，博得父母的同情；一会儿表述坚定的决心，左右父母的立场。

“爸妈，女儿不会坑你们的，江苏也不比四川差啊，那里是平原地区，是鱼米之乡，你们跟着我过去，保证有福享。”周忠燕搂着妈妈，甜言蜜语。

父母起初并不同意女儿嫁到那么远的地方，更是从来就没有想过全家跟着女儿到高邮去安家。一方水土养一方人，中年人最怕的恐怕就是半路改道，移居他乡。这着实让安土重迁的父母为难了。

父亲背着手，在门前空地上转着圈圈：“这房子是我和你妈一砖一瓦砌起来的，我们在这里住了大半辈子了，你从小在这里长大的，怎么现在就嫌弃啦、忍心啦？爷爷奶奶怎么办？我们的兄弟姐妹都在这里，你让我们去了怎么生活？扬州那里的话都听不懂，生活上肯定不习惯，我们如果去了，恐怕就回不来了。燕子啊，这是你的想法，还是永飞的意思？”性格内向的父亲，想了好半天，说出了这通话。

“爸妈，这是我和永飞一起商量决定的，永飞说，他就是你们的儿子，将来我们一定为你们养老，让你们度过幸福的晚年！”周忠燕态度鲜明，没有商量的余地。

通情达理的父母，最终经不住女儿的软磨硬泡，他们毕竟还是心疼自己的女儿，也理解女婿在部队工作的难处，只好迁就小两口的决定。他们很快就卖掉了自贡老家上下8间的小楼房，只挑选出很少的生活用品准备带走。

俗话说，故土难离啊！对周忠燕父母来说，都已经年过半百了，他们双方也都有老人和兄弟姐妹在四川老家，让他们离乡远走，那种疼痛，不亚于从他们身上割肉。卖了老家的房子，就等于断了回头的路。他们迈出这一步，是多么的艰难，需要多大的勇气啊！

离开老宅前，周忠燕的爸爸从房前空地上挖了一抔泥土，包了又包，塞进行李箱里。

他们拖着行李，一步三回头，跟随着宝贝女儿，来到扬州高邮市天山镇定居，一个特殊的家庭就这样组成了。

周忠燕的爸爸习惯性背着手，在胡永飞家房前屋后转了两圈。灰墙灰瓦，三间旧平房，外加两间小厢房，看不出有哪里好，想想自己老家刚卖掉的小楼，他心里很不平衡了，憋了一肚子的气，只是没有发作出来，浑身不自在，毕竟不是在自己家。唉，都是听了女儿女婿的话。想归想，既然已经来了，那也只能先定下心来。

原来冷冷清清、杂乱无序的胡永飞家，一下子变得人气旺了，烟火味也浓了；院子里的杂草拔得干干净净，农具摆放得整整齐齐，灰暗的农家小院一下子明亮起来；厨房里两把生满锈的菜刀，被打磨得雪亮，一天三顿饭菜飘香；长满野草的几亩责任田，很快被打理得清清爽爽，庄稼绿油油的一片；门口菜地里蔬菜品种齐全，长势喜人。

日子过得刚有些起色，一场灾难突然降临胡家。2006 年 7 月，胡永飞的父亲在去上班途中，不幸遭遇车祸，不治身亡。部队特批胡永飞 10 天假期，让他回来料理父亲的丧事。

刚嫁到胡家才几个月的周忠燕，被家中突如其来的灾祸吓坏了，一见胡永飞回来，她就抱住他哭个不停。

“燕子，事情已经发生了，你不要害怕，有我在哩!”胡永飞强忍着内心的极度悲痛，搂住周忠燕，连连安慰她。

胡永飞慢慢撩起周忠燕的头发，盯着她极度惶恐不安的脸庞，努力平静而又心疼地说：“对不起，老婆，我没有照顾好这个家，没有照顾好爸妈和你，让你刚嫁到我们家，就承受这么大的灾难!”

周忠燕靠在丈夫的身上，心里积攒了很久的辛酸，被特殊情况下相聚的悲痛气氛包围着，泪水一波赶着一波夺眶而出。

这期间，有好几个人上门要债，都说胡永飞的父亲向他们借过钱，张三讲是化肥钱，李四讲是饲料钱，王五讲是种子钱，还有收割费、菜钱等等，可谁也拿不出证据，心地善良的胡永飞都认了，他想象着爸爸平时的生活，过得是多么的不容易。他表态，父债子不赖，一一还账。在外面当兵久了，他相信人家说的话。善良的人，才会有一颗海纳百川的心，能容、能忍、能让、能帮，才会心存善念，总是为别人想得多，遇到什么事，都会换位思考，宁愿自己吃亏、受委屈，也不会与别人争输赢。胡永飞便是如此。

办理完父亲的丧事，胡永飞又要返回遥远的西藏高原的部队了，周忠燕把他送往扬州。这天早晨，小夫妻俩在路边等去扬州的公交汽车。几年未见的初中女同学吴敏，骑着电动车去上班经过这里，胡永飞眼尖，一下子叫住了吴敏。

老同学相见，寒暄了一阵。胡永飞便把周忠燕拉到吴敏面前，很认真地介绍了一番："这是我的爱人周忠燕，她老家是四川的，到了高邮这边人生地不熟，我爸刚意外去世了，我妈精神又不是太好，你以后有空跟燕子多联系，带她出去结识更多的朋友。"

"兵哥哥，你安心回部队吧，以后我经常联系周忠燕，我们会成为好朋友的。"吴敏一边答应着胡永飞，一边握住周忠燕的手。

就这样，吴敏和周忠燕便熟悉了。吴敏的丈夫在福建的海军部队当士官，或许都是军嫂的缘故，她们两人有很多相同的生活体验，在一起聊天的共同话题特别多，两颗寂寞少妇的心很快就贴近了，成为最好的朋友。

对胡永飞的妈妈胡翠莲来说，丈夫的突然离世，如同雪上加霜。她整天哭哭啼啼，嘴里不停地自言自语。但是，胡翠莲还是坚强地挺过来了。她强忍着悲痛这样想，还有优秀的儿子和刚进门的媳妇，以后再添一个大孙子，这个家还在，儿子是她的精神支柱。

那一阵子，为了照顾安慰婆婆，周忠燕把自己的铺盖搬到了婆婆的房间，陪婆婆说说话，婆婆有什么需要，她能马上应答。

有一次，周忠燕由于白天辛苦忙碌了一天，晚上睡得太熟，婆婆悄悄起床出门，她竟浑然不知。等她发觉婆婆不在身边，赶忙出去找。在父母和邻居的帮助下，天蒙蒙亮时，终于在一个石桥下找到了婆婆。

从那以后，每晚睡觉，周忠燕都要在房门上系上一个铃铛，一有人拉动房门就会响，防止婆婆夜里再度出走。婆婆夜里睡觉会拱被子，周忠燕每天晚上睡觉前，都要走近看看婆婆的睡相，夜里上厕所时再去看看，帮婆婆盖好被子。白天到农田干活，周忠燕就让母亲照顾看护婆婆。

家里做饭用的是大锅灶，周忠燕做饭时，婆婆有时候会帮着烧火，煮稀饭的锅刚烧开，婆婆就不肯添柴了。婆婆一起身走开，周忠燕赶紧偷偷再加一把柴，有时被婆婆看到了，她就会大着嗓门说周忠燕："你把柴火烧光了，家里就没有烧的了。"

婆婆有时就像一个小孩子，不知道饱饿，自己吃了多少也不知道，经常吃得不消化，周忠燕就买了一些健胃消食片回来，看着婆婆吃饭，督促婆婆服药。

婆婆还是蛮听周忠燕话的，每顿饭吃过之后，她就乖乖地把药拿到手里，讲一声："燕子，我吃药啦!"她把药给媳妇看一下，放进嘴里，走进厨房用水瓢到水缸里舀水喝，然后张开嘴巴给媳妇看一下，意思是药吃下去了。

"妈，不能喝冷水啊!"周忠燕吃力地比画着，对婆婆说。

"没得事，我大半辈子都这样的，喝冷水习惯了。"婆婆不以为然。

后来，婆婆每次吃药前，周忠燕就提前把开水倒好，放在那里凉下来。

有时婆婆也调皮，她药也吃够了，过年的时候就不肯吃药，说："过年不吃药，医生刚打电话跟我说的，不能吃。"可能是婆婆相信农村“过年不作兴吃药”的说法，想来年有一个好的兆头。

周忠燕耐着性子说：“要吃啦，因为精神类药不能停，停了就会复发，控制不住，一夜不睡觉都可能。”

“你不吃药，我就生气了，就回老家去了。”周忠燕为了哄着婆婆吃药，有时假装生气地这样讲。婆婆就会说：“你回去干吗，不要回去，你不要我啦?”婆婆这一句“你不要我啦”，让周忠燕听了辛酸，眼泪止不住要淌下来。

由于来高邮的时间还不长，周忠燕对周围的环境还不太适应，和周围人说话交流时，高邮人讲的家乡话也不大听得懂。这里把茄子叫成“锤子”，扫把说成“扫帚”，抹布叫“尖布”，回家叫“嘎嗝”，跟人家说话要仔细听，找人翻译，听不懂方言也是蛮苦恼的事情。周忠燕像小孩子起步学英语一样，把有些难记的词写在小本子上，没有人的地方就掏出来看看。

这个时候的周忠燕是很辛苦的，但每天都有来自西藏高原胡永飞的电话关爱和牵挂，她被丈夫宠得哄得很开心，苦着也乐着。她对和胡永飞共处日子里的一桩桩事情都很沉浸，经常咀嚼，很苦，却有情，青春浪漫，毫不后悔。心中若有桃花源，此时无言胜有言。“我愿意留给他的，永远是上扬的嘴角。”

一天晚上，周忠燕忙累了准备上床睡觉，窗外“呼啦”一声，不知是野猫还是什么动物在院子里蹿动。周忠燕立马给胡永飞发出一条信息：“老公，我有点害怕!”

胡永飞望着高原无边的夕阳，对妻子说：“别怕，你把房间窗帘拉开，让月光照进来，月光里会有我的气息。现在有没有感觉好一点?”周忠燕被丈夫逗乐了。后来，周忠燕经常就拉开窗帘睡觉，睡得很踏实，还时常梦到胡永飞。

自从那个早晨在公路边认识周忠燕之后，吴敏就经常联系周忠燕，带她到高邮各个地方去兜圈，有朋友或同学聚会，也把周忠燕喊上。吴敏的丈夫陈旭新是福建宁德人，在福州市苍山区的海军部队当四期士官，小两口通电话或写信时，吴敏也经常谈起胡永飞、周忠燕家的情况。

在一封信中，吴敏对周忠燕的生活有一段细腻的描写：

……

当我第一次踏进她家门的那一刻，我惊呆了。胡永飞的妈妈精神不振地依偎在大门框边上，嘴里不停地嘀咕着什么，燕子跟我介绍说，婆婆几乎平时都是这种状态，时轻时重。家里虽然被周忠燕打扫得干干净净，门口的小菜园也种满了各种蔬菜，后院两间又小又破的窝棚里养了两头壮实的大肥猪，还有几十只鸡，但这种破旧不堪的小屋在当时的村里已经很难看到了。家里也没有几件像样的家具，唯一值钱的可能就只有那台旧冰箱了。燕子很是热情，硬是叫我在她家吃饭，当我走进厨房，第一眼看到的是一个大缸，燕子跟我说，是盛井水的，我这才发现她家还没通自来水，还是用井水做饭……

就这样的环境条件，能让一个姑娘从数千里之外嫁过来，并且任劳任怨，这是件多么不可思议的事情啊！也许是因为对老公的爱吧！是这种真爱让她克服了一切困难！

……

陈旭新反复品读妻子的来信，仿佛置身于周忠燕的清贫生活环境之中，也更加理解了妻子军嫂生活的艰辛寂寞。

“周忠燕真是好样的，难得的好军嫂！我也要向她学习，转业后到高邮来安家，我要让你感动一把！”陈旭新多次向吴敏表明这个态度。

这也正中吴敏的下怀，她立马做出反应：“老公，你就是棒，相信你说话是算数的，我在高邮等你！”

胡永飞是个孝子，他最放心不下的是妈妈。每次和周忠燕通电话，都要问一句：“我妈呢?”当周忠燕把电话交给婆婆，重度耳聋的婆婆其实啥也听不清楚，只是东一句西一句地说个不停。胡永飞不管妈妈听不听到，就是要跟妈妈说说话，听到妈妈的声音，他就哈哈笑了。

胡翠莲头脑清醒的时候，一有空闲，仍然会安静地坐下来纳千层底，她的眼睛跟随着手中穿梭飞舞的细细铁针，一亮一亮的，流淌出生活的希望之光。

“燕子，你马上要怀孕养伢子了，我来给你做两双布鞋穿穿吧，穿平底鞋舒服、养脚。”一天，胡翠莲拉着周忠燕的手说。

一股暖流淌入周忠燕的心田。“妈，太好了，我早就这样想哩！”周忠燕搂住婆婆，高兴坏了。

周忠燕刚怀孕 3 个月时，兴高采烈地准备跟胡永飞到西藏部队去住一阵子，为了节省一点钱，他们从南京买了两张到拉萨的硬座火车票，火车要行驶 48 个小时才能到拉萨，周忠燕坐了几个小时就有些坚持不住了，浑身觉得难受。她强忍着，也没有说出来，怕老公担心。细心的胡永飞观察到了妻子的不舒服，温和地问道：“燕子，怎么啦，是哪里不舒服吗?”

胡永飞和旁边一个热心的乘客，轮换着把座位让出来，尽可能地让周忠燕坐得舒服一些，或者躺一会。胡永飞就拿张报纸垫着，坐在过道里，倚靠着过道壁墙眯一眯。周忠燕虽然感觉肚子不舒服，腿脚也没有力气，但这一次出行明显多了一份安全感，拥有满满的幸福感，心里特别踏实，因为有胡永飞在身边，就有一副有力的肩膀可以依靠。

经过两天两夜的长途奔波，火车抵达拉萨。此时，周忠燕既有高原反应，加上妊娠反应，身体极为不适，呕吐厉害，胃里掏空了，黄胆汁都吐出来了。

胡永飞打电话到部队，有生活经验的战友都吓了一跳："千万不要带嫂子上高原，海拔越来越高了，从拉萨到错那要翻好几座5000多米高的雪山，孕妇肯定受不了的，弄不好就会流产。"战友们都劝胡永飞，赶紧让周忠燕返回内地。

听大家这么一说，胡永飞和周忠燕都被吓得不轻。他们在拉萨住了一宿，周忠燕第二天就心怀遗憾地，乘上了飞往成都的飞机。

都说怀孕在身的女人心理最脆弱，最容易伤感，这是有道理的。几天当中，周忠燕享有跟随丈夫上高原的喜悦，又品尝了独自回家的失落，像坐过山车似的，情绪大起大落，心里感到十二分的委屈。她索性在成都姨娘家住了几天，表姐陪她逛逛街，对她特别照顾。

"燕子，你远离家乡在高邮，胡永飞又不在老家，你在那边闷的话，就经常打电话和我聊聊天吧!"表姐几句话，使周忠燕眼眶红红的。她使劲点点头。

回到高邮家里之后，没有男人宠爱她、呵护她，想吃什么都得自己动手去做，有时做好了，又没有吃的欲望了。看到别人家种蚕豆了，周忠燕挺着大肚子，一摇一晃地走上田埂种蚕豆；屋子后面的粪坑满溢了，蚊子、苍蝇到处飞，上厕所也不方便了，周忠燕拎来粪桶挑大粪，满桶的挑不动，那就半桶半桶地挑。肩上挑着粪桶，眼泪止不住在眼眶里直打转转。

周忠燕虽说出生在农村，可结婚前从来没有干过这样的活啊。她心里觉得委屈，偶尔也会抱怨几句，但她深知一个道理：身为军嫂，就是要有苦有累自己扛，不拖后腿不掉泪，独自面对生活中的困难，挑起家庭重担，做他坚强的后盾；虽然身处异地，但他对我的爱没有"断线"。于是第二天，她还是会照旧这么做，为的是让在远方部队的丈夫放心这个家。

远在雪域高原的胡永飞，心里时刻都在牵挂着怀孕的妻子和这个家，他隔几天就会在电话里提醒一下周忠燕，按时去做产检。他答应妻子，等到将来转业后，“就一起带孩子、做生意、做饭，照顾双方的父母”。

有人说，军嫂的肚量是被无奈撑大的。但周忠燕却认为，更多的时候是被爱撑大的。爱国、爱家、爱他，因为有爱，他们这个小家从来都不缺幸福。

“我选择嫁给了军人，既然爱他这个人，就要爱他的一切。”周忠燕经常在心里默默地对自己说。渐渐地，周忠燕习惯了做军嫂不能依赖于丈夫的生活。她就像胡永飞手下的一个兵，每次跟他说家里的情况，就像汇报工作似的，然后他回一句：“你辛苦了!”通电话时，周忠燕总是报喜不报忧，为的就是让丈夫在部队安心。

不知不觉中，周忠燕感到自己既像男人又像女人，因为她知道，哭泣和眼泪也没有用。有时家里哪一个生病了，跟他说，他也不可能回来，还得自己想办法解决，周忠燕慢慢就变得强大了。

婆婆胡翠莲神志清醒的时候，也知道心疼关照媳妇，有时候她烧好了温开水，把洗脚水端到周忠燕面前。有时候家里烧了什么好吃的，周忠燕夹到婆婆的饭碗里，婆婆也会挑一块给媳妇，她会说“让燕子多吃一点，她怀孕了”，让周忠燕倍感温暖。

在怀孕第 34 周的时候，根据医生的要求，要去做一次孕检。这一天，老天爷像是有意要为难周忠燕似的，一大早就下起了大雪。周忠燕抬起头朝天空看了看，“这雪下得好大啊，银装素裹，倒有点像西藏错那的雪哩!”她会心地笑了笑，自然又想到了远在雪域高原的飞哥。

周忠燕拄着一根竹竿出门了。雪一直在下，路上滑得不行，周忠燕小心翼翼挪动着脚步，走一程，抖掉身上的雪，喘几口粗气，再继续往前走。有几次差一点摔倒，惊出一身冷汗，想想都后怕。“如果跌个跟头，出个什么意外，怎么向飞哥交代啊?”

那时候，全家人心中都有一个盼头，就是一起熬过几年困难时光，以后的日子肯定会一天天好起来的。在全家人心目当中，胡永飞就是一盏亮在前方的明灯。

夜晚，雪映窗棂，透进的是逼人的寒气，担心婆婆怕冷，周忠燕和婆婆同榻而眠。钻进被窝的一刹那，周忠燕很自然地替婆婆将棉毛裤脚分别向下拽了拽，随即掖了掖被头，细致入微的体贴，让婆婆舒坦得很。

婆婆腰粗肚子大，腰弯不下来，周忠燕定期打盆热水帮婆婆烫烫脚，然后帮她修剪脚指甲。“妈，你这脚指甲太长了，不剪掉要把袜子刮坏了。”周忠燕拿起两片小月牙状的趾甲块，在婆婆眼前晃晃。婆婆大声笑笑。

2008年2月1日，周忠燕的儿子如期呱呱坠地，胡永飞还没有回来。当时医生要找家属签字，周忠燕只好请胡永飞的舅舅签了字。

原来，部队驻地西藏错那县普降暴雪，人民群众生命财产安全面临巨大威胁，胡永飞一心扑到抗雪救灾工作上，连续多天带领官兵“浴雪奋战”，把早就写好的请假报告单一直揣在口袋里。等暴雪灾情得到了控制，他才匆匆踏上探亲路。

回到高邮，胡永飞首先到街上为妻子买了一束鲜花、选了一顶绒线帽子。他听老人们讲过，妇女生小孩坐月子，千万不能受寒。儿子小眼睛，单眼皮，有点塌鼻梁，和他爸一模一样，简直就是胡永飞的翻版。为了盼望在边疆服役的丈夫早日平安归来，周忠燕给儿子起了个小名叫“盼盼”。

“边关的冷暖托付你，家中的事儿交给我。”见到丈夫，躺在产房里的周忠燕一下子泪流满面，虽然她心里有些委屈也有些难过，但善解人意的周忠燕并没有怪罪丈夫的迟到，很快便擦干眼泪，幸福地笑了。她在用心演绎“军嫂三部曲”：守护家，等候他，带好娃。

胡永飞回来之后，夫妻俩商量了好几天，给儿子起了一个响当当的大名——“胡博文”，博学多才的意思，对儿子的将来寄予厚望。

这一次休假，胡永飞难得在家里住了70天，俨然成了一名月嫂，每天忙着冲奶粉、洗尿布，给儿子洗澡，给妻子做月子餐，为妻子擦身、洗衣服，对妻子照顾得无微不至。胡永飞刚干这些活时有点笨手笨脚的，几天干下来，就成了一个“熟练工”。晚上睡觉时，胡永飞让周忠燕睡在床里边，他睡在床边上，他说这样夜里起来换尿布、冲奶粉、做夜餐方便些，为的是让妻子多睡一会儿好觉。周忠燕望着丈夫忙碌的身影，经常表扬几句，“不愧是当兵的，能干”！

“平时我又照顾不到你们，难得在家，还不好好表现表现？”此刻的胡永飞感到，“包家务”是一件很幸福的事情。因为家务不只是一个家庭的组成部分，还传达和维系着爱情和亲情。把爱落在碗里，实实在在，朴实无华，家务事变成了表示爱情的诗句，这是爱的另一种境界。

“大妈，我老婆在家里坐月子，我又不大懂这方面的常识，您老见多识广，给我讲讲吧！”胡永飞串门到村里“万事通”的大妈家讨教来了。

“你这个伢子真懂事，晓得疼人。女人坐月子啊，千万不能受凉、吹风、吃冷食，要穿棉袜、布鞋，带暖一些。你再去找些中草药熬水，给老婆泡澡，能够预防各种妇科毛病……”大妈滔滔不绝说了好一阵子。胡永飞赶紧掏出纸和笔，一一记下中草药的名字。

按照大妈教的方法，胡永飞一一照着去做。他跑出去找来蒲公英、金银花、苍蒲、陈艾等五六种中草药，用柴锅熬煮了一大锅草药水，在房间里放上大澡盆，吊起大塑料薄膜的浴帐，把柴锅里的草药水一盆盆端到澡盆里，他用手指试试水温，然后再让周忠燕坐进澡盆里蒸蘸。周忠燕幸福地闭着眼睛，笼罩在浴帐里的氤氲，在她的心中划开一道温柔的涟漪。草药的醇厚芳香，弥漫着整个屋子，冲散了早春的寒气。

胡永飞是一个闲不住的人，一有空儿，就到地里去忙农活，来来去去，总是一路小跑，嘴里还唱着军歌。这一次休假，是胡永飞和儿子相处最长的时间。

结婚几年，周忠燕和胡永飞聚少离多，她几乎独自面对生活的苦难，也曾委屈过，可只要看到丈夫谈起连队时眼里放光的样子，她的心里就有无数暖流淌过，自觉不自觉地跟着开心。

那一刻，她深深觉得，“军嫂”两个字很重，就像一首歌里唱的：我骄傲，我是军人的妻……她知道，他热爱军营，热爱那个让他挥洒青春、成长成才的地方，那里是他心灵的港湾。

三月的暖阳照耀着冬眠了几个月的麦田，绿油油的麦苗挺直腰杆，喜迎春光。儿子出生快两个月了，这天，胡永飞看天气很好，就把儿子抱到大门外的田埂上，晒晒太阳。小家伙在爸爸双手间安静地熟睡，连眼睛都懒得睁开，他在充分地感受父亲的体温、父亲的爱抚。初为人父的胡永飞，明显还没有适应怀抱婴儿的感觉，那生硬的抱娃动作，就像是手里端着一把冲锋枪，把周忠燕逗乐了，她随手掏出手机，悄悄给父子俩拍了一张照片。

周忠燕心里想，等儿子稍微长大一些，全家人好好准备一下，拍一张像模像样的全家福。可她万万没有想到，她不经意间拍下的这张照片，竟是这对父子在这个世界上唯一的一张合影。

2009 年 2 月，儿子胡博文满周岁了，胡永飞专门休假在家。一天，他带着老婆儿子在高邮城里逛街时，无意中看到一个献血站，他脱口一句，“老婆，你们等一下”，便毫不犹豫地跑过去，撸起袖子就献血300 ml。看着丈夫奔跑的高大的背影，周忠燕满足地笑了，“真是一个富有爱心的好男人”!

团聚的时光总是流逝得飞快。一个多月的假期很快休满，胡永飞又要启程回西藏了。这天晚上，一家人围坐在方桌边，包了两锅饺子，一直忙碌到月亮西沉。月亮像一个日夜静语的诗人，月下的日子如动人的诗。

胡永飞抱着一岁大的儿子，一个“飞机俯冲”的动作，从卧室走进堂屋。看着儿子“咯咯”地笑着，胡永飞笑着把小家伙抱坐在自己大腿上。

这是全家人最为开心的团圆饭，同时也是一顿“离别餐”。因为有父亲的陪伴，小博文笑声不断。小小年纪的他并不知道，爸爸明天又要回远在西藏高原的部队了。周忠燕已经为丈夫收拾好了行李。

周忠燕柔情似水，给身旁的胡永飞编发了一条信息：想起你在边防，只有一轮圆月相伴；念起我在远方，月亮是我夜行的灯盏……

二月的夜晚，在那个寂静而缓慢的乡村，月光凄清，寒气袭人，爱意绵长。

第二天，周忠燕执意把胡永飞送到扬州火车站，胡永飞从扬州乘火车到南京，然后从南京乘火车到西藏拉萨。胡永飞不让周忠燕送站，可周忠燕坚持要送，其实，她是舍不得让他走，他也不愿走，可又不得不走，两个人的眼光一对视，就止不住想哭，但他俩都扛着忍着。

胡永飞眺望着家乡高邮的方向，默念着藏族文艺青年仓央嘉措的那一首《十诫诗》：第一最好不相见，如此便可不相恋。第二最好不相知，如此便可不相思。第三最好不相伴，如此便可不相欠……

胡永飞饱含着泪水，把周忠燕推上了返回高邮的公交汽车。谁能想到，这离别的一刻，竟成了周忠燕和胡永飞永远的分别。

第四章

生活啊生活，笑着笑着就哭了

环视屋子里老老小小一家子人，她敲打自己：千万不能倒下，不能当逃兵，要振作起来，当好一家之主，尽到责任和义务，对得起天堂里的兵哥哥。

尽管胡永飞、周忠燕的家里也有一本难念的经，但是他们家里并不缺少爱，他们的爱意甚至更真挚、更浓烈、更独特。如果不出意外的话，周忠燕简单、清贫、浪漫、温馨的家庭生活，肯定会像一首抒情的长诗，一直续写下去。

令人痛心的是，如果，只是一种假设。刚刚还热气腾腾的农家小院，一下子被按住了暂停键。时光之舟桨橹轻摇、驰向未来，他们的爱，永远凝滞在了彼岸。

2009 年 6 月，胡永飞在西藏错那执行任务时壮烈牺牲的消息传到家乡，高邮湖水面顿时安静下来，波浪停止了欢笑，家乡人民都为失去了一位优秀的儿子而痛心。

《扬州日报》对胡永飞烈士的英勇事迹做了详细报道。“八一”前夕，时任扬州市委主要领导对胡永飞给予高度评价，对他的家庭日后生活安排，专门作出批示：

胡永飞同志献身边防、献身边疆，保护战士、保卫祖国的精神高尚、事迹感人。他家有老有小，又比较困难，望了解情况，专门慰问，并给予长期的关心帮助，让英雄精神长存。

时任扬州市委副书记洪锦华、副市长王玉新受市委主要领导委派，专门来到高邮天山镇北茶村胡永飞烈士的家中看望慰问。在场的高邮市有关领导表示：烈士幼儿今后上学的费用，当地政府将给予减免；胡永飞患病的母亲，今后如果复发需要治疗，费用由民政部门负责承担；将为周忠燕安排一个长期稳定的工作，解决他们的后顾之忧。

临走前，洪锦华嘱咐当地相关部门，一定要精心安排好烈士家属的生活、工作，尽最大努力给予关怀和照顾。

洪锦华还拉着周忠燕的手，叮嘱她不要担心今后的生活，如果遇到什么困难，党和政府会帮助他们家。市领导的关怀，让周忠燕破碎的心得到几许安慰和温暖，迷茫中也似乎看到了未来生活的希望和依靠。

夜晚，周忠燕总是独自坐在灯下，抱着儿子久久地发呆。她怎么也想不通，也不相信，一个三十来岁、前些天还打电话回家的活蹦乱跳的小伙子，怎么说走就走了呢？

丈夫的突然离世，对她来说，实在是难以接受，也实在是想不通。就在出事的前两天，两口子在通电话时，胡永飞还眉飞色舞地规划小家庭的未来生活。他说，过几年转业回来，要创办一个属于自己的实体企业，续延父亲的企业梦想，他忘不了父亲小工厂倒闭时在他面前痛哭的样子。胡永飞说，将来让儿子在扬州城里安家立业，他们两口子就在高邮老家砌一幢小楼房，陪着双方老人在这里居住，工作之余，养鸡种菜，田园牧歌……

当时，周忠燕听得心花怒放，感到心里很踏实，可现在怎么可能突然之间一切都没有了？她总觉得会不会弄错了，多次做梦，都梦到胡永飞去执行特殊任务，或者去做卧底，暂时不能跟家人联系，就像电影里拍的情节。她总幻想，老公会不会突然有一天从部队回来了，就像往常一样。

生活啊生活，笑着笑着，就突然哭了。这该死的生活！

家中的顶梁柱轰然坍塌，周忠燕整天以泪洗面，抱怨命运对她的不公，她无法接受丈夫永远离开的事实，更不敢去想余生如何度过？人是没有后眼的，前面的一条路是未知的，不是全由自己做主的。那段时间，周忠燕觉得天都塌了，人也很消沉，感到最为痛苦、艰难和无助。

找朋友倾诉吧，自己唠唠叨叨说了半天，朋友又解决不了问题，问题还在那里，徒给朋友增加烦恼，让他们为自己难过；向家里亲人说吧，也会让他们为自己担心，本来心就很累了，说一遍心更累，只能独自面对，自己扛着。实在难过的时候，周忠燕就把自己的苦、内心的话和对丈夫的思念，都写在和胡永飞对话的QQ日记里，她感到她的飞哥一直是在的，希望他能收到能看到。只有等到夜深了，她才敢捂在被子里闷声大哭，因为怕吵醒儿子，也怕被爸爸妈妈听到。白天她经常魂不守舍，有一次走在街上，差点被汽车撞了。

遭遇老伴去世、儿子牺牲的双重打击，本来精神就不好的胡翠莲行为更加不正常了，经常一个人呓语，“我不得靠了”，然后半天不说话。她白天不肯下床，周忠燕就将饭菜端到床上，让她坐在床上吃饭。胡翠莲饭量惊人，一定要把肚子吃得圆鼓鼓的，而且弄得床上到处是食物残渣，周忠燕不厌其烦地帮婆婆清理。她以极大的耐心，用一颗破碎的心抚慰疗治另一颗绝望的心。

长长的麻线在胡翠莲的手中本来可以纳出生活的美好希冀和温暖，但胡永飞的突然牺牲，使线绳在她的手中变成了一堆乱麻。胡翠莲有时拿着一只千层底，呆呆地看着，眼光流离，手里的麻线揉来揉去、绕来绕去，理不出头绪，嘴里喃喃自语，谁也听不懂她在说什么，那一定是对生活的绝望。细细的铁针如果再一针针纳进鞋底里，那肯定是一下下扎在了她的心头上。

从那之后，周忠燕再也没有看见婆婆纳过千层底。胡翠莲经常会手里拎着一双新布鞋、一块咸肉，在门前的小路上走来走去，人家问她干吗去，她反复讲这句话：“要给儿子送去，他在部队上辛苦哩!”或许对一个母亲来说，不在身边的儿子，肯定在外面挨饿。

看着婆婆变成这个样子，周忠燕心里自然是悲上加痛，“婆婆原先还蛮好的，不那么严重，我怀孕的时候，她还亲手给我做了两双布鞋，穿着很柔软很舒服”。

对于胡永飞牺牲的原因，亲戚和乡邻们众说纷纭。科学不够，玄学来凑。六神无主的周忠燕也跟着迷信起来。胡永飞家正门小院里长了一棵高大的银杏树，人们说“这棵树长得不好”，周忠燕左看右看，是啊，小院里面长一棵大树，这不就是一个“困”字吗？一气之下，周忠燕就喊人把这棵树给砍了。还有人指出，正大门口对着一根高大的电线杆也不好，按照别人的指点，周忠燕的母亲便在大门框上挂上一面镜子，讲是辟邪，以求心里安慰。

经人们这样一提示，周忠燕又想起另外一件十分晦气的事情。那年，她和胡永飞回高邮老家结婚办喜酒，不巧，村里有一户人家正在办丧事，一个外地来的人要到亲戚家吊唁送大纸，看到胡永飞家门口站了许多人，他以为到了亲戚家，就直接把大纸送进来了。当时胡家人虽然挺生气的，但也没有过分计较这件事，只是感到像是吃了一只苍蝇，心里很不舒服，感到晦气。后来胡永飞牺牲了，人们重提起这件事，周忠燕心里感到堵得慌，觉得很不吉利，是个倒大霉的兆头。很多事情就是这样，只要联系起来一想，好像就越想越像，真像是那么回事。

夜晚的时光更难熬，当思念袭上心头，周忠燕就会情不自禁地登录胡永飞的QQ，在他的QQ空间里写日记，发儿子的照片，写想对他说的话，感觉他好像会看到。

2009年8月8日，是胡永飞和周忠燕结婚4周年的纪念日。夜晚，周忠燕把儿子哄睡觉了，登上丈夫的QQ，倾诉心声：

阿飞，往年的这一天，你虽然不能回来，但都会打个电话给我，说一些让我开心的甜言蜜语。我们结婚4年了，你只回来过4次，我们一家三口连一张合影都没有拍过，看着身旁天真熟睡的儿子，想想心里真的好难过！老天爷啊，你为什么这样惩罚我啊？

扬州市委、市政府领导到胡永飞家中看望慰问之后，为了落实市领导指示要求，高邮天山镇领导经过研究决定，把周忠燕安排到镇卫生院收费处上班，每月工资570元，还有绩效工资200元左右。这段时间，周忠燕待在家里六神无主，时常胡思乱想，到医院上班后，一下子忙碌起来了，人也充实了。因为家里生活困难，轮到她值夜班，她都愉快到岗，认真履职，从来舍不得放弃，值一个夜班就可以领取8元钱补助。

一天下午，周忠燕正在医院上班，母亲刘华容抱着哭闹着的小博文跑到医院，一老一小两个人都在哭。周忠燕看到儿子头上肿了一个鸡蛋大的包，脸上擦破了，手上也破皮了，一身衣服全脏了。原来，母亲要去收割稻子，家里没有人看护小孩，她就把小博文抱坐在三轮车上，准备带到田头去，三轮车一路颠簸前行，打瞌睡的小博文一下子摔到地上。

周忠燕赶紧把儿子抱到急诊室清洗、包扎伤口，她的心在隐隐作痛，自责自己没有照顾好儿子。

2010年1月30日，胡永飞的军校校友、扬州军分区参谋张帆，在扬州知名的石塔宾馆举办隆重而热闹的婚礼，周忠燕带着儿子应邀前来参加喜宴。高档精美的酒店，漂亮幸福的新娘，新郎深情的表白，战友同事的祝福，让周忠燕羡慕不已。看着灿烂如花的新娘，周忠燕情不自禁地联想到自己：

“同样的年龄，我却没有得到这样隆重的婚礼，但是我不难过，我有一个好老公，很优秀。让我难过的是，你没有陪我一直走下去，没有走到白头偕老。在这么喜庆的婚礼上，没有你的陪同，我却一个人举杯向新人祝福，桌上如果有你，肯定会有不同的氛围。我多么希望你能坐在我们身边，照顾盼盼，给盼盼夹菜，可你却丢下了我们，盼盼这么小就没有了爸爸，真的好可怜。还有你的妈妈和这么一个家，全都甩给了我一个人了。一想到这些，我就心酸、心痛、难过，眼泪就控制不住往外涌，我努力克制自己，千万不能哭出来，人家在办喜酒哩，被人家看到我这个样子，肯定很不好。”当晚回到家里，周忠燕如实记录下了参加喜宴时的内心世界。

在小博文不满两岁的时候，连续有两个晚上，睡得好好的，忽然就坐在床上，不停地哭，怎么哄也哄不住，给牛奶、玩具都不要，眼睛都不看大人，摸摸额头并不发烧，这是怎么回事啊，孩子是不是被什么吓着了？周忠燕紧张得手足无措。

村里老人说，可能是因为最亲近的人在想念孩子，周忠燕听了心里特别难受。她点燃纸钱，一边烧纸，一边唠叨："永飞啊，我们知道你想儿子了，你应该保佑儿子平平安安才是啊，不要再这样折腾儿子、折腾我们了。”后来，小博文睡觉沉实多了。这看起来似乎有些迷信，但她也无法解释。

小博文也真的有半夜发烧的时候，有一次发烧到39度。周忠燕给儿子贴上退热贴，一夜不停地喂水、量体温，看到儿子烧得可怜，嘴里不停地喊着爸爸，她的心里很不是滋味，自己感到很无助。等到第二天上午，周忠燕把儿子抱到医院去就诊，那挂水就跟“杀猪”似的，挂在手背上，小博文把它拔掉；挂在脚面上，他又用脚乱蹬；后来挂在头皮上，周忠燕和妈妈配合两个护士按住小家伙才把水挂进去。

原先不知道失眠是啥滋味的周忠燕，最近几个月总是白天站着没精神，夜晚躺下又睡不着，心口好像有好多只小虫子在爬来爬去，许多稀奇古怪的念头会随时袭上心头。

“不行，不能总这样胡思乱想，要找点什么事回来做做。”周忠燕用手指按摩着太阳穴，提醒自己。那个时候，高邮农村不少人家女同志空余时间在绣十字绣，周忠燕打探了一下行情，小幅的料布一幅六七十元，大幅的料布一幅100多元，绣好的《八骏图》装裱后可卖一两千元，难度大、尺幅更大的《清明上河图》，价格更高了，不过很耗时，一幅要绣几个月时间。布料和各色丝线并不是太贵，其实赚的就是工夫钱。周忠燕动心了，一下子就买回来七八幅大小不一的十字绣料布和五彩丝线。

十字绣手法，就是把五彩丝线挑制在料布的经线和纬线交叉的网格上，形成色泽绚丽、立体感极强的图案。周忠燕嘴巴甜甜地站在大嫂大妈的身边看，翻书查资料，依样画葫芦，渐渐摸出了点门道，觉得倒也不是难于上青天。

入门容易精进难。针脚“X”字形的十字绣，纹样有样板，纹线有骨架，多彩丝线有十字交叉，挑样包括团花、边花、角花、填心花等，挑法又分单面挑、双面挑，用特效针法还可以挑出正反两面一样的图案。

一坐到绣架前，周忠燕的眼光就盯住了细细亮亮的绣针，各种丝线变着戏法在她的指尖间穿梭飞舞，那颗疼痛、烦躁的心平静了一些，灰暗的屋子里也有了几丝色彩。“心急吃不了热豆腐”这句老师经常教导学生的话，成了她的口头禅。她一针一针下，一线一线走，一幅一幅绣，先后完成了好几幅十字绣，虽然尺寸都不是特别的大，却也争奇斗艳，各有千秋。

夜深了，眼皮在不停地打架，周忠燕实在撑不住了，她站起身，捶捶后背，揉揉眼眶，这才收起绣布。躺在床上，周忠燕还在满脑子想着刺绣的事情，琢磨怎样提高绣技，装点自己寂寞杂乱的生活，争取把绣作卖出去，赚几个钱贴补家用。

胡永飞牺牲之后，周忠燕按国家规定，领取了一笔抚恤金，她把这笔钱完完整整存进银行。她提醒自己说，以后要赡养三位老人，婆婆一直在看病吃药，儿子要接受教育，这笔钱一个子儿也不能随便花，看着心痛，花了心里更是会流血。

胡家的亲戚不免为胡永飞母亲将来的晚年生活担忧起来，她时而清醒，时而发病，生活不能自理，身边离不开人照应啊！亲戚中难免有人会想，周忠燕30岁还不到，她不可能长期困在胡家，说不准哪一天会带着儿子和钱财远走了，那胡妈妈怎么办呢？

这些担心虽属正常，可是谁也不好意思当面和周忠燕直讲。有人便委婉地跟周忠燕说："你们家的房子实在是太破旧了，新建一幢小楼房吧，改善一下一家人的生活条件，永飞在九泉之下也放心了。"

"是啊，永飞去年也跟我商量过，想挤出几万块钱来，把老房子好好整修一下，让一家人住得舒服一些。现在永飞走了，一家老小的日子还要过。"通情达理的周忠燕，非常理解亲戚的一片心意，也为了打消大家的忧虑，她经过短暂的考虑，决定新砌一幢像周边民房一样漂亮的两层楼。

决心好下，可在农村砌房造屋，哪是周忠燕想得那么简单的事。她一个从外地嫁过来不久的年轻女子，人生地不熟，一点社会关系也没有，要想建房子，可谓是难上加难。

胡永飞家的老房子坐落在一个很小的村庄里，左右一排只有五六户人家，四周都是农田，门口仅有一条田间小道通往外面。周忠燕想，为了交通方便，最好能把新房子建到附近的大路边去。天山镇人民武装部部长张正平，不愧是军人的娘家人，他对周忠燕所讲的事情十分上心，带着她到村里、镇上来回跑，协调关系，反映问题，争取地皮；周忠燕明里暗里做工作，疏通打点，请人吃饭，最终在邻近生产队的路边上，买了一块宅基地。这块地说不上什么风水宝地，也就仅能落脚几间房子，但周忠燕知足了。

开工的前两天，准备给墙基放线了。村里有一家弟兄两人，先后找到周忠燕，争着要做她家建房的钢筋生意，不然就不让开工。

“哎，奇了怪了，我家砌房子，为什么要听你们摆布啊？”周忠燕有些想不通，有好心人提醒周忠燕说，当地有个不成文的“规矩”，谁家建房子，只能让附近的村民干活拿工钱，肥水不能流进外人田，不然你的房子肯定盖不成，更何况，你还是一个外来媳妇呢？

为了建房顺利开工，周忠燕也想图个好兆头，按着别人的指点，她买了条香烟，登门给弟兄两个中的老大打招呼：“你们毕竟是兄弟，我们夹在中间也为难，我家建房造屋也要图个顺顺利利，你就别争了吧，让你弟弟承包钢筋生意。”哥哥是个小队干部，还是讲“风格”的，收下香烟想了想，也就答应让步了。

听说周忠燕要造房子了，村里有个姓申的男子，开了一辆破旧的拖拉机就赶来了，他横竖要包揽下运输建筑材料的活。周忠燕拿他没办法，就答应让他拉，可他两天只拉了 5 拖拉机共 7000 块砖头，人影子就不见了。于是，周忠燕只好又喊别人的车来运黄沙石子，黄沙石子拉来了，这时姓申的不知又从哪里冒出来了，死活不让人家卸沙子，说人家抢了他的生意，闹得不可开交，谁也阻止不了这个姓申的人的蛮横行为，周忠燕气得直哭。

有的村民实在是看不下去了，叫周忠燕给扬州电视台的《关注》节目打热线电话，电视台记者扛着摄像机来了，镇政府也派人出面了。周忠燕的房子还没砌，风波闹得倒是一波接着一波。周忠燕哪里经历过这些事啊，在少数霸道的刁民面前，她根本就不是他们的对手。一个又一个的麻烦事，让周忠燕倍受打击。

她一屁股坐在田埂上，泪流满面。

受人欺负、满腹委屈的周忠燕无处发泄。夜晚，身心疲惫的她，独自坐在孤灯下，登录胡永飞的 QQ 空间，写下她的伤心和痛苦。

老公：

不知道你在地下是否知道我现在的情况？我真的好累，好辛苦！今天是2009年10月18日，农历的九月初一，是我们开工的日子。

这些天，为了建房的事情，我天天在外面跑，好累啊！这几天，为了筹备建材，发生了很多事，人家处处为难我。想到家里的男人不在了，受到人家这样的欺负，我止不住大哭了一场。今天我把电话打到了村里，打到镇里，打到了电视台，我想让大家让社会来评评理，我有委屈啊！也许我当时有欠考虑，但我实在是没有办法了啊！

现在，建房还是不能正常施工，还是被人阻挡。我从来没有忙过这些事，又不是本地人，下决心来砌这个房子，我已经拿出了全部的勇气，我是为了你妈妈，为了对得起九泉之下的你，才准备砌这个房子的，但没有想到，在高邮这里砌房子有这么困难。

我也请人估算了一下，砌一幢楼房估计要25万左右，我把自己吓了一跳，想想这个数字，一连几天都睡不好觉。我每天晚上都在绣十字绣，绣得实在撑不住了才去睡觉，为的是想能多挣几个钱。我又在担心了，家里的钱就这么多，如果全部用在建房上了，以后日子怎么过啊，盼盼上学要用钱，三个老人要用钱，我到哪里去挣钱啊？我能向谁伸手啊？

……

厄运与艰难，紧紧地咬住了周忠燕。在残酷的现实面前，周忠燕心力交瘁。冷静下来想想，柔弱的她害怕了。这一切，本来就不应该是她这个年龄的女人所能承受的啊！

她哭泣了，她胆怯了，她退缩了，甚至也有点灰心了。

人生遇到的逆境大概要比顺境更多一些，当你改变不了环境的时候，你就要适应环境，随遇而安，在已经存在的环境里，寻找一种最好的生存方式。于是，周忠燕没有和别人商量，给自己踩下了刹车，放弃了建房这件事。

人心有时是横着长的！金钱是一面照妖镜，很多人在利益面前，会情不自禁地撕下一贯戴着的面纱，抛弃善良、厚道、同情的里子，人性的弱点暴露无遗。就在胡永飞牺牲不久，周忠燕作为烈士的遗孀，本就令人同情，但现实也没有放过她。那些人终究是普通的平凡人，无法用更高的道德标准来强求他们。

建房工地停工了，周忠燕把自己关在屋子里整整一天，饭也不吃，娃也不管。她登录胡永飞的 QQ，一股脑地向飞哥倾诉，把近几年家里发生的事像放电影似的过了一遍。

她在问自己，发生的这一切，到底是什么原因？她想不通，也想不明白。

这阵子，周忠燕心烦意乱，她妈妈刘华容也是唉声叹气，两人心情都很差，就不能好好说话了。这一天，周忠燕和妈妈为了胡永飞的一个亲戚来借钱的事吵了一架，而且吵得挺厉害的。这个亲戚已经 3 次打电话来要借钱，周忠燕一直没有松这个口。妈妈就怪周忠燕，说这个钱应该借给他，说我们一家子都是外来户，平时要指望人家多照应的。

唉，人啊人，真是太复杂了！都说经历会让人成长，也会让人绝望！在胡永飞牺牲后的短短几个月时间里，让周忠燕感受到很多温暖的人性之美，也见证了许多人性之恶，充斥着贪婪、无情、冷漠、猜忌……在利益面前，这些丑陋都赤裸裸地展现出来了。

一向性格开朗的周忠燕也突然变了，变得怕出门，怕上街，她害怕别人用异样的眼光盯着她看，害怕有人在她背后指指点点。她有时头涨疼得厉害，真想把头撞在桌上或是墙上，也许，人在想不通的时候也就是一念之差。情绪坏到底时，她真不想在这里继续待下去了，甚至想一走了之，到一个完全陌生的地方去闯荡。

但是，当她环视屋子里老老小小一家子人，她又提醒自己，千万不能倒下，不能当逃兵，要当好一家之主，走好自己的路，尽到责任和义务，对得起自己的良心，对得起天堂的飞哥。她明白，如果自己垮了，这个家就塌了，所以，她一定要振作起来。

周忠燕很珍惜镇卫生院的这份工作，每天一早就骑着自行车赶到卫生院上班，圆圆的脸上总是挂着微笑，和同事们相处得很和谐。工作的苦累她都不怕，她就是想好好工作，多挣一些工资。可卫生院的工资并不算高，每个月工资加奖金大概七八百元，值一个夜班 8 元钱，有时同事家有事办酒席，请去吃顿饭，包个红包就要 200 元。

周忠燕心里有些发虚，家里的顶梁柱断了，虽然政府每月会下发定额的抚恤金，但婆婆常年要看病吃药，爸爸“三高”也一直要服药，儿子马上要上幼儿园了要花钱，家庭开销越来越大，靠这个工资收入，要安排好一家老小的生活，肯定不行啊！

周忠燕犹豫了很久，硬着头皮找到天山镇民政部门，如实反映了家庭生活面临的困难和自己的想法，希望能进一步得到关照，民政干部是很同情她，但也为难地对她说：“我们的能力有限，能为你做的只能这样了。”

周忠燕有些不甘心，她又找到上一级政府部门反映情况，并递交了一份申请，她渴望得到一份性质稳定、工资待遇相对优厚一些的工作。

“天无绝人之路，我要凭自己勤劳的双手，挣钱养家糊口，应该是能够做到的吧！”周忠燕对自己这样说。

她想起在一篇文章中看到的心灵鸡汤语句，对此时的自己还是蛮有营养的：“没有谁能够击倒我们，除非我们自己；没有谁能够拯救我们，只有我们自己。”

第五章

以青春的名义，为祖国守岁

“脚下的每一寸土地，都是祖国的领土。这里的每一块石头，都印着我的脚印。我们一起守护山河，又守望彼此……”

飞哥，今天是我们最后一次给你过生日了，以后每逢你的忌日，我们都来进行祭奠。你才31周岁，正常人生的一半还没有过到，我们的好生活才刚刚开始啊！你现在儿子有了，工资涨了，年底也该调副营职务了，可是你却突然走了。你上次对我说，明年在天山镇的玉峰大酒店给我过30岁生日，好好热闹一下，我眼巴巴地在等着这一天，你怎么说话不算数啊？这可是我嫁到你们胡家的第一个大生日啊！

今天，我和妈妈带着盼盼，捧着鲜花，偷偷拎着你喜欢吃的饭菜（因为陵园规定不准带食品），到高邮烈士陵园来看你了，我下意识地拨了你的手机号，可是打不通了，以后这个号码也不可能再打通了。

你们连队的战士江建，刚退伍回来没几天，今天也来看你了，他还认真地向你汇报了连队最近的工作情况。我们的儿子盼盼现在也像一个小小兵，嘴里不停地喊着“一二一、一二一”，立正、稍息、齐步、敬礼，这些动作都会做了。盼盼20个月大就认识你了，那天，我打开电脑上存的照片，盼盼站在旁边看，我就点着照片一个个地问，点到盼盼，他说是宝宝，然后点着你的照片，他说是爸爸，我很高兴。你在家才待了几天啊，儿子居然认识你。如果你在，看到儿子这么聪明，该有多开心啊！

以前人家在我面前问到你，我就很自豪更自信，可是现在一讲起你，我心里就很苦涩、酸楚，最烦的就是人家问我拿了多少钱啊之类的话，我真怕以后盼盼一天天长大了，有些话会伤到他，这是我最担心的。我只希望他知道，爸爸是一名军官，一直在遥远的西藏高原部队里工作，只是好久好久没有回家了……

2009 年 12 月 21 日晚上，夜幕早早地笼罩着苏中大地，农村冬天的夜晚更是凄凉，万籁俱寂。内心孤独的周忠燕又坐在电脑前，向她的飞哥掏心窝子。周忠燕写完上面这些话，站起身来用双手按摩着两侧有些发疼的太阳穴，久久打量着床上已经熟睡的儿子，儿子粉嫩的小脸上露着甜甜的微笑。

周忠燕提醒自己说，现在作为一家之主，不能再怨天尤人、牢骚满腹了，路要往前走，日子要往前过，自己经历的这些与永飞坚守西藏高原 10 多年吃的苦受的罪相比，差距还大着哩！

10 多年青春，苦过、累过、哭过、笑过……胡永飞与西藏高原生死相依。他怀揣初心，在高原播撒希望的种子。胡永飞的军旅虽然不算很长，但一路走来，茫茫高原雪地，却留下了他一串串深深的脚印……

错那县，位于西藏自治区南端，喜马拉雅山脉南麓。它像一颗明珠镶嵌在海拔 4000 多米的西藏南部雪域，藏语意为湖的前面，这里有众多美丽的湖泊，更有连绵不断的雪山。一年有半年多的时间在下雪，银装素裹，分外妖娆，却似乎并不得人们欢心。“一年只下一场雪，一下就是七个月。”错那人都这么说。这里的天空似乎伸手可及，天很蓝，山叠着山。这里的阳光洒在常年积雪的地面和山峰上，却丝毫没有“杀伤力”。这里的风，一年四季狂吹着，一遍遍抽打着大地。

这里的颜色很单调，除了雪的白就剩土的黄了，那些偶尔长在山下的荆棘，不知道哪天就被淹没在了暴风雪中。来过这儿的人都说，错那的山空旷且单调，那种氛围往往会让人产生孤独甚至是惧怕。

这里不仅有朴实的藏族百姓世世代代放牧种青稞，还有一群可爱的军人驻扎坚守。

“在这里，四季如冬。”官兵这样形容错那的气候，乐观中透着无奈。

营区大门外面，一座座大山以不同的姿势横卧着，这里人烟稀少，一年到头也看不到绿色。强烈的紫外线改变着这里每一名官兵的容貌，冷冷的风常年夹杂着从山间掠来的沙土，狠狠地砸在又紫又红的脸上。都说高原上的兵很苦，那是真的很苦。在这里呼吸有时候是一件费力的事。

部队每年来了新兵，首先都要面临近一个月的习服期。吃饭、睡觉、走路这些看起来再简单不过的事，对于初上高原的新兵来说，都要格外小心，其实老兵也不例外。不少战士上高原后不久，就开始掉头发，指甲也一点点出现凹陷的症状。可是到了退伍季，面对走留时，绝大多数战士还是坚定地递交了留队申请书，当驼铃声响起时，离队的战士们抱头痛哭亲吻钢枪，把不舍的热泪洒落在这里。还有的战士因为高原反应强烈呕吐不止，走路都摇摇晃晃的，可一站上哨位，却如劲松般屹立在那里。

刚穿上新军装十多天的胡永飞，在错那的新兵营里迎来了1999年新年的钟声。元旦这天，新兵营加餐，说是加餐，其实就是一桌多放了几个罐头食品，这些罐头都是1992、1994年生产的，保质期3年，都已经过期几年了，没办法，只好将就着吃吧。如果不是过节，领导还舍不得拿出来给大家吃呢。

这天晚上，新兵营组织了联欢晚会，新兵们到部队后第一次可以放开喉咙唱流行歌曲，第一次可以看电视。在这欢乐的气氛中，胡永飞忘了所有的痛苦，体会到了部队大家庭也有欢乐的时候。

“青春，是什么？青春，是吃一个馒头只要两三口；青春，是巡一趟界碑需要一整天；青春，是穿一身迷彩无悔一辈子……”“既然选择了军营，走上了高原，就别后悔。我知道，军营生活将是我生命中最灿烂的风景线！”胡永飞当晚在日记中这样写道。

队列训练，主要包括军姿站立、稍息立正、敬礼跨立、停止间转法、齐步正步跑步等，目的是培养军人良好的军姿和气质。新战士度过了高原习服期，新兵营便重点训练站军姿。虽然室外风霜如刀，但新兵们每天都精神抖擞地在操场上列队训练。一开始练习站军姿，虽然站的时间并不长，但几乎所有新兵都觉得累，气急头晕，受不了。

接下来要依次进行整理着装、整齐报数、立正与稍息、向左向右看齐、齐步走、跑步走、正步走等基础训练。平时看起来最简单的动作，竟然有那么多的规则。踢正步是队列训练的重点，新兵生活最有意思的也是踢正步。看似只是走路一样简单，但在高原上做起来并不容易，上身要正直，微向前倾，身体重心要前移，脚面要绷直，脚尖下压，脚掌与地面平行，步伐要一致，抬脚落地要果断。一个人单独练习时相对容易些，但到集体合练的时候经常会乱套。

为了走好正步，踢出人生第一步，不管是流汗还是流泪，胡永飞的步伐从未停止过。腰酸了，必须硬撑着；背疼了，还要挺直；嗓哑了，喉咙还依然忍痛嘶喊。班长还要求新兵，每个人走正步时，一定要有集体荣誉感，有团结协作精神，需要步调一致，只有这样才会力往一处使，正步才能走得齐。合练时，连长先让新兵站成两排练习，由两排到三排，再到后来的四排五排，再至后来整个连队集体合练。

功夫不负有心人。漫长的军姿、踢不完的正步、挨不完的训斥，通过一个多月的辛苦付出，也让新兵的内心慢慢变得坚强起来，每个新兵都通过了队列考核，开始有点“兵样子”了。

转眼到了 1999 年的春节，胡永飞 2 月 9 日的这篇日记，重现了他到部队后过第一个春节的情景。

今天是大年三十，整个军营沉浸在一片欢乐的海洋中，每个连队门前都挂起了大红灯笼，大门上贴起了对联，让我呼吸到浓浓的春节气息。今天晚餐共有12个菜，这是我们到部队以来吃得最丰盛的一顿饭。

开饭前，我们唱了那首《说句心里话》，没有唱几句，大家的脸上都已挂满了泪水。今晚谁不会想家？家乡的亲人谁又不在思念我们呢？“一家不圆万家圆”这句话的含义，此刻体会最深刻了。我对着高高的雪山大喊了一声：“爸妈，新年快乐，儿一切平安！”

晚上7∶30左右，我在烧开水，有人喊我接电话，我以最快的速度冲到电话机旁，拿起话筒，听到了里面叫了一声：“小兵啊，我是爸爸。”我刚应了一声，电话机就发出了“嘟、嘟”的声音，电话断了。爸爸打进来这个电话有多难啊，老家——拉萨——山南——团部——营部——新兵三连，要中转好几次啊。我的泪水不争气地流出来了，我能感觉到，爸妈在老家肯定也哭了。

晚上由连队干部站岗，我们战士看春节联欢晚会，那首《常回家看看》，唱得全体官兵热泪盈眶。副团长和我们在看联欢晚会，他也哭了。我们能够理解，选择了军营，就意味着奉献。我们虽然奉献了青春年华，失去了和家人团聚的机会，但我们有部队这个大家庭，在这里，我们一样感受到家的温暖。

人活着，不在于他索求什么，而在于他奉献了多少。当我穿上军装的那一刻，我就不再是一个普普通通的公民，身上肩负的是军人的天职。我爱这绿色的军装，它是我生命中一生的骄傲！

军人来自“小家”，守的是“大家”，家在心里，亦在肩头。到部队后的头一个年关，守着一望无垠的雪山无人区，胡永飞渐渐懂得——有一种团圆叫守望！不能团圆的日子，都是为国坚守的日子。团圆是期许，有时也是一道“考题”。军人的心中有一百个理由想家，更有一百个理由选择坚守。坚守，在万家团圆的灯火中。坚守，就是军人的年味，军人的年味也挺有味的。这时胡永飞的心头，团圆是憧憬，更是坚守的原因。此时此刻，无数中国军人以青春的名义，为祖国守岁。

节日的军营，就是欢乐的海洋。只是每到夜深人静，思念也会如高山飞雪的吟唱，庄严肃穆，悠远绵长……

经过紧张的两个多月的新兵连训练生活，胡永飞的队列、体能、射击、投弹等课目都成绩合格，他被作为体能素质较好的兵分到特务连。班长带他们几个新兵去洗澡，入伍两个多月都没有洗过澡的胡永飞很是激动。站在热气腾腾的淋浴喷头下，胡永飞闭着双眼在尽情享受，他一时想不出世上还有什么事比洗个热水澡更舒服的了。

在新兵连，胡永飞接受了“老西藏精神”专题教育，就是“特别能吃苦，特别能忍耐，特别能战斗，特别能创业”。在老西藏军人眼中，与祖国同框，是最美的风景；在他们眼中，为祖国站哨，是最幸福的时光。他们相信，在你看不到的远方，有祖国注视的目光。连队干部和老兵的行动也让他耳濡目染，他把这四句“特别”的话工工整整地抄写在笔记本上，也铭刻在一个新西藏人的心灵上。

部队挑选了许多讲述边防军人甘于寂寞、赤诚坚守故事的录像片，播放给战士们看。让青春之花绽放在祖国最需要的地方，录像片致敬守卫国门的边防军人，在温润官兵心灵的同时，也带来关于青春该怎样选择的启示。

这自然引发了胡永飞的思考和赞叹：我们就是祖国的界碑，脚下的每一寸土地，都是祖国的领土；身后是祖国，脚下是国境线，边防官兵就像国家的神经末梢，时刻关注边界线上的任何变化，用青春铸就守卫边疆的钢铁长城。

很快，胡永飞就喜欢上了这首他自己改编的《和你在一起》的歌。

带上行李，告别故里
我们穿越万里来到山南
日复一日，不问归期
汗水泪水都变成奇迹
风风雨雨，点点滴滴
每个朝夕都成了回忆

美丽的高原
多情的土地
我已爱上了你
要和你在一起
……

在特务连，胡永飞经历了“魔鬼式训练”，每天上午练习蹲马步、打拳，拳术有军体拳1—3套、捕俘拳、少林拳、组合拳；中午不允许休息，练习单双杠，大家都特别发困，只有等老兵们午睡了，他们才悄悄坐在外面的墙脚下眯一小会儿；下午练习倒功，倒功训练是最苦的，有前倒、前扑、侧前倒、凌空侧踢、后倒等7种倒功，由于睡眠不足，有一次练倒功时，胡永飞一不小心，倒下去下颚跌破了，鲜血直流，班长看了看说，“没事，钢铁战士就是这样炼成的”，只是让他到团卫生队去包扎了一下。

吃过晚饭还没有15分钟，长跑训练又开始了，5公里跑下来，胡永飞感到喉咙在冒烟，直想吐。紧接着，又开始进行体能训练，练蛙跳、走鸭子步、扛人等等。回到宿舍后，脱掉外衣，仅穿一条短裤，继续练习俯卧撑、下蹲，下蹲动作要练1000个左右，当时外面下着大雪，班长在房间里来回巡视着，看着手下的兵搞训练。战士们都搞不明白，班长为什么如此残酷?

日子在一天天过着，胡永飞在咬牙挺着，他心中有一个信念：当兵就是要吃苦的，今天吃得苦中苦，明天才会甜上甜，千万不能掉链子。

“我们是雪域的钢刀，寒光出鞘所向披靡……”新战士将稚嫩留在身后的高山险谷，他们和老兵的歌声汇在一起，难分彼此，水乳交融。

在特务连，连队干部专门给大家讲授了一堂“弘扬驻地沙棘林精神”课，胡永飞听了感到既好奇、又新鲜。错那千年古沙棘林有着世界“三最”之称，即：全世界年代最久远、面积最大、海拔最高。沙棘林生长在曲卓木乡的沿娘姆江河谷附近，共有2000多亩，沙棘树最高约15米，树围最粗4.5米。沙棘林郁郁葱葱，树木各具形态，让人颇感震撼。经过考证，已有700到1000年历史，是世间罕见的古沙棘林，每逢金秋黄果累累，错那古沙棘林便成为错那一道美丽的风景线。

听完课，胡永飞领悟出了：沙棘树其实代表着一种精神，砥砺严寒，生命力极其顽强，就像边防军人一样，扎根坚守在祖国边境一线。他暗自盘算着，以后一定要找机会到沙棘林去看看，多呼吸一些沙棘树的气息。

作为军旅人生的第一站，藏南雪域高原涵养了胡永飞的作风，他的言行举止无一不打下高原军人质朴、真诚的印记。他永远昂首挺胸，走路像急行军，每天的作息和工作全部有时钟控制。他要求自己用过的东西必须归位，需要什么，总是一步到位，从不翻箱倒柜。

后来，胡永飞作为表现比较好的战士，被选调到地处拉萨的西藏军区汽车某团司训某营，学习汽车驾驶技术。学习内容主要包括驾驶实际操作和驾驶理论知识，对于驾驶理论，胡永飞一时虽然还不能搞得很懂，但他会死记硬背，每次考试成绩都是优秀，排长和师傅们对他都比较器重和赏识。

在司训营，除了学习驾驶技能，还要参加大规模的营区基础建设。每天中午休息的时候，胡永飞和战友们都要到营区外长草的地方去挖草皮，一块一块往营区里背，然后整地铺平。到了休息日，司训营就开上卡车，把战士拉到远处的农场，规定一个上午每个战士要挖50块草皮，然后捆起来搬到卡车上，中午饭就在外面将就着对付一下。几个月下来，尘土飞扬、没有生机的营区，被官兵们铺上了一层绿色的地毯，战士们每天浇水养护，颇有春意盎然的感觉。

铺好了草坪，司训营又组织开挖鱼塘，官兵们天天顶着烈日，挥舞着铁锹，向十分坚硬的土地开战。胡永飞和其他战士一样，由于臂膀长时间露在外面，被太阳的紫外线灼伤了，手臂发红、疼痛，晚上睡觉奇痒难忍，过一阵子就开始脱皮。

排长很关心胡永飞，专门买来了药膏，一边为胡永飞涂抹臂膀，一边对胡永飞打气说：“吃苦是为了今后更好地适应社会的挑战！”说完，在胡永飞的肩膀上使劲拍了两下。

部队实行的都是封闭式管理，司训营虽说在拉萨，可战士们平时也没有机会到街上去游玩。“五一”劳动节放假了，排长帮胡永飞请了假，带着他一起到市区去看看。

在拉萨最豪华气派的路段——江苏路，悬挂着一条十分醒目的大红横幅：“衷心感谢江苏人民对拉萨的无偿支援！”胡永飞看了很是兴奋。

胡永飞被美丽的拉萨和雄伟的布达拉宫深深地吸引了，他在布达拉宫广场拍了好多照片，然后去了罗布林卡和八角街。晚上归队时，他给战友们捎回许多当地的特色小吃。

紧张、艰苦、惊险，半年的司训生活很快就要结束了，胡永飞只要一跨进大卡车的驾驶室，就感到刺激、兴奋。飞雪和冰凌在方向盘上交汇，山路和戈壁在掌心重叠。手握方向盘，奔驰在一眼望不到头的雪域公路上，那才真爽。胡永飞开车去过西藏的第二大城市日喀则，也去过第四大城市林芝的八一镇。跑的公里数多了，驾驶技能提高也很快。

几个月下来，排长和胡永飞成了无话不谈的好朋友。排长很欣赏胡永飞的才干和为人，主动向胡永飞介绍了他的家庭情况，讲述了他的成长经历，还真诚地帮胡永飞纠正了不少毛病和缺点。

“永飞啊，你文化基础扎实，人又聪明，千万不要放弃课本，要坚持复习，一定能考上军校，而且你将来肯定会有出息。”排长很看好胡永飞，这一通话无形中给胡永飞注入了强大的学习动力，就像茫茫雪地里燃烧的一簇篝火，指引了他努力奔跑的方向。

分别前，排长拍拍胡永飞的肩膀，又说了句让胡永飞激动很久的话：“兄弟，你是块金子，无论在哪里都会发光的!”这无疑又给胡永飞打了一针兴奋剂。

胡永飞和排长紧紧拥抱，大家都哭了。这次分别，不知何时才能再见面?

四川广安籍战士莫卓龙，和胡永飞同期学驾驶，跟的同一个师傅，跑的同一台卡车。如今，他向周忠燕讲起20年前司训队那段激情燃烧的岁月，仍然激动不已。听着战友的追述，翻看丈夫的日记，一个生龙活虎的胡永飞正大步向周忠燕走来。

掌握了汽车驾驶技能的胡永飞，被分配回到了中印边境的错那县边防某团汽车队。司训营排长激励他的话，时常在他的耳边响起，燃起了他内心深处的希望之火。胡永飞开始追逐他的军校梦想，他白天参加队里的日常工作，晚上就在灯下看课本，做习题。队干部听说胡永飞想考军校，对他就格外照顾，让他搬出班里的集体宿舍，住到营房下面的车场值班室去，这里环境安静，晚上即使看书再久，也不会影响其他战士睡觉。

看到胡永飞白天黑夜地学习得很辛苦，有的战友，也包括有的干部心疼他，好心劝他说："你们扬州条件那么好，难道不想早点回去吗?"

这些听起来蛮有道理的一通话，把胡永飞的心搅拨得有点晃荡起来了，考，还是不考？他有些短暂的纠结。他想到自己入伍时，父母充满期待的眼神，盼望儿子将来能有出息。

这时候，在老家办厂的姨夫也给胡永飞打来电话，直截了当地问他："你是打着背包退伍回来脸上有光呢，还是上军校当军官有面子呢?"

胡永飞似乎一下子被问醒了，他决定拼一把，争取让祖坟上冒一回青烟，即使输了也心服口服，不留遗憾。

胡永飞身边的学习资料不多，已经考上大学的高中同学薛小明、高义成、路廷清，就一次次给胡永飞寄来相关课本，力挺他考军校。他们对胡永飞说，老大，条条大路通大学，你的底子厚实，好好拼一把!

多少人曾爱慕雪的魅力，却少有人感受过它的威力。冬天的错那，几乎天天都是风横雪舞，让人早已没有了欣赏的兴致。错那的风雪，像一把无情的刻刀，改变着戍边人的模样，脱发、指甲凹陷、皮肤皲裂……胡永飞因为夜晚经常久坐复习，挨冻受饿，手上和耳朵上更是长满了冻疮，痛痒难忍。信念的力量在力挺着胡永飞，咬咬牙坚持，曙光就在前头。

2000年春节后，团里进行文化摸底考试，汽车队推荐胡永飞和另外一名战士参加，胡永飞初试告捷，在全团65名考生中，他考出了第一名的好成绩，这让胡永飞激动不已，好似打了一针鸡血。这虽是一场摸底初试，但让胡永飞信心大增，风雪严寒已经裹不住他这颗年轻燃烧的心。

3 月中旬，胡永飞被团里选送到山南军分区，参加文化补习班。军分区各个单位共筛选出来 145 名战士前来报到，而真正能参加最后全军统考的只有 80 个名额。

终于迎来了全军军校招生统一考试的日子。考试进行了 3 天，胡永飞自己感到数学、物理、化学考试发挥得不错，特别是化学试卷，还提前了 20 分钟交卷，监考的教员翻看着他的试卷，微笑地直点头。

考试结束后，监考教员问胡永飞是哪里人？胡永飞回答说是“江苏扬州人”。“哦，难怪你考得不错，你们江苏那边教学质量好啊！”

听了教员的赞许，胡永飞真的感到很自豪，为自己是扬州人而骄傲！

从军分区考试结束回到汽车队，胡永飞参加连队正常工作。等着成绩揭晓的日子真难熬，胡永飞的内心紧张而忐忑。

带他开车的老兵师傅很关心他，宽慰他说，考取了更好，如果万一考不上，就在连队好好干，争取入党立功，回老家也能安排一个好工作。

成绩终于下来了，胡永飞在军分区 80 个考生中，考了第三名，总分 425 分，比军校录取分数线高出 20 分，整个军分区共有 8 名战士考上军校。

胡永飞成功了！整个汽车队沸腾了，因为胡永飞打破了近些年汽车队没有战士考上军校的纪录，连队官兵都为他喝彩。

胡永飞作为汽车队驾驶员出身的战士，顺理成章地被地处安徽蚌埠的解放军汽车管理学院录取了。2000 年 8 月 19 日，胡永飞收到了学院寄来的那张沉甸甸的录取通知书。

离开连队前一天的夜里，胡永飞失眠了，他索性穿起衣服，围着汽车队营区走了好几圈，他抬头望着天上的星星，想起听人说过，每个人在天上都有一颗属于自己的星星，或许我的星座就在错那吧！

站在星空下，胡永飞问自己，在西藏高原当汽车兵，苦吗？苦！难吗？难！累吗？累！然而，透过藏南高原恶劣的天气，他感悟的却是心中的万里晴空。在他心里，苦，是一种人生滋味；乐，也是一种人生滋味，将两种滋味融合到一起，就是与命运的顽强抗争，就是充满诗意的生活。

胡永飞这样想着，便放声呼喊："我爱这里的山，我爱这里的雪，我爱连队的战友！兄弟们，我还会回来的！"寂静的夜晚，声音显得格外洪亮。

日子越是过得苦，战友情谊越深厚。胡永飞十分珍惜和战友们一起生活和成长的青葱时光，忘却伤痛，心怀阳光，理想滚烫，永远年轻，永远热泪盈眶。每年老兵退伍时，大家都抱在一起，哭得眼泪鼻涕一大把。退伍战士写在留言册上的话语很有力量，也很有诗意。"这里的每一块石头，都印着我的脚印。""一起守护山河，又守望过彼此，离别时真的心痛。"……

在胡永飞的想象中，脚印是错那千年古沙棘林，留下中国军人的赤诚；脚印是喜马拉雅山的车辙，留下高原汽车兵的执着。他将青春的脚印坚实地留在了那博大而美丽的西藏高原上。

石头是个神奇的存在，你爱它，就会觉得它很美好，就会敬重它。其实，石头就是一个历世事之变、见地老天荒的沉默的长者。它还自带神秘的能量，凝华时间的包浆，只是我们看不见。

离开连队之前，胡永飞趴在连队旁边的一块光洁发亮的戍边石上，深情地拥抱亲吻这块带着温度的石头。给他送站的卡车喇叭清脆地鸣响，是在催促他上车。胡永飞迈开沉重的双脚，坐进驾驶室，看到战友们自觉地站成两排向他挥手送行，他的脸紧贴着车窗玻璃，眼前氤氲着一片水汽——那是不舍的泪水。

当胡永飞的战友们把这些片段回忆叙述给周忠燕听时，周忠燕的眼睛一次又一次湿润了。她钦佩地说："他真是一条汉子！"

第六章

在军校熔炉里焠火成钢

“掉皮掉肉不掉队，流血流汗不流泪。”这是军校的训练口号。他反复对自己说：“挺住，这三年必须挺住！”

周忠燕和胡永飞在一起的时候，胡永飞向周忠燕讲得最多的，除了藏南高原的连队情况，便是蚌埠的军校生活。上军校，是他足以永久骄傲的资本。周忠燕珍藏着胡永飞的几大本影集和日记本，其中很多内容都是记录军校生活的。一有空闲，周忠燕就坐下来翻看阅读，看多了，如影随形，胡永飞读军校三年、一千多个青春飞扬的日夜，像放电影似的经常在周忠燕的眼前盘旋。

因为蚌埠离高邮不到 400 公里的路程，胡永飞到军校报到前，提前 4 天先回到老家看望父母，这是他当兵两年间第一次回家。

一进家门，妈妈就一把抱住他，“小兵啊，你可回来了，听他们讲，你考上军校了”！妈妈激动得一会儿哭一会儿笑。

“是的，妈，等我军校毕业就是军官了。”胡永飞通俗地向妈妈解释。

胡永飞发现，离家不到两年时间，爸爸妈妈一下子变老了许多，他们的脸庞就像屋后古槐树的树皮，粗糙起皱，头上的发丝也是黑白参半。胡永飞的眼睛瞬间红了。

邻居们、同学们听说胡永飞回来了，纷纷跑过来看他，拉着他的手问长问短，让他感动不已，乡亲们都很朴实、善良。一些平时来往并不太多的亲戚，也都热热闹闹地主动过来串门了，长辈们拍着胡永飞的肩膀，连声赞叹：永飞有出息了，这下胡家要翻身了！

胡永飞不好意思地搔搔头，憨厚地笑笑。

2000年8月26日，胡永飞春风得意地跨进军校大门，佩戴上了向往已久的军校学员肩章。等待新学员的，首先是一个月的强化训练，“掉皮掉肉不掉队，流血流汗不流泪”，这就是他们的训练口号。

胡永飞感到自己好像又一次进入了新兵营，每天早晨5点钟就起床，接着就是跑五公里，然后回来打扫卫生、洗漱、吃早饭，吃过早饭不到半小时，开始搞队列训练，快到11点钟时再跑五公里。中午人发困，大家就坐在小方凳上打个盹，不允许躺到床铺上午休，说是怕把内务搞乱了。下午依然是队列训练、跑步，枯燥、机械而很扎实。

胡永飞心里明白，训练再苦再累也要咬牙挺着，这是一名普通士兵向合格军官过渡的必经之路。他反复对自己说：“挺住，这三年你必须挺住，挺住了就过去了！”

为了迎接学校组织的国庆阅兵，学员们除了完成正常的训练任务之外，还得加班搞阅兵训练。有一天晚上，学员们在路灯下进行方队整体训练，胡永飞在第二排第四个位置，有几次踢正步时，他那个方向总是不够整齐，队长很生气，指着胡永飞吼道：“你这里老是出问题！”

这句话严重伤害了胡永飞的自尊心，他当时真想找个地洞钻进去。胡永飞不知从哪里来的勇气，抬起手“啪——啪”打了自己两个耳光，打得很响亮，不少同学都听傻了、看傻了。瞬间，训练场变得死一般沉寂，队长一下子也蒙了，愣在那里，一句话也不说。

训练结束后，队长把胡永飞叫了过去，让他别往心里去。真是不打不相识！就这样，队长记住了胡永飞的名字。

大约过了两个星期，队长第二次把胡永飞叫到办公室。看队长的样子很友善，胡永飞紧张的心平静了许多。队长说："我观察了一段时间，你是很实在的一个人，也能吃苦，准备让你当副班长。"

这一幕真有些戏剧性，胡永飞先是惊诧，后生感动，说明队长认可了他，接受了他。沉默郁闷了半个月的胡永飞一下子来了精神，开朗阳光、乐于助人、风风火火的性格，重又回到胡永飞的身上。

胡永飞这一届，军交学院面向全军各部队，总共招录了 100 多名战士学员。学员队分为 8 个班，胡永飞任 5 班的副班长。"班副班副，三大任务，搞生产、抓内务、接待家属来队。"在基层部队广泛流传的这句顺口溜，对副班长的职责进行了定位。在军校，副班长主要负责抓内务卫生、公差勤务，而班长则是抓全面的。

副班长虽然只是个芝麻绿豆官，但也算得上是个响当当的骨干。"当骨干就要当样板，敢喊'向我看齐'，如果自己做不好，别的同学肯定不会服气。"胡永飞这样提醒自己，遇事逼着自己往前冲。

整内务，主要是叠好军被，这是培养军人素质的一项基本功。按规定，被子要叠成"豆腐块"，横看四条线，竖看两条边，平面如水，竖面成墙，折叠成锐角，坚固成长方块。刚发的新军被像个棉花包，根本叠不出形来，至少要经过二三十个日日夜夜的叠、压、捏，才能达到方方正正、有模有样。

铺着洁白干净、方正平整的床单，叠得有棱有角、豆腐块似的草绿军被，这是学员床上的标配。为了把军被叠得棱角分明、成形成块，胡永飞可谓是下足了功夫。他铺平被子，用手丈量尺寸，卡位、折叠、修正，叠出初形，然后口含自来水，"噗噗"，均匀地喷洒在被角线上，两只手掌使劲挤压被子的边角，把一块三合板夹衬在被子里面，最后再用方凳反过来扣在被面上，压上一阵子。这样精雕细琢出来的军被，就像一块刀切的豆腐。

胡永飞给大家树立了样板，他把班里学员都召集到他的床铺前，现场演示如何叠被子，把自己的技巧毫不保留地教给大家，然后让大家反复练习。很快，5 班 10 多张床上的军被，就跟一个模子倒出来的一样。过了整铺位、叠军被这一关，胡永飞每天都带着学员拖地板、擦窗户、收拾储藏柜，窗户玻璃用湿抹布擦拭之后，再用废报纸擦上几遍，从室内往外看，就像没有玻璃似的，经常有鸟从远处直飞过来，一头撞在透明无尘的玻璃上，昏掉到地面上。

冬天来临，一件件草绿色的军大衣，从储藏室里取出来，学员们夜间站岗时就穿上，晚上睡觉时把它压在薄薄的 4 斤重的军被上，除了这两个时间段，决不允许把大衣随便乱丢乱放。学员队把对军大衣的管理也纳入抓内务卫生的重要内容，叠军大衣的难度不亚于叠军被，绝对是个技术活，大衣也要叠得有棱有角，和军被一样大小，整整齐齐放在叠好的豆腐块似的军被上。

夜幕降临，九点钟一到，校园里准时响起舒缓的熄灯号声。此时，校园的灯光，一排排，一层层，齐刷刷地在眨眼间熄灭，偌大一座营院，顿时一片安静。没有灯光，胡永飞就躺在被窝里，用军大衣蒙在头上，打着手电筒看书，看得久了，夜也寒了，便将军大衣紧一紧，再将衣领竖起，使毛茸茸的衣领厮磨在耳畔，顿觉暖和起来。

夜间站岗的时间又到了，值班员轻轻拍醒胡永飞，他揉揉迷糊的双眼，一骨碌坐起来，穿好军装，披上军大衣，意气风发地走进校园的夜色里。

学员队每星期都要在 8 个班之间进行一次内务卫生流动红旗评比，区队干部带着各个班副班长，到每个班巡查挑刺。可别小看这一面小小的流动红旗，在处处浓郁着争上游气息的学员队，每个班每个学员都把它看得很重，它体现了班集体的精神面貌和管理水平。在一双双明亮犀利的目光下，这面流动红旗，经常挂在 5 班宿舍的墙上就流不动了。

“弟兄们，我们又扛红旗了，打场篮球庆贺一下。”胡永飞常用这种方式，慰劳大家，一个个青春矫健的身影涌向篮球场。

学员们住在一幢老楼的二楼，铸铁管道因为老化，公共厕所的下水道经常出现堵塞现象。每次一拉“警报”，胡永飞总是跑在最前面，熟练地拿来一根长长的毛竹片条，撸起袖子，蹲下身子，专业地疏通排污管，有时粪水溅了一脸，他就跑到水池洗抹一下脸，然后接着干。

学员队经常组织学员出公差、干勤务，胡永飞都很积极，几乎一次不落。他说：“多干活虽累但不坏人，比在家里下田干农活轻松多了。”有时学员队通知，一个班出一个公差，胡永飞就直接自己去了，他也懒得再喊班里其他同学了。他有句口头禅：“让他们多看几页书吧！”

军容镜，顾名思义，是军人们整理军容的镜子，也称军容风纪镜或者“整容风纪镜”。军容，指向的是部队和军人的外表、纪律、威仪等。在学员队宿舍的进门口，站立着一块一人多高的军容镜，教学楼也有一块同样的军容镜。学员们在外出前，往往会有一个习惯性动作——在军容镜前照一照。不管学员们做这一动作的认真程度如何，他们最终要以最规范的军容走出校门。

军容风纪检查，是学员队的一项经常性工作。日常生活中，学员队干部的眼神也会时刻瞄着你。一个军校学员，如果军容不整，着装不符合要求，大致也就和作风不端、自身要求不严画上了等号。这样的等号，没几个学员能扛得动。所以，每到检查的哨音快响起时，军容镜前聚的学员最多，常有一对对的学员面对面相互帮着拾掇拾掇。

学员队队长孙伟，就把军容镜说得特别玄乎，说军容镜就是条令的化身，有关军容风纪的内容全嵌在镜子里；说军容镜记下了一个兵当兵的历史，每一点成长都能从镜子里找到；说军校学员就是在军容镜前一天天成长起来的，军容镜见证战士学员到基层指挥官的全部生活状态。军容镜是面镜子，又不仅仅是一面镜子。一个十分严肃呆板的话题，到了孙队长的嘴里，讲出来还充满了诗意。

战士之间相互理发，是基层部队的一大特色，军校也是如此。节假日，胡永飞喜欢搬张方凳摆在军容镜前，供学员们理发。一个新发型在诞生的过程中，常有不少学员围观。有了镜子，就有了互动的媒介。原本严肃无比的军容镜，被学员们感化出一幕幕温情，青春、快乐的笑脸在镜子内外流动。

正处于青春发育期的胡永飞，脸上冒出来不少青春痘，大家逗他开心，叫他“胡痘痘”，他听了也不生气，憨憨地笑笑说：“说明我年轻啊!”没有人的时候，胡永飞喜欢对着镜子，挤弄脸上的小疙瘩，用心而细致。军容镜有一半沐浴在冬日午后的阳光里，折射出炫目的光芒……

时光飞逝，一个学期很快过去了，学校放寒假了，胡永飞兴奋地踏上了回家度假的列车。这节车厢里坐的不少是在北方上大学的地方学生，大学生看到身穿绿军装、肩扛红徽章的胡永飞，十分新鲜好奇，把他团团围住，问这问那，眼神中全是羡慕和崇拜。胡永飞终于感受到了当兵的荣光，这是他以前在西藏没有体会到的，因为西藏的人口太稀少了。

胡永飞兴奋地给车厢里男女大学生讲述边防战士抱着被子追太阳晒、绝壁哨所啃馒嚼雪、运输途中遭遇塌方，以及为了练实臂力，把水壶挂在手枪管上练习瞄靶的故事，他们一个个听得瞪大了眼睛。

不知不觉中，列车已经到达镇江火车站，胡永飞恋恋不舍地下了火车，亲切的家乡话一阵阵飘进耳朵里，让他十分喜悦。

胡永飞先到扬州市区的商场转了几个小时，专门为妈妈选购了一身衣服，然后才兴冲冲回家。快到家时，胡永飞就远远看到，妈妈已经站在门口的小路上等着他了。一进家门，胡永飞赶紧把衣服拿出来，让妈妈试穿一下。妈妈没有多说话，只是高兴得一个劲地憨笑。

因为胡永飞放寒假回来过春节了，胡家这个普通而简陋的农家小院，顿时充满了欢声笑语。除夕这天，一家人都在忙碌准备丰盛的年夜饭。晚上，胡家老少四代全部聚集到胡永飞家的院子里，一张大团圆桌挤坐得满满的。大家争先恐后地向胡永飞叙说家乡的变化和各自的收获，胡永飞如数家珍似的讲述西藏部队的故事和军校的学习生活，只是军营生活中的风风雨雨，他从不曾向家人吐露。老老少少谈笑风生，尽兴地喝着家乡的土酒。

大年初一开始，胡永飞踩着此起彼伏的鞭炮声，到左邻右舍和亲戚家去拜年，拜了一户又一户，连续拜了 3 天。邻居亲戚们都心疼他在西藏当兵吃的苦，夸他成熟、懂事、会说话了，说从他身上，看到了军人的实在、坦诚、刚毅，部队就是能锻炼人。

胡永飞心里很是得意，他为当初选择到雪域高原去当兵而感到自豪。自己走过来了，挺过来了，一切都不成问题。青春——这个好听的名词背后，一成是“诗意”，九成是奉献。当兵不是浪费青春，恰恰是实现了人生价值！

返回学校前，胡永飞采购了一些扬州牛皮糖、高邮咸鸭蛋等家乡特产，说是要带给同学们尝尝。

俗话说，留心处处皆学问。胡永飞有一个习惯，他的床头柜里始终放着几个小本子，分别记录名人名言、人生感悟、生活点滴、军旅故事等内容，碰到什么有意思的人和事，或者有了什么灵感，他总是随时记录下来。周末，他喜欢带着几个小本子，泡在学院图书馆里，一坐就是半天一天的。

在军校里，如果光是抓好自己的学习、训练，胡永飞肯定是轻松的，可胡永飞在当了将近两年副班长之后，又当了班长，他的很多精力都花在了日常管理、协调关系、处理矛盾、上下沟通等方面，从中他也学到了很多书本上没有的知识，锻炼了自己，为毕业后到部队基层任职打下了基础。

胡永飞的心里一直记着 2001 年 12 月 20 日，这是一个值得纪念的日子。

这天中午吃过午饭，学员队教导员石朗平通知胡永飞到他办公室去一趟，教导员拿出一份《入党志愿书》，郑重地交给胡永飞，口气严肃地说："这是组织上研究决定的，你拿回去认真填写，希望你以后表现得更加出色!"

此刻，胡永飞心跳加速，他无比激动。虽然一直渴望早日加入党组织，今天这份《入党志愿书》来得还是出乎他的意料。

严格而紧张的军校生活，以及当副班长、班长的经历，让胡永飞悟到了许多课本以外的道理。他知道，成功光靠理论是远远不够的，关键是落实到行动当中。胡永飞一直在观察打量身边的每个同志，学习他们每个人身上的长处，特别是为人、处世方面的窍门，他在不声不响地积蓄力量，为回到部队当一个合格的带兵人做着准备。

"垃圾班长"，这是同学们对胡永飞的戏称，但戏谑之余也充满了钦佩。寒来暑往，胡永飞每天早晨总是等不到起床号响起，就轻手轻脚地提前起床，推来一辆垃圾车，收集清理学员队的生活垃圾。忙过这一阵，起床号响了，胡永飞又扎上腰带，站在了学员出早操的队列中。

彼时，估计同学们谁也未曾想到，一个总是默默无闻、快快乐乐收倒垃圾的同学，后来竟为人们树起一座永恒的精神丰碑。事后，同学们转念一想，在生死关头，胡永飞惊人一推，把身边的战友推出了死亡地带，都认为"关键时刻，他会这样做的"，绝不是偶然。

上军校期间，胡永飞这个农民的儿子，话讲得虽然不是很多，但他像一面鲜艳夺目的旗帜，时时引领着周围的人，多次被评为"优秀学员"，荣立三等功一次。

还有一个学期就要毕业了，这阵子，胡永飞想得最多的就是毕业后的分配去向问题，是分回西藏原部队去，还是想办法留在苏皖一带的部队或者留校，他一直在纠结。

一天夜里，他做了一个梦，梦见自己回到了藏南的汽车队，一路格桑花朝他开放得十分绚丽，战士们围着他，把他抬起来抛向空中，非常开心。

错那的山和雪，像是有种无形的力量，虽然拉远了战友的空间距离，却隔不断心与心的相连。对胡永飞而言，藏南边防的汽车队是难以割舍的“港湾”。他在自己的笔记本上写道：“站在内地望藏南，与站在藏南望内地，距离一样，思念却不一样长。”胡永飞太想他的老连队了，那是高原雪山在召唤。

胡永飞决定分回西藏的原部队，他罗列了四点理由说服自己：一是西藏各方面条件虽然艰苦，但对年轻的我来说，是一个很好的机会，很有挑战性。二是自己有近两年高原部队生活的经历，那里的战士纯朴能吃苦，战友情深，他们喜欢我，我也需要他们。三是那里生活很单纯，有利于自己静下心来多学习知识，多给自己充电，将来脱下军装时好参与社会竞争。四是西藏的部队工资补贴高，这可以为自己贫困的家庭多积累一点物质财富。胡永飞把这四点理由，清楚地记在了日记本上。于是，他向学校表明了自己想分配回到藏南高原的态度。

当周忠燕把胡永飞的日记本翻到这一页时，她反复读了多遍，十分感慨地对身边的人说：“永飞真是一个实诚人！”

就读军校的经历，是每个军官不朽的青春记忆，最美的人生珍藏。当他们即将走出军校大门的时候，也欣喜地发现自己已经淬火成钢，收获了脱胎换骨般的进步和成长。这是军校的力量，也是团结的力量。那些摸爬滚打留下的伤痕，成了他们值得荣耀的“勋章”；那些齐步走、叠军被的作风养成，让他们知道步调一致得胜利的重要性；那些一起朝夕相处的春夏秋冬，一起经历的风霜雨雪，也让他们相识、相知，战友之间就这样亲如兄弟。

昨天总有遗憾，今天总有不足，明天总有希冀。临毕业前，胡永飞从军容镜前走过时，脚步慢了，目光向镜面闪烁。镜子里的他，已不再是他熟悉的他。伴随这种陌生的感觉一起涌上心头的，还有淡淡的忧伤。

胡永飞创作了这首《驰骋万里》的诗，赠送给班里即将奔赴祖国万里海疆的学员战友。

你说毕业遥遥无期，
转眼都要各奔东西。
分别在即，忍不住回首，
那些忘不了的车管学院记忆。
前路浩荡，未来可期！
……

第七章

雪山在召唤

艰苦与寂寞像一块擦枪布，他的理想在高原粗粝的揉搓后，像一把枪那样，呈现出锃亮的色泽。

“永飞，前些年你在高原度过的每一天、走过的每一步，我没有能全程陪伴，在我的大脑资料库里，有些地方储存不足，你的不少战友向我追忆、讲述了许多关于你的故事传说，你的形象在我的心中不断血肉丰满、高大伟岸，我的明天注定要在怀念、追忆中度过，你是橡树，我一直是站在你近旁的那株木棉，我的世界属于你！”这段话，摘自周忠燕的日记。

周忠燕和胡永飞走到一起之后，她对他的世界充满了好奇，一有机会就缠着胡永飞问这问那，除了部队明确保密的内容，胡永飞都会竹筒倒黄豆，把工作、生活、友情的全部内容讲给周忠燕听，如数家珍，正好也借机显摆显摆。胡永飞牺牲之后，周忠燕和汽车队的一些老兵一直保持着联系，他们向周忠燕讲述了很多关于胡永飞戍边带兵的故事。

“真不容易，真了不起！”周忠燕时常从心底发出这样的赞叹。

“远地方、苦地方，建功立业的好地方！”选择安逸还是艰苦，往往只是一念之间。向下扎根方能酝酿花开，根扎得越深，养分越充足，绽放的花朵才更加美丽。

有人说，选择这片高原，是需要理想、更需要勇气的。初上高原是因为理想，再回到高原则考验信念。天下有那么多的好地方，这颗年轻的心却偏偏再次选择了边关——

2003年夏天，胡永飞背起背包，沿着事先规划好的军旅人生路线，回到了阔别三年、魂牵梦萦的西藏山南边关，重归边防团汽车队的流动战位，驰骋在雪海云天。

胡永飞当兵从西藏考上了军校，走出了高原，老家的亲友、同学们都以为他从此不会再回高原了。但大伙不明白，胡永飞读完三年军校，为什么又主动要求分回老部队呢？

面对大家的好奇和不解，胡永飞笑而未答。其实人生就是一个选择题，你最后能成为什么样的人，可能其间不仅仅在于我们的能力，更是取决于选择。胡永飞的选择跟很多人不一样，他其实完完全全可以选择一条相对轻松的路。

有一位作家说过，“在平原上思考世界屋脊上的问题，我的海拔多么渺小，我的肤色多么苍白，我的灵魂多么孤独”。是不是可以理解为，生活在平原地区的人，就失去了思考高原的资格，真正的思考者当是那些战斗在生命禁区里，接受自然考验的人们，他们的思想就像一束阳光，很有力度。

谁说军人没有浪漫的诗情？胡永飞的诗和远方，在风雪征尘的遥远边关，在广大无比的高天厚土，在世界屋脊的生命禁区。胡永飞在他的日记本上，写下这样一段话：

> 人生如旅途，你我皆是行人。“你”是每一个驻守远方的军人，“你”是每一颗砥砺前行的心。守望远方，一条河、一束光、一个峡谷、一串孤寂的脚印，愿每一个闪光的瞬间，都能带来温暖留下回忆。

“不恋都市景色艳，誓与雪山共百年。”唯有经历过如火般的淬炼，青春才会更热烈地绽放。

莫卓龙，称得上是汽车队的“元老”级人物，他 1999 年 12 月入伍，比胡永飞晚当兵一年。胡永飞考上军校后，莫卓龙在汽车队选改为士官；胡永飞毕业后回到汽车队，莫卓龙还是当士官，他和胡永飞共事时间最长，私交也很深。莫卓龙在汽车队干满四期士官 16 年，2015 年恋恋不舍地转业回到家乡四川广安岳池县公安局，继续当一名驾驶员。虽然离开部队已经 5 年多时间了，莫卓龙现在的微信名还是叫“雪域情怀”，微信头像是一幅通透蓝天、无际高原、清澈湖泊的照片，看得出，他对高原、对军营充满了留恋之情。

“对军营一往情深，论专业首屈一指，干工作风风火火，待战士暖如兄长……”莫卓龙、刘波等老兵断断续续地向周忠燕讲述了很多关于胡永飞的日常故事，听似宛如平常一首歌，但不乏令人激动、亢奋的旋律。

周忠燕百感交集、心生自豪，一谈起胡永飞，她自然无法平静。“当年，我是先爱上边防，再爱上远在边防的他，还是因为爱他的同时也爱上边防呢？有时我自己都说不清楚。”

胡永飞回到汽车队后，先从排长干起，然后当上了副队长、队长。他天天和战士们吃住在一起，工作在一起，训练在一起，一个锅里搅勺子，一根绳上晒被子，可以说是一天 24 小时都泡在一起。连队官兵其实都是 20 多岁的年轻小伙子，但是他们一张张黝黑的脸膛上全都是与年龄不相符的沧桑。

西藏高原历来都被视为生命的禁区，这里常年被冰雪覆盖，气温极低，而且紫外线照射强烈，空气中的含氧量不到内陆地区的一半。初到高原时，每个战士都有不同程度的反应：海拔太高，不断出现耳鸣、呕吐、流鼻血、脚肿、阵阵眩晕，痛苦不堪；氧气稀薄、空气湿度不够，头痛得很，大家难受得整晚睡不着觉。但是战士们都克服了重重难关，没有一个人后退，第二天所有人依然以饱满的状态迎接新的挑战。

在强烈的紫外线照射下，战士们“面无完肤”，嘴唇干裂，脸上脱皮甚至还被灼伤是常事。生活在平原地区的人们，很难体会到这种灼伤，这种撕裂是怎样的疼痛难忍，而且很多这种伤痛，是难以愈合和不可逆转的，但他们乐观、积极，有着常人难以理解的坚强意志品质！

那个时候，经常没有电没有电视，没有通信讯号，官兵完全与世隔绝。长时间处于这种极度封闭的环境，天天面对死气沉沉的雪山戈壁，难免让人觉得会变得像木讷的机器人。在如此枯燥的环境里，这群坚毅的男人与寂寞为伍，与风雪相伴，在雪山之巅横眉冷对恶劣的环境。官兵说，我们不怕苦、不怕累，最怕寂寞！

艰苦与寂寞像一块擦枪布，胡永飞的青春在带兵岁月粗粝的揉搓之后，像一把枪那样，呈现出本色的锃亮色泽。

“我们这代人把最难吃的苦都吃完了，将来子孙后代们就可以少吃一些苦。”胡永飞经常对身边的战士讲。

“队长，你想得可真远，老婆还没有搞定呢，就想到子孙了，哈哈哈……”胡永飞挂在嘴边的这句话，把战士们逗乐了。

高原白天的太阳毒得厉害，夜晚的月亮却清澈迷人。

“萧娘脸薄难胜泪，桃叶眉尖易觉愁。天下三分明月夜，二分无赖是扬州。”月光下，胡永飞正在向围坐在身旁的战士们朗读讲解唐代诗人徐凝的名诗《忆扬州》，他讲得绘声绘色，战士们听得津津有味。

胡永飞在提高大家文学欣赏能力的同时，也在抒发浓郁的思乡之情。他极爱在月下教战士读诗，从冷月清辉读到边关秀色。他教战士们清白做人，做事要像月亮一般清亮。他总能将生活和哲理绵密地融汇，引导大家从月亮中汲取缕缕智慧。

一天，胡永飞在讲近义词，举了家乡与故乡的例子，有个战士愣愣地问：队长，你说家乡与故乡有什么区别？

胡永飞顿了一下，沉思片刻，长叹口气，轻轻说道：离不开的是家乡，回不去的是故乡。他抬起头来，眼光慢慢扫过座位上的战士，越过窗户，眺望东南方向，久久不语。猛然间，胡永飞收回眺望远方的眼神，盯着面前的战士，攥紧手指，敲打课桌，一字一顿地说："我们当兵的人，无论身在何方，一定要对得起家乡的父老乡亲！"

胡永飞的文化功底相对比较扎实，连队哪个战士要参加部队院校或地方组织的文化考试，他都热心当小教员，帮战士开小灶。业余时间，他和指导员经常把战士召集起来，朗读赏析美文，补习文化知识，练习字帖，打乒乓球，唱卡拉 OK，提振官兵的精气神。

炊事班战士李欢，能烧出一手呱呱叫的饭菜，很受战士们欢迎。他向周忠燕讲过一件自己亲身经历的事情，脸上流露出不好意思的神情。

那时，李欢刚到炊事班不久，还不会单独做饭，只能给老炊事员打打下手，做些简单的事。一次，连队组织包饺子，李欢负责切葱，葱才切了一半，他的眼泪就哗哗直流。他有些生气，一边用毛巾擦眼泪，一边把案板上的葱一顿乱剁。这一幕，被胡永飞看在眼里，他走过来，拍了拍李欢的肩膀，说了一句"我来切吧"。胡永飞把一排葱对齐了，然后不急不慢、有条不紊"咔嚓咔嚓"地切下去。

一堆葱切完了，胡永飞却并没有流眼泪。他指着案板上的一碗水对李欢说："如果走在街上，小朋友看到你都喊'解放军叔叔'了，脾气咋还像葱味，火辣辣的。任何问题都有解决的办法，这不，一碗水就搞定了！"

胡永飞借题发挥起来：葱挥发的辛辣味刺激、强烈、浓郁，但却能瞬间被水吸收；一碗水，柔和、平稳、寡淡，却让空气氛围立马趋于缓和。那么，我们当军人的也该学学水的本质，把自己不可控的情绪因子当作辛辣的葱味，把我们内心的渴求平和因子当作一碗水。以温柔来对刚强，以沉默来对喧嚣，就可以把控场面、营造和谐。胡永飞的一席话，让李欢以及在场的其他战士思忖良久，他们似乎从这一细节中品悟出了一些为人处世的哲理。

在周忠燕的手机里，存放着一段视频：胡永飞和几名战士，在连队活动室打乒乓球，场面非常热闹。看得出，战士们玩得很开心。这段视频是当时的连队指导员朱仁喜拍摄的，储存在他的手机里，十多年了，一直没有忍心给周忠燕看。直到 2019 年，周忠燕再到西藏，见到了朱仁喜，朱仁喜说，要让胡博文看看爸爸当年生龙活虎的模样，她才看到这个视频。胡永飞仿佛依然活跃在她的眼前。

雪山上的石头会说话。闲暇时，胡永飞和战友们喜欢在石头上刻字，“宁可透支生命，绝不亏欠使命”“缺氧不缺精神，矢志强军报国”“忠诚”……一字一句，皆是肺腑之言。

汽车队附近有一块光秃平整的石块，胡永飞围着石块转了好多圈，琢磨了很久。后来，他和指导员商量，在上面画一幅“中国地图”。说干就干，他们带着几名战士扫雪、清洗、擦拭、画样稿、描漆……很快，鲜艳的中国版图“大功告成”。鲜红映照雪山，格外惹眼。

高原生活虽然艰苦，但是，每次看到中国版图和五星红旗的那一刹那，战士们又都充满了信心和力量。海拔再高绝不辱使命，氧气再少绝不缺精神。

不需要你认识我，
不需要你知道我，
我把青春融进，
融进祖国的山河！
山知道我，
江河知道我，
祖国不会忘记，
不会忘记我。
……

枯燥寂静的夜晚，胡永飞和战友们嘹亮的合唱歌声，经常从连队简陋的学习室飘出，久久回荡在茫茫雪山。

胡永飞很喜欢唱歌，特别喜欢唱《冲动的惩罚》《两只蝴蝶》《卓玛》《狼爱上羊》《其实我很在乎你》等歌曲。他和周忠燕谈恋爱之后，经常在电话里唱《其实我很在乎你》，周忠燕开玩笑地提醒他"唱跑调啦"，但他没有停下来，还在投入用情地唱，他的自我感觉良好，歌声里流淌出真情和自信。周忠燕嘴上说唱得不好听，但她却又很喜欢听，听得心也醉了。

"上了藏南线，那便是手握生死盘，脚踏鬼门关。"胡永飞针对西藏高原复杂奇特的地理环境、严寒多变的气候、险象环生的道路交通等特殊情况，把在军校里学到的驾驶理论知识和实践经验，有机地结合，形成了切合实际、便于掌握、以老带新的规律常识，手把手地传授给连队的战士。他学的就是汽车运输指挥专业，这是他的强项。在他的心目当中，汽车队形成的边境线上的运输线，就是边防官兵的生命线。

汽车队平时要担负给各个连队运送物资、供应给养的任务。从团部到邻近的一个连队，道路虽不算遥远，但有近100个弯道，有的路沿下面就是悬崖峭壁，险象环生，稍不留神，后果肯定是车毁人亡。雪下得很大，路面上积雪厚厚的，官兵就把雪清理到道路两边，好让车辆通过，路两边的雪堆得超过了车顶高度。汽车只能把物资运送到连队，连队到哨所因为没有道路，物资只能靠官兵们背送上山。

他们两个人合搬一个装满给养物资的塑料菜筐，每人再背一个背囊。为防止雪水进入靴子，他们用胶带把作战靴和裤腿捆绑起来。

沿着陡坡，大家开始向上攀登。这里海拔有4500多米，有的官兵刚刚向上爬了十来米，又滑了下去；有的官兵踩进雪坑，一下子淹到大腿，需要好几个力气大的战友一起使劲才能拽上来。

抬头望去，哨所仿佛就在眼前，可却怎么也走不到。实在累了，胡永飞和战友们就席地而坐休息一会儿。舍不得喝背囊里的矿泉水，他们就啃雪吃，说是要把矿泉水省给哨所的战友们喝。

继续前进，风夹着雪粒迎面打来。官兵们脸色惨白，每走一步都重如千钧。他们拖着扛着背着给养物资，相互鼓劲，咬牙向前……

周忠燕和胡永飞谈恋爱后，她对他的工作、生活有了越来越多的了解。慢慢地，她最喜欢听到的话并不是“我爱你”，而是“明天见”。因为他所处的环境实在是太危险了，总是让她的心时时揪着。

英国一位学者说过，人类在海拔 4000 米以上地区将无法生存。胡永飞和他的战友们常年战斗在平均海拔 4300 米以上的雪山上，即使徒步行走，都相当于平原负重 25 公斤。这种生活，在平原地区的人们能想象得到吗？这就是我们的西藏军人，他们是在“生命禁区”奉献得最彻底的人！

就是在这个“生命禁区”，胡永飞和战友们一直在编织绿色的梦想，他们都在努力播绿高原。连队平时能吃到的蔬菜，都是以土豆、包菜、萝卜为主，品种比较单一。胡永飞偶尔回一趟老家，都要到菜市场转转，看看有哪些蔬菜，高原可以试着种种。他到卖菜种的摊上，精心挑选一些耐寒的菜种，带上高原。

回到连队，他和战友们搭起塑料大棚，播下希望的种子，定期浇水施肥，悉心管理呵护，有的蔬菜种植成功了，有的蔬菜苗一出土就夭折了，有的菜种根本就出不了土发不了芽。渐渐摸索出了一些种菜的门道，胡永飞就经常让老家的亲友给他寄指定的菜种。有了绿叶菜，虽然数量不太多，但也调剂丰富了官兵的伙食，看着也养眼舒心。

连队营房门前偌大的广场上，都是石子铺盖，灰蒙蒙的一片，没有绿色，缺乏生机，风一刮便尘土飞扬。胡永飞和战友们，开着大卡车，到海拔稍低一些的地方，去寻找野草皮。看到一小块草皮，就像发现了新大陆一样，欣喜若狂，赶紧小心翼翼地挖下来，稳稳地放在车厢里。草皮从野地移栽到海拔太高的营区，也有些水土不服，有的活不了多久，就又不争气地枯萎了。官兵们不泄气，一年又一年地播种希望，使营区能见到一片绿色。

与种菜种草相比，种树就更难了。5月初，胡永飞带着战士们从山脚下挖来几棵松树苗，满怀信心种下“希望”，几乎每天都要去看望照料，结果仍难抵御严重缺氧和无情风雪的摧残，树叶慢慢掉光了，最后只剩下几根枯木。小树总是春天栽、夏天绿、秋天枯、冬天死，来年重复同样的过程，又是同样的结局。

曾有团领导“悬赏”：谁要是在错那部队种活一棵树，就立三等功一次。立功受奖倒是其次，一茬又一茬的错那官兵都和胡永飞一样，做梦都想在这片不毛之地播种绿洲，建造一座天然氧吧，让大家少受高寒缺氧之苦。

这些年，播绿行动仍在继续，可是风雪肆虐，氧气奇缺，谁也无可奈何。“这树的根系不发达，难以抵挡风雪。”一位植树造林专家一语道破植树难的根源。但是，看见风雪中傲然挺立的官兵，专家不禁竖起大拇指赞叹：“这里官兵的根扎得深！”

热情似火的高原军嫂们，自然也包括周忠燕，她们来队时也参加到种草植树的队伍中，她们和官兵一样，虽然早晚也会离开，但情系高原的爱意早已融入这片绿色，生生不息。

走向离家最远的远方，
我站在离天最近的地方，
路再长，也走不出妈妈的目光。
一年一年，我用家乡的春色染绿边疆；
冬去春来，边疆的风雪锤炼我的刚强。
……

这首歌好像就是为胡永飞们量身创作的，他特别喜欢，经常放声歌唱。歌声伴着风雪，在山谷间久久回荡。夕阳映照着茫茫雪山，将一抹暖意反射在汽车队门前那面鲜红的国旗上……

穿越时光隧道，那坚守的身影还在坚守，那跋涉的脚印不会被风雪淹没，星空因此灿然，山河因此无恙，人间烟火，因此祥和。

冬天是藏南高原最荒芜寂寞的日子，胡永飞，又一次认真地面对漫长的冬季。

在汽车队，有一条不成文的“规定”：执行运输任务时干部站前头，战士排后头；吃饭时战士不打满，干部不端碗；野营拉练时战士睡里头，干部睡风口。

风雪无情，边关有爱。一个寒冷的夜晚，汽车队战士杨宝宝正在哨位上站岗。远处走来一个身影，询问口令后发现，是队长胡永飞。

“宝宝，站岗枯燥，凌晨的第一班岗最难站了。以前我当战士时，每次站这一班岗，就特别想吃饺子。只是我怎么也想不明白，这是为啥？直到我刚才看到你站岗，想起今天是元旦，突然就想明白了!”胡永飞望着杨宝宝，笑着问他：“你说为啥？”

见杨宝宝一脸迷茫，胡永飞又是一阵爽朗的笑声：“因为站夜岗容易想家，尤其是过节的时候!”

家乡不在眼前，却在舌尖。每一个深夜在异乡匆匆赶路的人，都有一个思念家乡美食的胃。无论在哪，无论多久，家乡的味道都是我们对家乡最深刻的记忆，代表了我们对家乡最深情的爱。

胡永飞又问道：“宝宝，你冷不冷？这时候又困又饿，能坚持吗？”

“不冷，能坚持。”要强的杨宝宝不想示弱。谁知胡永飞突然拉起杨宝宝的手摸了摸，“手都冻僵了，还说不冷，我替你站岗，你快回去加衣服”!

杨宝宝加完衣服回来，胡永飞又向他交代了几句之后才离开。接着，胡永飞继续将连队的哨位走了个遍，又到班排宿舍挨个检查官兵的就寝情况。

那束温馨的手电光，照亮了戈壁的夜，也温暖了士兵的心。

“一条崎岖的路，通向那风雪的故乡。”云端之上，一阵阵歌声随风飘扬；大山的褶皱里，一辆辆军车缓缓前行。常年奔波往返天路，四月风景成为刻进边防军人生命的烙印。坚守，只为守望远方的家人，只为守护身后那一片万家灯火。

温暖如你，山不再高，路不再漫长。

转眼春节就要到了，胡永飞原先讲好要回老家过年的，可部队接到战备值班任务，他只能临时又“爽约”了。周忠燕心里不快，短暂地生了一阵子闷气，但她转而又理解了丈夫，默默上街采购了不少高邮的年货。她拨通了丈夫的电话，大着嗓门、不失温柔地说：“我给你寄些年货，你们好好过年，让战士们都开心点。放心吧，家里有我呢!”胡永飞心中一热，什么也说不出来，在电话的那端，只是使劲地点了点头。

挂了电话，胡永飞外出巡岗。站在雪山之巅，他忍不住朝着家乡的方向，吼出了心底的思念。

“爸爸妈妈，小兵提前给你们拜年了！要保重身体，不要舍不得吃、舍不得穿，辛苦了大半辈子，总该享受歇息!”

“燕子，你跟着我吃苦受累了，感谢你照顾爸妈，为我撑起这个家!”

所爱隔山海，山海皆可平!

有一年，胡永飞在老家休假，高中母校的老师请他去给学生们讲讲西藏边防的故事。胡永飞欣然答应，他稍做准备，为学生们做了一次《藏南国门卫士》的演讲，内容包括高原缺氧的滋味、巡逻的艰辛、山路塌方的惊险、车队运输的艰难、一天四季的气候、抱着被子追太阳晒的经历、寂寞的感觉、奉献的乐趣，等等，听众席上的师生们听得热泪涔涔。

不少学生请求胡永飞签名留言，胡永飞思考片刻，转身在黑板上用粉笔写下这首打油诗：

苦了我一个，幸福千万家。本是同龄人，难道就我傻？虽不惜俊优，也知青春价。如若不是我，定是你和他。不管苦谁吃，总得保国家……

爱上一个地方，或许是因为一个瞬间，抑或是因为一个人。而胡永飞爱上雪域高原，坚守这里，仅仅是因为这里需要他。

他骄傲地告诉学生们，他在高原摘过星星，他看过蓝得发亮的天，翻过最远的山，蹚过最清澈的河……

“高原缺氧，但不缺精神”“当你不舍高原，高原也舍不下你”戍守高原的军人不是不顾家，而是每当走上边防一线，身后就是整个国家；不是不会爱，而是没有足够的时间去爱。与生活在其他地区的人相比，高原戍边的军人，则有着更加独特的情感与情操。

在高原，只要你活着，就得为自己的魂负责。这魂是一种精神！风在左边，雪在右边，枪在中间，你的精神就在不断升腾。

错那，风不带刃也锋利，雪不狂舞也奇寒。这里，一年中似乎没有四季，只有雨雪季节，夏天白天很热，晚上就要穿羽绒服、大衣。因为天气原因，战士们的衣服晾晒在外面，可能一天要被太阳、雨、大风洗涤多少遍，干了湿，湿了干，有时被风刮得到处跑，找衣服的时候都分不清谁是谁的。

夜晚相对安静时，房顶上的彩钢板被大风吹得吧嗒吧嗒响，凄冽的风声像鬼哭狼嚎。风实在是太大了，胡永飞担心房顶被吹跑了，他便带着几个战士爬上屋顶，用绳子网住屋面，绳头拴着大石头，垂挂在屋檐下。

在无人区生活，只能用艰苦卓绝来概括。高原军人身处艰苦恶劣的自然环境，时刻面临常人难以想象的危险，这需要怎样的身体和精神信仰？极端恶劣的高原气候挑战着人们的生理极限，天气说变就变，一天中可以看到一年四季的变化。“氧气吃不饱，四季穿棉袄。天上无飞鸟，风吹石头跑。”就是这种艰苦环境的真实写照。他们都拥有积极向上的人生态度和努力奋进的拼搏精神，那是一种不惧生死、不为名利的纯粹，一种前赴后继、以身许国的赤诚。

官兵们说，风与雪的洗礼，生与死的考验，就像一个超级过滤器，足以滤去你心中所有的浮华，最后只剩下对这片土地清澈的爱。

清澈的爱，只为中国。

胡永飞在日记中做过这样的自省和赞叹：人的生活纠结很多患得患失的东西，感叹过职务晋升、人钱房车，感叹过岗位悬殊、军地反差，感叹过琐事繁杂、生活无味，感叹过工作压力、心情起落，看到身边这群质朴的高原战友，有的父母年迈不能陪在身边，有的妻儿患病都是天各一方，有的自身高原病多年都不曾说出口，有的终于可以休假回家陪伴家人的前一晚，却独自在营房热泪盈眶，每个人没有说过自己从军多年的奉献，却是最大的奉献；每个人没有说出对事业的热爱，却是最真的热爱。守在这里挺好，有这么一群知冷知热、患难与共的战友，付出再多也值了！

其实，胡永飞在上面日记中列举的各种难处和窘境，在他自己身上都能找到影子。周忠燕看到胡永飞写的上面这段自省的话，深有同感，倍加赞赏，她把这段话抄写在自己的日记本上。她又附加了一句——人间的清欢，总是有的，但总是很琐碎。

同胡永飞一样，西藏高原的官兵，仿佛一朵朵藏地雪莲，真诚、坚韧、纯洁，给人们带来希望和力量。而他们一腔赤诚无私奉献的事迹和精神，也如雪莲一样，长久地生长在这片雪域高原上，在蓝天下盛开，在阳光下绽放，温暖和激励着人们的心灵。

第八章

小小洗衣店里，她把自己活成了一束光

空间不高的洗衣店里，挂满了长长短短的衣服，人在里面不能直立行走，她的身影在衣服堆里忽隐忽现。她把自己活成了一束光！

胡永飞最美的青春，没有献给自己的爱人、儿子、母亲和其他亲人，而是献给了祖国的江河和边疆。在战友们心中，他的青春融入了绵延的山脉，永远护卫着祖国的边陲！

胡永飞牺牲之后，家中的顶梁柱轰然坍塌。将近有一年时间，周忠燕一直缓不过神来，总是郁郁寡欢、心不在焉，做什么事情都丢三落四，常常盯着手机发呆，幻想着手机里传来西藏错那飞哥的声音。从外面忙碌一天回到家里，看到三个长辈总是阴沉着脸，唯有不懂事的儿子时不时发出咯咯的笑声。

在周忠燕心里，没有比儿子健康成长更重要的事了，她不想让儿子过早地知道爸爸已经不在的事实，一心想呵护儿子度过快乐的童年。她知道，在胡永飞老家有那么多乡亲，纸总归包不住火，必须另想办法；胡永飞的牺牲对婆婆的打击也非常大，本来精神状态就不好的婆婆，在老宅子里睹物思人，更是经常犯病，而且越来越严重；儿子越长越大，需要花钱的地方越来越多，一家人的生计问题要解决，需要长久而根本的办法。

周忠燕的心理和身体都很疲惫，她是多么怀念那副可以让她踏实依靠的宽厚肩膀啊，可这副肩膀突然从她的身边抽开了，毫无防备的她差点跌得全身散架。周忠燕有时走在大街上，看到身材、走路姿势和胡永飞相似的青年男子，忍不住多看几眼，背后看毫无疑问就是他，大街上到处都能找到他的影子。那种“蓦然心惊，始知相思一个人”的杀伤力如此之大。

倍感孤独的周忠燕冷静思考了好长时间，她渐渐明白：在这个世界上，不是所有合理的和美好的都能按照自己的愿望存在或实现。一个人无法掌控命运中的旦夕祸福，但击败苦难的永远不会是沮丧，乐观与坚强才是，脸上的阳光是自己可以决定的，千万不能整天当个祥林嫂式的怨妇，日子还要自己过。无论生活得怎么样，除了继续下去，别无选择。

周忠燕强打精神，她对自己说：我现在是这个家里的一棵大树，我在精神上千万不能倒，我一倒，这个家也就塌了，儿子和三位长辈就都完了，我要撑起这个家！她的世界里没有救世主，只有靠自己来拯救自己。这一天，她把婆婆、爸爸、妈妈召集在一起，和盘托出了自己已经拿定的主意：

“永飞走了已经快一年了，我们家的一条大船沉没了。我是周家的女儿，也是胡家的儿媳，一家老小的日子还要继续过下去，现在我们每个人都不能再耷拉着脑袋，都要昂起头来，坦然面对现实，活人不能被尿憋死。我准备到扬州城里去闯荡一番干点事，我先过去，等我站稳了脚，马上就把盼盼和你们全接过去，一家人整整齐齐地在一起，我要带着你们往前走，把日子过踏实，给盼盼创造一个更好的成长环境，这是我的责任，肯定也是永飞在九泉之下想看到的。”

当生活带着疾病、灾难、窘迫来袭，我们才会意识到，没有钱，就如无米之炊一样艰难。所以，只有努力赚钱，才能让自己、让家人，生活得更加体面。一个成年人，能放下面子去赚钱，才是真正的体面。其实，周忠燕这个时候考虑得更多的并不是体面，而是生计。

周忠燕把再三权衡、考虑已久的想法一股脑地说了出来，这也是她和胡永飞早就达成的默契的“爱的约定”。

三位长辈你看看我，我看看你，好久没有发声。胡翠莲一直坐在长条凳上，嘴里嘀咕着，她当然不大清楚媳妇说了些什么，又有什么样的决定。屋子里的气氛令人窒息。

知女莫如母，还是妈妈先开了口：“燕子，要得要得，我们既然能把家搬到高邮来，那以后再迁到扬州去，也不算啥子事。只要你主意拿定了，我们就全听你的，一家人总要向前奔吧，让你受苦了！”

“你一个人到扬州城里去闯，这能行吗？”耷拉着脑袋的父亲，愣坐在门槛上大半天了，好不容易提出这样一句问话。

“人生不像做菜，不能等所有材料都准备好了才下锅。”周忠燕接着说，倘若总想等到万事俱备才开始行动，事情非但不能做成，反而会难题越积越多。有时候，与其一味苦想如何解决，不如让自己先做起来。一个人越思前想后、犹豫不决，就越容易患得患失。凡事先做起来，或许就能解决一大半的问题了。

父母之爱子，则为之计深远。周忠燕父母最为牵挂的当然是女儿和小外孙的未来，“人生是条河，深浅都得过”。

主意拿定，周忠燕就没有再找别人商量，她不想征求太多人的意见，她怕自己说出了想法，有的人支持，有的人反对，最终动摇甚至改变她的决心，那就什么也做不了。

临动身前，周忠燕对家里的事还是放心不下，反复跟爸爸妈妈交代这几件事：爸爸在镇上灯具厂上班，早出晚归骑车不要太快，不能闯红灯，一定要注意安全；永飞的妈妈头脑不大好使，你们对她多担待一些，不要和她计较，多费心照顾她，千万不能让她跑远了，不要让她到大路上去，那里车子多不安全；盼盼只能交给妈妈带啦，你们不要太惯他，从小要养成好习惯，他如果发脾气、不听话，你们该打的还是要打……

周忠燕肩上背着一个大布包，手里拖着两只简易的行李箱，只身来到了扬州城里。初夏的风，友好温情地吹拂着，周忠燕的脸上汗涔涔的，她无心欣赏古城街头的美景。拉杆箱橡胶轮滚动的声响，陪伴着她匆匆的脚步，一直往前走着。一路上，很多商店门口都在播放着吴涤清最新演唱的正在流行的歌曲《烟花三月》：

“牵住你的手，相别在黄鹤楼。波涛万里长江水，送你下扬州。真情伴你走，春色为你留。二十四桥明月夜，牵挂在扬州。扬州城，有没有我这样的好朋友；扬州城，有没有人为你分担忧和愁；扬州城，有没有我这样的知心人；扬州城，有没有人和你风雨同舟……”

周忠燕对扬州城并不太熟悉。胡永飞有一个同学家住在秋雨路，以前她跟着胡永飞来过，那边挺热闹，晚上还有地摊夜市。经过一个朋友的介绍，周忠燕来到城西秋雨路上的一家服装店，当起了一名营业员。店里挂满了各式女装，可谓琳琅满目，而周忠燕的穿着朴素简洁，她舍不得花钱买贵的衣服。周忠燕讲话时家乡口音比较重，她有些自卑，不想让客人听出来她是四川人，怕被人家看不起，于是她下功夫学习普通话和扬州方言，把自己浸泡在这座陌生城市的茫茫人海中。

服装店的生意还不错，周忠燕一边卖衣服，一边悄悄地跟着老板娘学做生意的技巧，观察她的进货渠道，她心里在琢磨着，以后有可能自己开一家服装店。周忠燕凭着活泼开朗热情的性格，加上一双闲不下来的勤劳的手，很快就和老板娘以及隔壁店家都处得很好，也成了朋友。

慢慢地，周忠燕觉得自己可能不太适合开服装店，她处事不圆融，有些心直口快，顾客在试穿衣服时叫她参谋，她看了好看就讲好看，不好看也直截了当讲出来，不会推荐其他款式，价格上不喜欢跟人讨价还价。帮人看店不一样，老板说怎么卖就怎么卖。她觉得自己的眼光还是打不开。周忠燕自己穿衣服喜欢简单、大方，如果从开店进货的角度看，都是要追求时尚、流行、潮牌，估计自己不适合做这一行。

还是要遵从内心吧！几个月干下来，工资收入并不高，这怎么行呢！周忠燕坐不住了，想到了跳槽。她安慰自己，开店的事急不得，还是先在网上搜索比较、做做市场调查，多积累一些实际经验吧。

此时已是盛夏，那是一个漫长的雨季，雨不停地下着，天地笼罩在一片烟雾中，湿润的空气里弥散着沉闷，深呼吸两口，便能品出其中的苦涩。

周忠燕拖着行李箱，从城西转战到城东，来到运河东路的金盛国际家居城，她抹干脸上的雨水、汗水和泪水，打起精神走进一家汽车经营店。这个经营店老板有一个亲戚住在高邮天山镇，周忠燕就是通过这个关系介绍到店里来的，专门销售安徽合肥江淮汽车制造厂生产的卡车。周忠燕对汽车方面的知识几乎是一片空白，她主要负责跑腿办一些琐碎的事情，交保险、跑车购税、上牌照、上检测线等等，来来去去都是一路小跑，还经常加班。稍有空闲，她就拿着说明书，对照着汽车边看边琢磨，了解掌握汽车的构造、性能，有时钻到汽车肚里一趴就是几十分钟。

干了一段时间，汽车销售业绩并不理想，拿到手的工资少得可怜。周忠燕心想，这样不行，给人家打工拿几个死工钱，吃不饱饿不死，自己已经出来闯荡了几个月了，也看了不少店，经历了不少事，如果自己出来创业单干，拼一把，或许能成功！

那段时间，周忠燕的脑子里一直在寻路，寻找各种各样的路。一个孤独无助的烈士遗孀，她能寻找到什么样的出路呢？是一条平坦顺利的安逸之路，还是一条充满艰辛的泥泞之路？周忠燕的心里，当时也没有准确的底数。

考虑到家里的实际情况，周忠燕心里盘算着要开一个投资少风险小的店铺。在还没有完全考虑好自己做什么、到底开什么店的情况下，她果断地在扬州城西北边杨柳青路海德庄园北门旁边，租下了一间约40平方米的门面房，每年租金1.5万元，迈出了创业的第一步。

创业之路不可能一帆风顺的，周忠燕心里明白这个道理，她也做好了万一失败的心理准备。她想，即使投资亏了，至少自己努力过、尝试过，说明自己不是那块料，不留遗憾。

“城市容不下肉身，老家容不下灵魂。”寻找机会的路上总有磕磕碰碰，但里面蕴藏着无限的梦想和追求。周忠燕的眼睛瞄准了加盟店，她开始在网上查询各种加盟店投资的资料，把投资规模、流程都一一进行记录，横向看、纵向比，苦苦找寻适合自己的创业项目。

2010年10月，经过充分的市场调研和再三思量，周忠燕认准了总部设在上海的德奈福洗衣店，因为这家洗衣店的品牌在扬州还没有加盟店，她就注册了，成为扬州首家德奈福加盟连锁店。周忠燕咬咬牙，一下子拿出十几万元，交齐了加盟管理费，购买了干洗机、水洗机、烘干机、熨烫机等洗衣设备，选了个日子，门口拉起长条横幅广告，放了几挂鞭炮，洗衣店就这样开张了。

为了节省开支，周忠燕没有花钱请员工，她既当老板，又当伙计，单枪匹马干开了。她把妈妈和儿子先接到扬州，把儿子送进附近的幼儿园，妈妈就成了她店里的帮手。爸爸和婆婆暂时还住在高邮老家，爸爸在镇上厂里打一份工，负责耕种家里的4亩责任田和菜田，同时照顾看管婆婆的生活。周忠燕的精力有限，家里只能先暂时这样安顿。那一阵子，周忠燕每天都睡不着觉，有担心，也有顾虑。

“洗衣能有多难?”周忠燕第一次走进洗衣培训班时这么想，但认真练习后，她发现，洗衣服不是想象中那么简单。清洗、熨烫、包装、质检、修补……每一步都很讲究。

想要开店挣钱，掌握精湛的洗衣技术是前提。周忠燕经常拖着一个行李箱，脚步匆匆地行走在上海、苏州、无锡等城市的马路上，哪里有干洗技术培训班，她就赶往哪里，如饥似渴地学，谦虚恭敬地问，有关干洗技术的笔记就记了整整3本。

要做到极致，就要肯下功夫。常常是别的学员下课了，周忠燕还留在实习台旁，一遍遍地操作，一遍遍地练习。有时候一不留意，还会被蒸汽管、蒸汽熨斗烫伤，反复练、反复磨，让周忠燕打下了扎实的基本功。

慢慢地，她基本掌握了各种洗衣护理液的使用方法，也学到了不少创业经营的门道。每在一地学习完，她从没有心情出去旅游一下，舍不得花半天时间观赏一下上海的外滩，或者苏州无锡的古典园林，总是拎上两盒当地特色的点心，立马赶回扬州，她的心里丢不下她的洗衣店，也放心不下年幼的儿子。

杨柳青路当时刚开发出来，周边很多地方还是农田，住宅小区和居民并不多，洗衣店的生意也不好。空闲下来，周忠燕就把附近一家服装厂的散装拉链拖回来，和妈妈一起守着洗衣店，组装拉链。左手拿拉头，右手大拇指和食指把拉齿对齐，再连贯运作用劲，才能穿进去。拉齿是金属的，又硬又割手，弄久了手上就起泡，做的量多了后，手指僵硬、疼痛，只能包上创可贴再做。细长的拉链在她们娘儿俩手里穿来穿去，龙飞凤舞，组装一根拉链一分钱，一天装两三千个拉链，能挣二三十块钱。

路过的邻居阿姨看到周忠燕和妈妈穿拉链得心应手，看似简单，也好奇地走过来试试，拉链条子到了她们手上，怎么也不听使唤，拉齿头布条毛了，拉齿布条也软了，更加穿不进，弄了半天也穿不上一个。干这个活，还是要有耐心和技巧的。阿姨说：“这个多难弄啊，不要弄啦，没得事做，你忙一天才 20 多块钱，买一斤多肉就没啦。你平时洗衣服也很辛苦，不忙了就歇歇呗!”

另外一个买菜的阿姨，路过洗衣店门口，也站下来聊天：“20 多块钱，就是男同志买一包烟的事。你老公是干吗的?”

“在西藏部队当兵。”周忠燕自然地脱口而出。

“哦哦，在部队一个月工资也有几千吧，也不差你这点钱，把日子过得这么紧巴巴的干吗呢?”阿姨大着嗓门开导周忠燕。

周忠燕只是笑笑:“没事做了，打发时间呗，做做玩的。”

周忠燕的妈妈会裁缝技术，她们从二手市场买了一台旧的缝纫机，放在洗衣店门口，帮人家改裤脚、补衣服挣一点钱。她们还给人家鞋厂生产的皮鞋、布鞋上贴过花，晚上也加班加点忙。娘儿俩从不嫌赚多赚少，只要有活干，心里就踏实，这也是她们生活的希望啊!

蹲着的时间久了，周忠燕站起身，用拳头捶捶酸痛的腰，望着店外稀朗的星空，自言自语:眼泪不能告慰丈夫的在天之灵，一切还要靠自己去应付，只要我不倒下，这个家就不会散掉。

周忠燕走到店门外，双手抱住人行道上的香樟树干。当豆大的泪珠滚落到地面石板上，石板也好像读懂了风的伤怀。

热爱是最好的老师，洗涤技术是开好洗衣店的看家本领。周忠燕自己也没有几件像样的衣服，她就把几个熟悉要好的朋友家的衣服收过来，不同质地的衣服配不一样的洗涤剂，实践比较，免费洗涤服务，其实她是在做试验。

为了吸引客户，提高知名度，周忠燕也是动足了脑筋，她每天都买一些水果、糖块，发给到店里来玩的顾客、邻居，吸引人气。周忠燕经常跑到市区中心各家门店转转看看，她发现办客户优惠卡是吸引新客户、拴住老客户的好办法，于是她也推出了会员优惠卡，客户办卡洗涤衣服可以打八折优惠，普通客户洗涤一件羽绒服收费 40 元，会员客户只收 32 元。客户挺感兴趣，店里的客人也渐渐多了一些。

面对客人，周忠燕总是满面春风，有说有笑，谁也不知道她家里的真实情况。只是在夜深人静时，她才对着丈夫的照片久久发呆，默默流泪。第二天一早，她依然一脸灿烂地出现在店里。

周忠燕自己从来没有买过、更没有穿过什么高档的衣服，经常有一些顾客把布料质地较好的衣服送来干洗，周忠燕怕干洗时把高级纽扣弄坏了，也担心纽扣把衣服给摩擦坏了，她就小心翼翼地把纽扣一颗颗拆下来，洗涤好之后再一颗颗钉上去。有些毛料的衣服容易沾上毛屑灰尘，她就不厌其烦地用塑料透明胶带一块块地粘贴清理。塑料胶带在她的手中一伸一贴、快速飞舞，就像变魔术似的，让人看了有一种艺术享受。

周忠燕钻研的劲头很足，她经常找要好的同行一起讨论工作上碰到的工艺问题。“洗衣和中医一样，也讲究‘望闻问切’，每一件衣服都是独一无二的，需要精心洗涤和修护，才能对得起顾客的信任。”对经手的每一件衣服，周忠燕都充满了敬畏之心。

在周忠燕的身上，始终焕发出一股敬业、好学、进取的热情，她熟练掌握了近 30 种精洗衣物护理液的用途，针对不同的面料、不同的污渍，她总能从容应对、“对症下药”、一洗即清。因为她的热情周到和精湛技艺，小小洗衣店在周边一带的名气越来越响了。

当接手到一些有“疑难杂症”、油污斑点严重、难以清洗的衣物时，周忠燕就用心地把清洗前的衣服、清洗的过程、清洗后的效果，整个流水过程一一拍成照片，前后有鲜明比照，然后发朋友圈，也算是自我宣传广告吧，朋友们纷纷为她点赞、转发。

这天，周忠燕的洗衣店里来了一位大概六十多岁的阿姨，她取到干洗好的毛料大衣后，戴起老花眼镜，从口袋里又掏出一只放大镜，摊开大衣边边角角照了个遍，她边检查边频频点头，竖起大拇指，连声夸道：“小周老板，乖乖隆地咚，手艺呱呱叫，呱呱叫！”

“阿姨，您要是感到满意，就帮我多做做宣传呗！”周忠燕的脸上露出了欣慰的笑容。这个发自内心的微笑，像是连绵阴雨多日后的天空放晴，久违了！顾客的口碑，就是对她最好的奖赏。

时钟指向晚间十时三十分，扬州城的月亮高高地悬挂在天空，显得格外安静、明亮。轰鸣了一天的干洗机停止了转动，滚烫的电熨斗也渐渐冷却。周忠燕走到店门外，伸伸胳膊踢踢腿，盯着人行道樟树梢上的月亮，若有所思地看了有两分钟。她回到店里，拉下卷帘门，坐在熨衣台前，打开QQ，向远在天堂的丈夫诉起了衷肠：

> 飞哥，我们以前就多次商量过，要在扬州城里买一套房子，给儿子提供良好的教育、生活条件，现在你走了，我要握住你的接力棒，当好这个家，把一家老小带着往前跑。有些承重无人可分担，就像庄稼人挑担子，只能自己左肩换右肩。
>
> 如果生活注定充满艰辛，那我就学着做拯救自己的那个英雄。现在，我们的洗衣店已经开起来了，家也要尽快安置下来，这些都是你想看到的吧……

考虑到家里三位长辈年纪越来越大，兼顾儿子上学和照顾店面，周忠燕在干洗店附近的住宅小区选购了一套一楼的住宅，紧靠着小区的大门口。家里只贴了地板砖，装修得十分简洁。周忠燕前几年和妈妈一起绣了六七幅十字绣，她挑选了《家和万事兴》《一帆风顺》两幅绣品，装裱后悬挂在墙面上，点缀着屋子。之所以选择这两幅作品，寓意是很清楚的，她对这个家庭以及未来的生活，充满了希冀！

搬家的第一天，周忠燕就把胡永飞那张佩戴中尉军衔的生活照，摆放在客厅装饰柜的醒目位置，英俊帅气的胡永飞微笑着环视这个新家。他高高地仰着头，眼睛看向左侧上方，目光深邃，面带微笑，显出一种难得的、独特的温和与刚毅。从他脸上，看到了“雪山之子”岁月风霜的印痕；从他的眼神里，看到了高原战士的一往情深。在周忠燕的心目中，胡永飞依然是这个屋子的户主。

每每看着照片里的胡永飞，周忠燕都会默默在心里和他说上一会儿话，然后，顺着他的目光看出去，她发现那只能是一片浩瀚的天空。

周忠燕忙碌的一天，是从她放在床头柜上的手机响起起床号开始的。她设置的闹铃是部队的起床号，她最爱的歌曲是军歌，她最喜欢的照片是自己和穿军装的胡永飞的那张合影。每天天还没有亮，只要闹铃一响，周忠燕就像战士听到起床号一样，敏捷地翻身起床，洗漱、忙早饭、给儿子穿衣服，看看手机备忘录里当天要到谁家去卸取窗帘，又到哪一家去安装窗帘？店里生意上的事，照料儿子的事，家里的柴米油盐，一样都不能耽误。

小博文在上幼儿园之前，白天和晚上基本都是在洗衣店里度过的。周忠燕和妈妈在干活时，小博文就坐在泡沫垫上搭积木、操枪弄炮，玩累了倒地就睡，周忠燕便把儿子抱到熨衣服的台子上睡觉。关店门时，疲惫的周忠燕抱起小博文，自责不已，本该在父母的呵护下撒娇的孩子，却连个安稳的觉都没法睡。

店铺里空间太小，周忠燕就从网上购买了一个决明子沙池，每天早上充好气，放在店门外面，让小博文在里面玩耍，也对小区周边的小朋友开放，玩一天收费 5 元钱，不限次数。每天傍晚，再把决明子装起来，把玩具清洗消毒、打扫卫生、收拾整理好，第二天再用。

自从胡永飞牺牲之后，一家人的神经都变得特别敏感，唯恐家里哪一天再发生个什么意外，周忠燕更是如此，只要家里哪一个给她打上几个电话，她就会很紧张，心跳都要加速。如果妈妈送小博文上学，没有及时回来，她就会异常担心。

家里人也和她一样。有一次周忠燕晚上出去办事，手机没电了，她自己也不知道，当时她没有想那么多，也没有想起来借个手机给妈妈打一个电话。妈妈在家里左等右等，她还没有回来，打她的电话又打不通，这可把妈妈吓坏了。妈妈便又起床穿起大衣，跑到大门口传达室去等。妈妈急得直哭，坐在大门口一直等到周忠燕回来。

在父母面前，无论你多大了都还是孩子，最疼、最担心、最牵挂、最舍不得你的，还是父母。何况，家里近几年就遇上几次灾难，难免让妈妈生出许多担心，就怕家里再有什么闪失，这个家再也经不起折腾了。周忠燕完全能够理解，此刻，妈妈的内心是极其复杂的。

周忠燕很内疚，觉得对不起爸妈。洗衣店的业务有淡季，也有旺季，到了年底业务忙的时候，周忠燕几乎每天晚上都要加班忙到凌晨一点多钟，连水都来不及喝，想喝水时还没有倒，马上倒的开水又太烫，中午都是2点钟吃午饭，晚上要到9点钟吃晚饭，吃得最多的就是水煮面条。她晚上先给儿子讲几个童话故事、看几页画册图片，把儿子哄睡之后，又跑到店里加班干活。

洗衣店的门面朝北，大冬天冷的时候，人被冻得缩手缩脚，做事情也放不开手脚。午夜，外面的北风呼呼地叫，玻璃门里面的周忠燕还在忙碌着，冷了就搓搓手、跳一跳。即使这样，她也舍不得装一台空调，用她的话说，“还没有赚到钱呢，就享受啊，等赚到钱再说吧”!

空间不是太高的店铺里挂满了长长短短的衣服，人在里面不能直立行走，灯光下，只见周忠燕的身影在衣服堆里钻来钻去，忽隐忽现，实在是忙累了，她就坐在凳子上，趴在熨衣台上打个盹，常常一睡就睡过了，有好几次都是妈妈过来把她叫醒了。

有时忙的时候，周忠燕和妈妈一大早就要到店里忙乎，小博文还在睡觉，她舍不得这么早就把儿子叫醒，想让儿子多睡一会儿，她们就把他锁在家里。小博文睡醒了，就趴在窗户边哭，叫妈妈，路过的邻居听到防盗窗里面有小孩在哭喊妈妈，就问：“宝宝，你知道妈妈的电话号码吗？我来给你妈妈打电话。”

聪明的小博文还真的结结巴巴地报出了妈妈的电话，周忠燕接到电话后，一路跑步赶回来，看到儿子哭得那个可怜样子，也很心酸，心里那个苦啊，感到自己太对不起孩子了，把他一个人放在家里，肯定吓得不轻，孩子没事就好!

可周忠燕一时又想不出什么更好的办法，洗衣店是她工作和生活的中心，那时候，周忠燕也舍不得抽出一天半天时间，带儿子到游乐场、动物园去玩玩，儿子基本处于散养状态。

经历了这件事情，周忠燕提醒自己，以后不能把孩子一个人锁在家里，大人到哪里，就把他带到哪里，都要在视线范围之内，千万不能出个闪失。

一次，附近小区一套闲置的房子要洗窗帘，业主把钥匙交给周忠燕，说随便什么时候拆洗。周忠燕白天在店里忙，就定在晚上过去拆卸窗帘，这样也不耽误工作。叠加的别墅，房子太高，周忠燕就把妈妈喊过去搭把手，虽说有点恐高，但有妈妈在旁边扶着梯子，心里也踏实一些。周忠燕不敢把儿子一个人关在家里，就把他一起带过去了。

周忠燕做事特别小心，怕梯子滑，也怕梯子脚把主家的地砖和地板弄出划痕，都事先铺上床单布。周忠燕刚爬上梯子，不想业主进来了，他一脸的不高兴："你注意，不要把地板弄坏了，弄坏了你赔得起吗？"

周忠燕赔着笑脸说："我们一定会注意的，鞋子都套鞋套了，梯子也做了保护了，因为房子太高了，我就把我妈喊过来扶一下梯子，我想你家现在没有住人，小孩子一个人在家没人带，不好意思啊！"

周忠燕一个劲儿地道歉。她猜想，业主可能是看到她拖家带口来干活，才很不高兴的，这也能理解。自己是来做事情的，把小孩都带上了，这实在是没有办法的啊！

这天早晨，床头柜上手机里响起的清脆军号声，把周忠燕从熟睡中唤醒。她迅速洗漱收拾好，戴上头盔，右肩挎着长长的铝合金梯子，跨上电动车，像一个整装待发的战士。她要赶在人们上班的高峰之前出发。

周忠燕小心翼翼地骑行了半小时，来到一幢高层写字楼下，等待人家开门上班，八点钟一到，她扛着长梯，一口气爬到八楼的一家公司，准备拆卸窗帘带回家洗涤。

她架牢人字梯，稳稳地爬上梯子顶端，慢慢地把窗帘卸下来，恐高的她俯视玻璃窗下面的街景，吓得两腿直打颤。她移开目光，摸摸胸口，做几个深呼吸动作，稍稍调整放松一下心情，接着再干。

“女汉子”就是这样炼成的。只要有生意找上门，不管有多难有多苦，她都不会拒绝，因为这是她最开心的时刻。

周忠燕即使再强悍，但她毕竟是一个女人啊。由于长年奔波劳累，精神上又承受巨大的压力，她看上去比同龄的女子衰老了许多，手上长满了老茧，皮肤也显得黝黑。她基本上没有用过高档的化妆品，她舍不得花大价钱买，也舍不得把时间花在美容护肤上。周忠燕每天站立的时间比较长，加之通常是用右手刷衣服、拿电熨斗，几年下来，她不仅落下了腰痛的疾病，而且胳膊一只粗一只细，造成她的肩胛骨一边高一边低，有时酸痛得吃饭连筷子都拿不起来，天天晚上把胳膊压着睡觉，减轻些疼痛。

“对于一个普通人来说，只好听命于生活的裁决。”周忠燕读过路遥在《平凡的世界》中说过的这句话，她印象深刻。这不是宿命，而是承认自己无法超越客观现实。人既要不懈地追求生活，又不能奢望生活过多的报酬和宠爱，而是要清醒地面对现实。每一个人的生活都有所欠缺，但都要努力活出圆满的心情。

时光在奔波的路上逝去，皱纹也在悄悄爬上周忠燕的脸庞，但她依然一如既往地行走在艰难追梦的路上。这是信念所使、生活所逼，她没有退路。

高尔基说：人类一切美好的东西都来自太阳之光。没有太阳，花就不能开放；没有爱情，就没有幸福；没有母亲，就没有诗人和英雄。

光芒，是一种温暖，即便在你绝望的时候，在漆黑的夜里赶路，伸手不见五指，猛然间，远处有一束光在闪烁，你就会看到了希望，找到了温暖。心有光芒，必有远方！

人虽搬到了扬州城里，可周忠燕的心还在高邮天山镇胡永飞的老家，她经常会想到老屋门上贴着的那张红艳艳的“光荣之家”。家里的人和事，她一直惦念牵挂着：婆婆暂时还住在老家，她的病情是否稳定，每天是不是按时服药？家里 4 亩责任田长势怎么样，爸爸既要在外面打工，也要管种责任田，一个人能不能忙得过来？房子屋顶上有两处漏雨，前一阵子请人上房维修过了，现在还漏不漏啦……

让周忠燕牵肠挂肚的事情有很多，但最让她放心不下的还是婆婆。周忠燕的父亲在天上镇上一个小工厂里打工挣钱，早出晚归。婆婆平时白天就一个人在家，没有人盯着她，她有时就不吃药，常常一个人自言自语，四处游逛。农村水塘多，万一掉到水塘里咋办？

周忠燕想过请一个保姆照顾婆婆，可婆婆又不听别人的话，只听周忠燕的话，况且周忠燕也没有这个经济能力请保姆。婆婆耳聋，周忠燕跟她说话时，放大嗓门带打手语，比画动作，婆婆连听带猜，猜得不对，周忠燕就摇摇头，接着再说再比画，周忠燕把一个手指头放在嘴边，意思是不要说话，把两只手合拢放在耳边表示睡觉。婆婆讲话东拉西扯的，两个人交流十分困难，但时间久了，倒也默契，也很自然。

如果周忠燕全身心地照顾婆婆，那孩子怎么办？家庭经济收入怎么来？一大家人还要生活啊，顾得了这一头就顾不了那一头。如果把婆婆带到扬州城里一起住，她晚上经常不肯睡觉，还会莫名其妙地大喊大叫，小区里楼上楼下的邻居肯定也受不了；把她整天一个人关在家里也不现实，如果出去到处跑，周围的人又不认识她，走丢了怎么办？门前的大马路上车来车往，出了交通事故怎么办？再者，婆婆也一直恋着老家，说啥也不肯离开。周忠燕一直在为这个问题纠结，一时也没有想出什么两全其美的办法，只好让婆婆先住在老家。周忠燕每个月都要抽出一点时间，赶回天山镇家里看看，帮婆婆洗衣换被，把婆婆需要服用的药物足量配好送回去，向爸爸交代清楚。

这不，周忠燕有时是怕什么，还就来什么。“燕子，你这个婆婆今天拔了一脸盆大葱，又煮了一大柴锅米饭，怎么吃得掉啊，跟她说又说不清楚。我好好说她几句，她比我还凶，凶我叫我走，说这里又不是你家，我待不下去了……”说这番话时，爸爸委屈得像个小孩，几乎是带着哭腔，口气充满了无奈。

“爸爸，真是让你辛苦、让你受委屈了。胡妈妈的命的确够苦的了，她老公没有了，儿子又没有了，无论是换了谁，谁都受不了啊，你就多担待些吧！”周忠燕完全能够体谅理解爸爸的难处，常年跟一个精神不太正常的亲家母一起生活，日子好像又过倒回头了，前些年公公的生活，爸爸现在也过上了，遇上这样的亲家母实在是没有办法。爸爸过得也确实不容易，周忠燕耐着性子安抚爸爸的情绪。

搁下电话，周忠燕还是不放心，她匆匆赶往高邮家中，一路上心跳得厉害，有些发慌。婆婆听得进周忠燕的话，回去说说婆婆，她会好一些。但是婆婆不是一个正常的人，要哄着她、供着她，爸爸一个大男人，也做不到那么细，况且生活上也不大方便，只能管她吃饱饭，督促她按时服药，不冷着不饿着，不出什么事。周忠燕除了两边来回奔波，一时又改变不了这种生活现状，只能是委屈爸爸了。

周忠燕看到婆婆走路好像是歪歪扭扭的，肩膀也有些一边高一边低，她觉得不对劲，拉着婆婆坐在方凳上，脱下鞋子看个仔细，原来是婆婆的右脚底板上长了一根既深又粗的肉刺，明晃晃的，一走路就压得疼。周忠燕把婆婆带到医院去，医生看了看说，可能要挖得比较深，她受得了吗？

“燕子，不弄了，疼啦！”还没等周忠燕开口，婆婆嘴里嘟囔着，掉头就走出去了。

“好好，不在医院弄了，我们到修脚店去泡泡脚，简单修一下，也享受享受。”周忠燕追上婆婆，连哄带骗地把她领到了修脚店。

又是一个星期五上午，周忠燕的妈妈刘华容把小博文送到幼儿园，匆匆赶到小区附近邗江路上的公交站台，她要乘九点钟这班扬州开往高邮菱塘的乡村公交车。驾驶员师傅都已认识了刘华容，也掌握了她的乘车规律，她是每周五上午去高邮，在天山镇下车，每周日下午返回扬州。如果刘华容哪一次偶尔迟到了，驾驶员会耐心地等她几分钟，嘴里自言自语："那个讲一口四川话的大妈还没来，她人呢?"

因为小博文双休日不用上幼儿园，周忠燕一边在店里干活，一边照顾儿子。刘华容雷打不动地花 8 元钱，乘一个多小时的公交车，赶回天山家里，帮亲家母换洗衣被、洗头洗澡、烧饭做菜，整理环境卫生，帮老公侍弄田里的庄稼和蔬菜。星期天下午，刘华容就大包小包地装满了大米、菜籽油、自家长的各种瓜果蔬菜，肩背手拎，带往扬州，周周如此。刘华容每次都尽力多背一些，这样女儿在扬州就可以少花一些钱。

一开始，驾驶员以为她是一个小商贩，后来慢慢熟悉了，知道了她家的一些情况，对她心生同情，格外关照。

农忙季节，水田都耕翻平整浸泡好了，该插秧了。周忠燕的洗衣店关门两天，她和妈妈一起赶回天山家中，赤着脚，卷起裤管，戴上草帽，一家人全部下田插秧。农忙时，亲戚朋友每家都很忙，如果雇请外人来帮忙插秧，180 元钱包插一亩田，周忠燕家共有 4 亩多田，就要花销 700 多元钱，周忠燕算来算去，怎么也舍不得花这笔钱。

背上太阳烤，田野水汽蒸。两天下来，周忠燕的脸庞和胳膊上火辣辣的疼，骨架又酸又痛，累得像要散架似的。她时不时直起身子，抹抹脸上的汗水，得意地欣赏着眼前白茫茫的水田里，自己插的一行行弯弯曲曲的绿色秧苗，反复默诵品悟着"低头便见水中天，退步原来是向前"的意境，给水田里的自己，也给未来的生活加油鼓劲。

"小周老板，你家店门关了两天了，你到哪里去了啊?我们都想你了!"两天没有看到周忠燕，周边的店家和客户都惦记她了，大家都喜欢她。周忠燕也似乎从中感觉到了自己存在的价值。

洗衣店的生意，淡季和旺季非常分明，夏天和秋天，店里接待的顾客就少得可怜，夏天生意最淡。房租已从原来每年 1.5 万元涨到了后来的每年 2.8 万元，各种物价也是年年都在涨，接不到生意做怎么行呢？钱不是万能的，但对一个普通百姓家庭来说，没有钱是万万不能的。

看看周忠燕下面这篇日记，就能体会到她当时生活的困境和精神压力。

2013 年 8 月 29 日　星期四　晴

今天的天气很好，但我的心情却很灰暗。生活的压力太大了，压得我喘不过气来。这个月的家庭开销达到了 7000 元，太吓人了，怎么办？房东又给门面房涨价了，从起初的每年 1.5 万元，涨到了目前的 2 万元，他说以后还会上涨。现在生意不好做，挣钱太难了，好不容易挣两个钱都交房租了，真让人苦恼。我是不是走进了死胡同，戳到了天花板？我是不是应该考虑转让店面？那我又去做什么，又能做什么呢？我觉得自己特别没有用。

钱好花，但不好挣。下个月盼盼又要交学费了，老家房子没有建成，但买的那块地还在那里，怎么办？婆婆住在医院里，该报销的那部分医药费还没有报掉，心里也不踏实。最近爸爸一个人生活在高邮老家，前几天在厂里上班时，因为是室外高温作业，中暑晕倒了，怎么办？盼盼脾气也变大了，天天拉着脸跟我吵，总是哭着要爸爸，怎么办？我的精力有限，能力有限，如果我有能力和本事多赚一些钱，家就不会是现在这个样子了。

……

生活随着一年四季交替轮回，在不温不火地向前行进。胡博文上小学之后，要参加的培训班不少，周忠燕舍不得落下，不想让儿子输在起跑线上，但对家庭来说，着实也增加了一笔不小的开销，一大家人仅靠一间小小的洗衣店，确实只能维持生计。为了想方设法多挣钱，周忠燕的心一直在活跃着，眼睛在四处张望着，她在寻找新的目标和机会。

一天，周忠燕和高邮要好的小姐妹吴敏，在平常的电话聊天中，说起这些家常事。当时，吴敏所在的光伏企业行情低落，已经连续几个月发不出工资了，正为这事发愁呢。周忠燕非常同情她的处境，建议她在网上找找项目，开一间店面。可吴敏对做生意没有任何经验，提出叫周忠燕帮她找，找好了两个人合伙一起做，周忠燕短暂地想了想，爽快答应了。

接下来的那些日子里，周忠燕和吴敏每天都会通电话，聊开店的事情。她们考虑过开早餐店、煎饼店、家政公司、在高邮开干洗分店，等等。当时，她们两个人的经济情况都不太好，在选择项目的同时，考虑更多的是资金问题，想的是投资要小，回报要快，到时候万一失败了，能不能亏得起？

她们通过分析和对比，最终看中了济南“黄马褂家政服务”，店址就设在扬州周忠燕的干洗店里，反正都是服务行业，不再另找店面，这样可以节省好几万元的资金。

2016 年 9 月中旬，周忠燕和吴敏各自安排好家里的事情，赶到济南实地考察。到了“黄马褂家政服务”公司，工作人员向她俩介绍了一些加盟事项，为了防止上当受骗，周忠燕提出要到培训现场考察，培训规模的确很大，项目也比较全面，有家政保洁、甲醛治理、抽油烟机清洗、空调洗衣机清洗、月嫂、真皮沙发保养打蜡、布艺沙发干洗等等。现场考察结束已是傍晚，工作人员急着想促成她们这笔生意，迫不及待地拿来合同让她们签，加盟费标准分别为：基础店 48000 元，旗舰店 88000 元，精英店 128000 元。

有着几年做生意经验的周忠燕，朝吴敏使了个眼色，漫不经心地提出要找公司经理面谈。见了经理，周忠燕一连抛出了几个问题：加盟费用的让利空间有多大？等级包含了哪几个项目？特殊的项目是否有专业人员到店面培训？看着周忠燕有条不紊地提出这几个问题，一旁的吴敏佩服得直点头。

不知不觉天已经黑了，在加盟费用问题上，公司经理还没有同意让步到她俩心里的理想数字。周忠燕礼貌性地站起来说："今天的考察先到这里吧，我们回去考虑一下再做决定。"听周忠燕这么一说，吴敏当时有点蒙了，难道我们几百公里专门跑过来，真的就这样回去了？

"走，我们回去吧！"周忠燕拽拽吴敏的衣角。

"你们稍等，我再跟上面领导请示一下。"经理不甘心眼看谈成的一笔生意就这么黄了。

经过又一番周旋，公司最后终于同意旗舰店以 68000 元达成协议。走在济南街头，吴敏兴奋地说："燕子，你可真有两下子，你这几个回合下来，一下子就降低了 2 万元，我算是长见识了。走，找个小饭店好好撮一顿，我请客。"

大约过了半个月，济南的家政服务公司打电话给周忠燕和吴敏，通知她们过去学习培训一个星期。当时，吴敏厂里请不了假，实在没办法，两人商定，只能让周忠燕前往济南参加培训，回来后再传授吴敏。为期 7 天的学习，公司安排的学员住宿条件和伙食真的不敢恭维，吴敏看了视频，感到过意不去。周忠燕淡淡一笑说："就几天时间，克服一下就过去了。"她学得认真，培训的各个项目都拿到了结业证书。

回到扬州后，周忠燕就马不停蹄地按规定办理申报手续，很快领到了营业执照。紧接着，便开始在网上购买了开店需要用的两组货柜、简易沙发、茶几等物品，洗衣店里没地方摆放，她们就把家政所需物品都放置在周忠燕家的车库里。为了节省开支，周忠燕自己出去买来两桶涂料，用了两个晚上时间，把车库刷白出新；为了组装两组货柜，周忠燕叫上母亲，用了 3 个晚上的时间，一块一块反复拼接、调试、安装，螺丝刀把手掌磨出了好几个水泡；周忠燕买齐了做家政服务的各种工具、设备、材料，再一一进行点货、摆货。这一切，都是周忠燕利用晚上时间忙妥当的，因为她白天还要在洗衣店里忙活。

公司派出的专业技术人员到扬州了，他们就在周忠燕家的车库里现场教学，进行甲醛治理培训及现场检测演示，抽油烟机及空调的清理，也是在周忠燕家里实际操作的。这两个大的硬性项目，女同志干起来太累，吴敏就把她的丈夫陈旭新拉到扬州先顶上。为了练熟掌握技术，陈旭新协助周忠燕把自家的抽油烟机拆下来练习清洗，起初通过设备 80 度以上的高温蒸汽，将顽固的油渍软化滴落，再用除油剂清洗，由于第一次独立操作有些手忙脚乱，忽略了她家的抽油烟机是铝材质的，除油剂是强碱性的，只能用于不锈钢材质，清洗过后整个抽油烟机的表面都被腐蚀得白花花的。

几个人虽然都很心疼，但又很庆幸，如果这样的事情发生在客户家，他们不光要给予赔偿，更会失去客户的信任。与此同时，周忠燕还在家里苦练擦窗户玻璃的手法，既要快捷、明亮，还不能留下任何痕迹。

在没有举行任何仪式的情况下，周忠燕、吴敏的家政服务小店十分低调地开张了。因为有了扎实的基本功，她们接下的一单单生意，完成得都非常顺利。

日子过得飞快，一晃就到了腊月。家政生意越来越忙了，周忠燕干洗店里的衣服也堆成了小山，人手紧缺是她们最为烦恼的事情，舍不得雇请员工，只能先找身边的亲戚朋友帮忙。周忠燕白天在外面做家政保洁，让母亲在洗衣店里接收业务，每天晚上再赶回洗衣店，加班到深夜，处理忙碌洗衣业务，就像一只高速旋转的陀螺，日复一日。

做家政不是一般的辛苦，有时她们一天要赶三四家，遇到的客户也是形形色色的，有的真是让人哭笑不得。和周忠燕同住一个小区的一户人家，女主人联系上周忠燕，提出家政服务项目是清洗抽油烟机、客厅地毯干洗、红木沙发打蜡，周忠燕、陈旭新、吴敏和她的妹妹，带着设备准时来到客户楼下，他们正准备进门厅的时候，就听到屋子里一个男子在大声骂骂咧咧，责怪老婆不知道从哪里把周忠燕这帮人找过来的。周忠燕他们有些犹豫要不要进门，女主人喊他们进屋，把事情交代好，便急急忙忙去上班了。女的刚一走，男的又骂开了，大声说："你们肯定弄不好，把我家的东西搞坏了要赔钱，卫生间不允许进。"

吴敏的妹妹是一位老师，她是被姐姐喊过来帮忙的，长这么大没有被人这样羞辱过，心里哪能受得了这番委屈，当时就红着脸执意要姐姐他们一起走，吴敏和陈旭新交换了一下眼神，也想逃离。周忠燕强忍着泪水，心平气和地跟男主人沟通："请你相信我们，如果你不满意，我们一分钱不收，如果弄坏了你家任何物品，我们照价赔偿。"终于，男主人的态度有所缓和，站在客厅一旁看着。

周忠燕他们开始分工行动，陈旭新负责清洗抽油烟机，吴敏和妹妹负责干洗地毯，周忠燕则负责给红木沙发清洗打蜡。大家各自小心翼翼地有序工作着，男主人突然走到周忠燕面前，大声呵斥道："我这红木沙发，你怎么用水擦啊，我就知道你们不行，就是来混钱的。"

"老板，你不要发火。我这是用的专门清理红木沙发的清洁剂，喷在抹布上先将沙发上的浮尘擦拭干净，然后才能打蜡，这是我们专业培训过的，你放心！"周忠燕只好停下手中的活，赔着笑脸跟他耐心解释并再三保证。整整用了 4 个小时，周忠燕他们总算把活干完了。

周忠燕请男主人一一验收，男主人带着十分挑剔的目光，逐项检查验收，一声不发。周忠燕他们几个人紧张得心都快要跳出来了，让他们做梦都没有想到的是，男主人居然没有挑出任何毛病，就说了一句："费用等我老婆回来，到你店里去结。"过了好多天，这家的女主人和周忠燕结了账，其中居然还有一张 20 元假币，再联系她时，她怎么也不承认。

那几个月里，经常可以看到周忠燕带着吴敏和家人，扛着机器设备，到人家去做家政服务。有两户人家别墅的窗户很高，周忠燕带头爬上去擦拭，下来时衣服全汗湿了，这既有辛劳的成分，也有恐慌的因素。

周忠燕和吴敏其实是兼职在做家政服务工作，单靠她们亲力亲为，肯定不是长久之计。考虑到家政服务有季节性特点，招固定员工实属划不来，春天三四月份生意逐渐变淡。吴敏家住在高邮，每次做家政服务，她和老公都要向单位请假，还要在高邮和扬州之间来回奔波，确实很不方便。

无奈之下，吴敏打起了退堂鼓，跟周忠燕说"想放弃了"。面对一堆难以解决的实际困难，周忠燕尽管有万般不舍，但最终也只好点头同意，因为她还要打理洗衣店，精力实在顾不过来。这半年下来，她俩一共亏损 5 万元左右，一堆机器工具还堆在周忠燕家车库的角落里。

谈起这段经历，吴敏总是十分感慨："当初我们决定投资的时候，考虑不周，没有把这些实际问题想复杂一些。尽管这样，我们之间没有相互责怪和抱怨，更多的还是理解和信任。其实我知道，燕子当时做出投资的决定，更多的是为了让我失业后能有一份生活保障，这就是我的好闺蜜，一个重情重义的人。燕子还经常问我，家里有什么需要她帮忙做的？在她身上看不到什么负面情绪，她的坚强乐观，一直感染着我。"

那一阵子，周忠燕的父母自然少不了埋怨和惋惜，总是怪女儿当时听不进他们的劝阻，听了朋友的鼓动，做这个家政服务项目。“创业哪有包赚不赔的，就当交学费吧，吃一堑长一智。哪个女人天生喜欢到外面去闯荡的，这都是被生活逼的啊!”“把事情做成，当然很好；做不成，我们也会在过程中积攒许多令人备受增益的经验。”周忠燕好不容易攒下的几万元钱白白流失，心痛不已，欲哭无泪，但又无奈。她把晦暗的心绪深藏起来，嘴上讲起来还蛮轻松的，这是安慰父母，其实她的心里在滴血。这笔学费交得也太昂贵了。

为这事，周忠燕又气又悔。私下里，她只怪自己当时有点意气用事，没有考虑清楚，自己给自己挖了个坑。那阵子，她像是被霜打过的茄子，有些蔫了，嘴角长满了水泡。她发烧了，在家里躺了两天，吃了药就睡觉。

迷迷糊糊中，她梦见胡永飞坐在床边，喂她喝水，帮她擦汗。她毕竟是一个普通正常的女人啊，需要心爱的男人疼爱和呵护。

清醒一点的时候，周忠燕躺在床上，两眼盯着天花板久久发呆。她自言自语：搞到这个地步，说明自己能力不行，不是那块料，也许这已经到我个人的天花板了。

“那时我们有梦，关于文学，关于爱情，关于穿越世界的旅行。如今我们深夜饮酒，杯子碰在一起，都是梦破碎的声音。”诗人北岛这样说过。周忠燕仔细想想，的确如此。

孤单和压力，是周忠燕不得不面对的生命之重，却也是她昂首向前的动力之源。周忠燕要养家糊口，她用忙碌把自己塞实了，确保自己真正地站在大地上。

“我们都是普通人，于未知的空白里，去对抗无止境的命运……其实，我们已穿过爱与苦，荆棘与烟雾，途中的所有步伐，每一次醒来，都可以记得清楚。岔路，是我们的必经之途。”“只是希望有个人，在我说没事的时候，知道我不是真的没事；能有个人在我强颜欢笑的时候，知道我不是真的开心。”清醒之后，周忠燕在 QQ 空间对她的飞哥写下这两段话。其实，她只想像其他女人一样，可以在自己的男人面前痛快地生个气、发个火，倾诉一下内心的委屈和烦恼，她就什么事也没有了。

虎年正月十六晚上 8 时，气温急剧下降，洗衣店门前的香樟树被寒风吹得哗哗响，杨柳青路上行人稀少。还没有吃晚饭的周忠燕，和妈妈在洗衣店里正忙着干活，突然，周忠燕感到胃部疼得厉害，她以为忍一忍就好了。春节前也疼过一次，当时周忠燕没有多想，以为是自己吃多了；年初五又疼了一次，她估计自己是胃疼，贴心的儿子博文从百度健康上查找了“女子胃疼的常见原因及处理措施”，周忠燕对照着吃了点药，就撑过去了。现在又疼了，而且疼得特别厉害，肚子胀得疼，撑得难受，她直吞口水，一会儿又呕吐。周忠燕站不起身，又坐不住凳子，索性一屁股坐在地上，抱着双膝直哼哼，强忍着不大声叫出来。妈妈见此情景吓坏了，赶紧关上店门，推来电动车把周忠燕带回家。尽管离家只有五六百米距离，周忠燕也是疼痛得迈不开脚步。她们心想，回家吃点胃药，躺下休息一会，或许就好了。

好心的邻居欧阳看到周忠燕痛成这个样子，赶紧叫另一个邻居开来一辆车，果断把周忠燕送到相对较近的友好医院，值班医生立即给她安排做 CT、B 超等各种检查，诊断结果是胆囊炎，当即挂水消炎止痛。医生叫周忠燕住院治疗观察几天，她拒绝了，“家里有店面和儿子要照应，实在离不开，我就每天坚持来挂水吧”！医生无奈地摇摇头。

吃了药，挂上水，心里就踏实了一些。周忠燕看时间不早了，便让妈妈和邻居回家了。坐在输液室里，周忠燕的心空落落的，禁不住难过起来，有点酸酸的。平时光想着肩上的责任，没有把自己的身体太当回事，这次幸亏没有什么大的问题，不然一大家子怎么办啊？她想到自己最需要的那个人，可是他早已不在了。悲从中来，周忠燕就给胡永飞的手机号发信息：

飞哥，我把自己伪装得这么强大，也免不了生病。你在的时候，我遇到这类情况，如果给你发一条信息，你就会往家里打电话，如果给你打电话，你就会把亲戚都找一遍。这么多年，我真的放不下你！我现在真的好需要你在身边照顾我陪着我。

周忠燕知道，这条信息是不可能收到回复的，空洞的眼睛久久盯着雪白的天花板，无神地看着，不争气的眼泪一滴滴落在手机屏上。

挂完水，时针已经指向下半夜两点。周忠燕感觉疼痛稍微有些减缓，便套上羽绒服，打起精神回家。独自坐在出租车里，周忠燕看着寂静的夜色下，一排排行道树刷刷地向后仰去，强烈的孤独感阵阵袭上心头。这时候，她最想她的飞哥了，要是他在身边多好啊，有一双厚实的肩膀可以依靠一下。

胡永飞啊胡永飞，你在九泉之下知道吗？周忠燕这个孤单又强大的女子，虽然她遇事已习惯了自己扛，或许她也有能力自己扛，但那是被逼无奈啊，其实她很需要你的温暖！

周忠燕有时在想，为什么那些支离破碎的情节能够撑起一部书，有的还能成为名著？她百思之后，找出了答案，因为每一个普通人都有跌宕的内心故事。其实，每个人都很普通，我们要承认自己的普通。

周忠燕喜欢听歌，碰上自己喜爱的歌曲，她就下载下来，反复播放。一段时间，《肩上的云》诞生了，周忠燕静下心来仔细聆听这首歌，很快就沉浸在这首歌所营造的意境之中，一个人的孤寂，一个人对爱情的渴望，都在这首歌中淋漓尽致地展现出来。这首歌好像是音乐人为周忠燕量身制作的，以真挚感情的流露打动了她的心，她被这首歌的旋律深深吸引了。周忠燕轻轻的、深情的吟唱，也让这首歌有了灵魂。

风起的时候我好想你
多想陪你走过四季
那段爱情还留在心底
沉默得像身边的空气
飘雨的时候你在哪里
望穿秋水不露痕迹
只有那片蓝色的天空
它曾看过我们的甜蜜
你是落在我肩上的云
随风飘飘成相思的雨
掌心里还留着你的情
却像花瓣般散落一地
你是落在我肩上的云
随风飘飘吹来了回忆
看那往事在心里堆积
从此只剩我一个人孤寂
……

周忠燕轻轻擦去眼角的泪水，把《肩上的云》这首歌发到朋友圈，并附上这几句话：世间唯有两样东西不可触摸，一样是记忆，一样是思念，听说，记忆无花却永远盛开，思念无用却永远清晰。

这些年，小小一间洗衣店就像一条奔腾不息的河流，清澈的河水一直在不知疲惫地欢快地流淌。洗衣店凝聚了周忠燕全部的心血，这里是她一家人生活全部的希望，她时时都在小心翼翼地划着小船前行，但有时在这条小河沟里还是会防不胜防地触碰到水底下的木桩，把她的小船撞个窟窿，让她措手不及，痛心不已。

2019 年的一天，一位男顾客把一件外套送到周忠燕的店里干洗，衣服上有3种颜色，另外搭配一种胶皮。当时因为顾客时间催得紧，周忠燕的妈妈就帮助洗涤了，周忠燕熨烫衣服时才发现，衣服上的颜色交叉串色了，她顿时傻眼了。于是，她避开妈妈，赶快主动和对方沟通协商处理办法，最后只好答应对方的赔偿要求，给他转账1900元才算平息。

周忠燕的心情坏到了极点，沮丧地一屁股坐在地上，她的内心既委屈又心疼，委屈的是，洗涤这种多色系的衣服，稍不注意就很容易串色，自己又无法跟顾客解释清楚，只能自认倒霉；心疼的是，洗涤一件外套收费30元，现在一下子赔了1900元钱，要忙乎多少天才能挣回来啊？如果被妈妈知道了，她肯定要难过坏了。

周忠燕的手机里一直储存着和这位男顾客的微信对话和转账记录，经常翻出来看看，以提醒自己。吃一堑长一智吧，就当交学费了，唉，这笔学费交得也太昂贵了。

周忠燕自己感到，这些年来，她一直是严格按照洗涤不同面料的技术要求规范操作的，但现在有些新布料配色很特殊，运用了多年的技术经验有时候也不管用，偶尔有失手。

今年春节前，一位女顾客送来一件上装干洗，衣服是锦纶面料的，胸前这一面和内衬是黑色，其他地方是浅粉色，洗涤之后，衣服略微有些串色，袖子上的颜色变暗了。女顾客口口声声讲："这件衣服是限量版的。"坚持要周忠燕赔偿。遇到这类事情，周忠燕总是不亏待顾客，自己认账。女顾客从周忠燕手里接过800元钱，满意地说："你的店我信得过，以后我还是到你这里来干洗衣服。"

还有一次，一家有合作关系的车行把一套PU皮的汽车坐垫套送到周忠燕的店里洗涤，洗涤之后，坐垫套掉皮、起裂了。PU是人造革，它的寿命一般也就两三年，即使不使用，到时间了它也会掉皮、闷坏。车主买的就是二手车，他就讹着周忠燕不放手，周忠燕耐心讲明了材料的特性，车主又说他不是针对周忠燕的，就转身盯着车行赔，车行没有办法，又回过头来和周忠燕协商，各赔一半，周忠燕考虑到以后还要合作，就赔偿了 800 多元。遇上个别不太讲理、不好沟通的顾客，周忠燕只能如此，“哑巴吃黄连，有苦说不出”。

每一次遇到这样的事情，周忠燕总是把店里的信誉放在第一位，绝不让顾客吃亏。她都是悄悄私下地和顾客沟通协调，从来不当着父母亲的面讲。她不想让父母跟着操心，她太了解他们了，如果母亲知道这事，肯定要把嘴皮子唠叨破了。

“有时夜里我突然会做一个梦，干洗的衣服又串色了，我一骨碌坐起来，吓出一身冷汗。”谈起开店的酸甜苦辣，周忠燕有时会控制不住倒出肚子里的苦水，创业开店太不容易了，有一种如履薄冰、如走钢丝的感觉，她越来越爱惜自己的羽毛。真是干一行、精一行、怕一行啊！

开店十来年，上面这样的遭遇，周忠燕已经经历六七次了。

“当感到无力的时候，是该思考？该停泊？该躺倒？该逃避？还是该如何是好？房子的租期又要到了，不知道房东对租金又会提什么要求，我真的是不想开店了，太累了。‘落在一个身体里的雪，从来不被另一个身体看见。’我自己感到有两种累，一种是身体上的累，还有一种累，是自己的苦只有自己知道，别人体会不了，你说了别人也帮不了你，还徒增别人的烦恼，自己感觉更疲惫。干脆，我就做一头穿山甲，埋头往前冲。可是我没有坚硬的外壳做保护，也不知道前面的路会遇到什么困难阻碍，可能是疲惫不堪，可能是遍体鳞伤。如果像洋葱一样一层一层剥开自己的内心，只发现，也许努力到最后，我的与众不同也只是因为有勇气。”周忠燕在日记中剖析自己。她的确是有勇气的，也很尊崇“勇气”二字，她的 QQ 昵称就叫“勇气”。

“你赚的工钱除了包括你实际做的工作，还包括了你需要受的委屈和不公平待遇。”周忠燕只能这样说服自己。每个人都在各自的世界闯荡，委屈和情绪都需要自己消化。没有一份工作是不委屈的。

有时，周忠燕苦笑笑，调侃自己："我家有这么一个大儿子，现在不努力多挣点钱，将来拿什么给他买一套房子啊！"说这话时，周忠燕圆圆的脸上，大大的眼睛眯成了一条缝。

说实在的，开洗衣店并不是周忠燕所喜欢的，或者说其实她内心一开始是抵触的，但是既然选择了开洗衣店赚钱来作为生活的支撑，洗衣店给她提供了生活来源，她肯定要努力把店开好。因为只有把它做好了，她的生活才能更好。

周忠燕的手机微信铃声，设置了《碎银几两》这首歌，拨打她语音电话的人都能听到。

"这人间两茫茫，把利字摆中央，是喜是伤呢，自己去品尝。这人生何其短，愿你我尽其欢，何为苦乐多，此生也迷茫。为了碎银几两，为了三餐有汤，为了车呢为了房，你为的是哪位姑娘。偏偏这碎银几两，能解世间慌张，纵然六亲不认，又何妨万孔千疮……"

生活，总能教会我们成熟与臣服。无论生活多么无奈，我们都得在悲歌之后，重新以欣喜的姿态迎接命运的安排。

周忠燕时时提醒自己：对顾客来说，我就是一个开洗衣店的，我与别的店家并没有什么不同，我只有把活做漂亮了，人家顾客才认我，才会到我店里来，我就是平平无奇的开店人。

"跌倒了，爬起来就走。永远踮着脚尖去够自己的梦想。""世界以痛吻我，我要报之以歌。"生活仍在继续，凡是打不倒你的，终将让你强大。你要熬，熬到苦尽甘来；你要等，等到春暖花开。

尽管偶有失手，但在扬州城西北，还是流传着这样的说法：在别家"洗不了""不敢洗"的衣服，送到周忠燕那里，她准能洗出来。同行们都称她为"破解洗衣疑难杂症的高手"。

周忠燕有个"绝活"，通过洗涤能将衣物本身颜色保持，且去除沾染上的颜色。这就是她在行业中独树一帜的"修色工艺"。

有一年秋天，一位70多岁的老太太来到洗衣店内，带来一件大红色真丝旗袍，周忠燕热情接待了她。

老太太说，这是她50年前结婚时穿的旗袍，是她一生中最重要的珍藏。她只期望此生能够再穿上一次。周忠燕猜测，这是一位有情怀、有梦想、有故事的老太太。周忠燕将这件旗袍打开，仔细看了十多分钟，发现由于保存时间久远，这件旗袍的压痕非常明显，真丝色泽已褪且发白发花，装饰物和金丝也有掉落、脱线……

洗涤、去渍、补色、修复……经过了10多道工序、花了10多天时间，压在箱底已经50多年的旗袍，在她手中恢复了原有的绚丽。但要配齐那些掉落的珠子，倒是难住了她。秋风萧瑟，她跑遍了扬州大街小巷的小商品市场和玉器街，也没有找到合适的珠子。有人提醒她说，浙江海宁服装产业发达，可以到那里去“碰碰运气”。于是，周忠燕把这个任务托付给一个好朋友，真的在海宁找到了相似的珠子。

周忠燕将焕然一新的旗袍，轻轻放在老太太手中，老太太拿起旗袍，对着店里的试衣镜贴身比了一下，非常激动，将一个红色信封硬塞到周忠燕手中。周忠燕打开一看，竟然是厚厚一沓现金。她婉言谢绝：“洗衣都是明码标价的，额外的钱，我一分都不能要。只要顾客满意，我就十分开心。”

真金不怕火炼，周忠燕的精湛技艺在一次次重大任务面前经受住了考验。有一次，周忠燕接到为一个大型会议会场熨烫国旗的任务。国旗的面料很“娇贵”，熨烫温度必须控制在120℃，如果超过这个温度，多熨一秒钟就会将国旗烫出一个洞。

周忠燕徒手控制熨斗，温度精准无差。巡烫、焖烫、轻轻提、慢慢移，对于一些细小的褶皱，也不放过。周忠燕连轴转了四天，100多面国旗完美熨烫完成。

“周老板，我们厂里这几件衣服有点搭色了，你看看，能不能处理一下？”这天，同住一个小区的邻居周艳，拿着5件新的男士夹克衫，来到洗衣店。

周忠燕接过衣服，一件件认真打量。黑色外套，面料是腈纶，能防水，会吸色，内里是白色带浅暗格和涂层复合，拉链边上包边长条的黑颜色，搭色到白色里子上去了，一条线，每件衣服差不多都是这个问题。

“你帮我看看，这一条线能不能去除掉?”周艳盯着周忠燕看。

“这个面料带有涂层，处理起来有风险，没有把握，我只能试试看。”周忠燕谨慎地说。

“你放心弄吧，弄坏了也不要紧，不怪你。”听周艳这样说，周忠燕心里才踏实。

用了去除搭色的药水，好久没反应；用上去除油渍的药水，观察、测试好一会儿，搭色去不掉，涂层反而起泡、脱落，有的地方变黄，有的地方暗格也没了。捣鼓了好半天，前两件衣服处理失败了。实验到第三件衣服时，总算用对了材料、步骤和手法，终于成功了。虽说花去了整整半天时间，周忠燕心里还是满满的成就感。

第 3 天，周艳来取衣服。她仔细检查验收处理好的衣服，很满意，说拿回去给厂领导看看。晚上下班时，周艳又来了：“我们厂里这批外贸生意，近万件衣服上都有这个问题，你算算看，处理这个问题，最便宜要多少钱一件?”两人互加了微信，约好晚上静下心来慢慢谈。原来如此，这个周艳也太精明了。周忠燕感到自己像经历了一场考试，心中不免一阵窃喜。

当晚，她们两人在微信中一直聊到 11 点钟，核算所用药水材料的成本、每一件衣服去渍的时间，算来算去，量大利薄，这个钱也不好赚，那就再考虑考虑吧。

“燕子，听说有家服装厂把几件衣服，送到你店里来处理啦，他们厂可是给每家洗衣店都送去了几件，在试我们呢。同行都说处理这个衣服有难度，即使接下来了，衣服可能也会出其他问题，几家店都没有接货，觉得可能是个骗局。”要好的同行王云，给周忠燕打来电话，这样提醒她。周忠燕心里在想，应该不会是骗局吧，周艳就住在同一个小区里。

又过了一天，周艳把厂长带到周忠燕店里。“我们这批衣服是一批外贸生意，批量大，催货急，你的技术我们信得过，如果给你店里处理，就你一个人忙，时间肯定来不及。你把去渍药水卖给我们吧，价格给你开高点。”厂长讲出了来意。

“药水卖给你们也没有用啊，处理这样的衣服，也是要有技术的，不是谁都能干的。”周忠燕直截了当地回绝了。

“那就请你把材料带到我们厂里来，让我们工人跟你学着一起干，要多少钱，你开个价。”厂长又走了这一步棋。

周忠燕还没有吭声，母亲刘华容一听急了，抢着开了腔：“燕子，我们本来就是靠这一行吃饭的，你花了那么多钱和时间，东奔西跑学技术，现在如果到厂里去教人家，不是砸自己的饭碗吗?”周忠燕一听，心想，对啊，妈妈讲得太在理啦。

“你看这样吧，你店里人手太少，要么你带一批骨干到我们厂里来干，有场地，抢时间。”厂长又抛出了一个主意，鬼点子真多，他也在核算成本，尽量把损失降到最低。

“厂长，这不太实际，我这样每天来回赶，店里就照顾不到了，其他人路上跑来跑去，也存在一个安全问题，这不行。”周忠燕没有答应。

磨蹭了半天，最后达成协议，周忠燕把这批衣服拿回来，召集几个同行来应急培训一下，然后把衣服分包给几个店同时加工处理，最后再由周忠燕逐一把关，保质保时交货给厂里。

那个 20 天，周忠燕喊了一个人到店里来帮忙，白天黑夜连轴干，处理自己留下来的一部分衣服，还要照顾生病的妈妈。她只恨自己没有三头六臂，来了十年难遇一次的大生意，又忙不过来。唉，喉咙太小，自己吃不下去，看到钱没法赚，心里那个急啊，就甭提了。

周忠燕的生活中的确需要钱，她也把钱看得很重，但不是她的钱，她绝对不动心，更不会占有。

“钱当然很重要，这我不是不知道，可是，我又觉得，人活这一辈子，还应该有些另外的什么才对。如果一心钻进钱眼里，那还要不要脸啦?”这是周忠燕的内心独白，何尝不是所有人真实生活的写照。是啊，我们可能一下子改变不了家庭的现状，那就努力让精神世界先丰盈起来。

“刘老板，你送来干洗的衣服口袋里有 1600 元钱，你可能忘记掏出来了，我先帮你保管着，等你取衣服时还给你啊!”深秋的一天下午，周忠燕拨通了一位叫刘陈杰的男子的手机。

“啊，真的啊？怎么会呢？谢谢你，谢谢你!”刘陈杰惊讶之余，十分感激。

……

洗涤衣服之前，周忠燕都要把客户送来的衣服再细心检查一遍，把每个口袋再仔细掏一遍，经常会在一些粗心的客户身上有所“收获”。发现客户衣服口袋里的遗留物品，周忠燕首先根据衣服的单号登记下来，随后按照客户留下的手机号码打过去，向客户说明情况。

开洗衣店近 10 年，周忠燕的笔记本上共登记了 25 笔这样的数据。客户遗留在衣服口袋里的物品有戒指、手表、现金、发票、油卡、餐卡、银行卡、充值会员卡等等，以现金居多，数量不一，多的将近 2000 元，少则数十元。等客户来取衣服时，周忠燕都一分不少地归还人家。

客户感动之余，都会说出类似的话，“周老板，你衣服洗得好，人品也很好，我们信得过你”。

在干活的过程中，周忠燕如果看到哪件衣服的纽扣线松了，就拿起针线加固一下；哪件衣服开线了或者口袋破了，就拿给妈妈用缝纫机补一下。这些事并不大，都是简单的小事，周忠燕也不另外收费。顾客取衣服时，她想起来就顺便告诉一下，想不起来也就算了。顾客就是这样慢慢积累起来的，衣服放在她这里洗，放心。

“老板娘，门口不大好停车，你到路边来拿一下衣服吧!”“小周，我要赶时间，衣服放在你店里柜台上了，钱不够我就微信发给你。”不少顾客已经很熟了，只要他们叫一声，周忠燕总是“好的，好的”。

“小周，你现在有空吗？我在外面一下子赶不回来，麻烦你帮我去接一下小孩，谢谢啦!”和周忠燕同住一个小区的一位熟人，真没有把周忠燕当外人，才打了这个电话。周忠燕手头正在熨烫衣服，她马上把电源关了，骑上电动车往学校跑。周忠燕很理解人家，没有难处是不会轻易开口的，自己能帮到别人是挺开心的事。

周围的人敬重周忠燕，佩服周忠燕，不仅仅因为她是烈士遗孀，更因为她面对生活的坚强。周忠燕真的不容易，她自己用了一句话概括，“坎坷人生，孤单如影随形”。

在周忠燕的故事里，写满了生活的酸甜苦辣，有艰辛，也有温暖。

时间长了，有一些顾客和周忠燕渐渐成了朋友，时常会给她送来一些乡下种的蔬菜、土鸡蛋。端午节这天早上，有一位女顾客给周忠燕送来 6 只粽子，说是自己家包的，让周忠燕尝尝。看着青翠的色彩，闻着扑鼻的清香，周忠燕盯着粽子打量了许久。人生如粽，经得起热水沸腾，耐得住冷藏冰冻；人生如粽，不捆绑就是一勺稀饭，不蒸煮哪有美味香浓!

周忠燕这几年明白了一个重要的道理：人无时无刻不在欲望和困境之中。接受了这个道理以后，她就尽量不去较劲，于是人生豁然开朗了许多。

一天，周忠燕正在店里忙碌着，突然接到爸爸从高邮老家打来的“告状”电话，说婆婆胡翠莲不肯吃药，把药扔到垃圾堆里，爸爸把药捡回来，她又把药扔掉，就是不肯吃，然后出去到处跑，走路歪歪倒倒的，夜里也不肯睡觉。周忠燕一听就急了，迅速赶回高邮家中，连哄带骗地让婆婆吃了药。周忠燕又打电话给胡永飞的二舅舅，请他过来一起哄哄婆婆。

为了逗胡翠莲开心，二舅舅拿出香烟，比画了一下，给她递上一支，“姐姐，抽支烟提提精神吧”。从来不抽烟的胡翠莲居然真的抽了起来，抽得有模有样，鼻孔里还会冒烟，而且一连抽了两支香烟。晚上，胡翠莲安静地睡觉了。因为是个下雨天，二舅舅就没有回家，夜里也住在胡家。

第二天一早，二舅舅到胡翠莲房间里一看，看见姐姐睡在地上，身上裤子也尿湿了，嘴角全是泡沫，全身冰凉。一家人都吓坏了，赶紧叫来车子，把胡翠莲送到扬州五台山医院抢救。医生说，这是中毒症状，立即洗胃救治。

周忠燕和一家人怎么也想不明白，婆婆为什么会中毒呢？医生解释说，可能是服用药物后抽香烟引起的药物反应。胡翠莲清醒后，朝周忠燕翻翻眼睛，口气很凶地说周忠燕要害她。周忠燕急得直哭，婆婆可是第一次对她这样说话啊，婆婆把周忠燕当成了自己的全部和依靠，平时都很听周忠燕的话。周忠燕也不知道自己哪里做错了，有口说不清，感到十分委屈。

“燕子，这一切我都看到了，你没有做错的地方，你婆婆是个病人，她大脑不好用，你就不要和她计较了。”二舅舅拍拍周忠燕的肩膀，安慰劝导她。

前面几年，每当胡翠莲发病比较严重时，周忠燕就向高邮市民政局优抚科同志汇报，联系协调到扬州市五台山精神疾病防治医院住院治疗，等她的病情稳定后再接回家。随着时间的推移，胡翠莲发病的次数越来越多，而且不断加重。

“还是要把婆婆接到城里来，长住在医院，有个良好的就诊环境，接受专门的治疗，大家更放心。”周忠燕和父母商量后，做出了这个决定。高邮市民政局局长陈满祥了解这一情况后，要求优抚科科长虞万全积极主动与五台山精神疾病防治医院对接，针对胡翠莲的实际病情，妥善做好治疗，商请医院给予医疗补助。民政局也是想尽了各种办法，尽量减轻周忠燕家的经济负担。

2014 年下半年，周忠燕把婆婆送到扬州市五台山精神疾病防治医院，在这里安住下来，吃饭、服药都有规律，有专人看护，也很安全。胡翠莲虽说极不情愿、也不配合到扬州来，但是为了她的健康和安全，周忠燕这次下定了决心，胡家的亲戚也都很理解和赞成。

这样，周忠燕母女俩由每周末赶回高邮家里，改为赶到医院探望，送来一些婆婆喜欢吃的东西。周忠燕一有空就带上胡博文到医院来探望婆婆，每次都要熬点汤，带些水果、牛奶等，婆婆总是开心地告诉护士：“这是我媳妇，这是我家大孙子。”有时候，婆婆还会把一些好吃的东西塞给周忠燕，让她“带回去给伢子吃”。

一边要操劳店里的生意，一边要照料儿子饮食起居、辅导作业，同时还要照料患病的婆婆，周忠燕就像一个高速旋转的陀螺一样，常常在家、店、医院和儿子的学校之间忙得团团转，没有一天时间休息。

周忠燕的爸爸妈妈看女儿这么辛苦，非常的心疼，他们不顾年老体弱，尽自己最大的力量帮衬女儿维持这个大家庭的运转。周忠燕的爸爸周远贵一直独自住在高邮农村的家里，在镇上一个厂里做一份工，耕种 4 亩农田和胡家门前屋后的菜地，为扬州城里的女儿提供的帮助虽然不多，但也是源源不断的支持。一个年过六旬的男人，独自生活在他乡，一年到头为了生活在打拼、奔波，其承受的艰辛和孤寂是可想而知。

父亲几十年来没有干出过什么轰轰烈烈的事情，在社会上没有出人头地，在家里也没有顶天立地，在岁月的长河中一直平静地流淌，是一个再普通不过的男人，性格上甚至有些优柔寡断。对于父亲，周忠燕的内心也是充满了心疼和不舍，特别是听说爸爸已经几次莫名其妙地晕倒之后，周忠燕再也不淡定了。“爸妈跟着我到高邮这边来，吃了这么大的苦，遭了这么大的罪，千万不能再出现什么闪失。”周忠燕这样警醒自己。于是，她下定决心，让爸爸辞掉了高邮的那份工作，把家里的责任田包给人家耕种。

2019 年，周远贵也来到了扬州城里，先在一家灯具厂做工，后来又到游泳馆做保洁工作，空闲时也到洗衣店来帮女儿的忙，取货送货、卸装窗帘，每天骑着一辆电动车，也忙个不停。这样一家人总算团聚了，大家心里都踏实了许多。

在周忠燕坎坷艰辛的生活里，她用自己的方式，诠释当初选择的正确与无悔。日子久了，这其中的点点滴滴、柴米油盐，就成了人们看到的坚守。这并不是人人都能做到的，不仅需要肉体上的辛劳付出，更需要的是精神上的坚守。毕竟，人的本性都是趋利避害的。这就是一种责任感，因爱而产生的责任感。

“在舒婷的《致橡树》诗中，我最喜欢这两句：我必须是你近旁的一株木棉，作为树的形象和你站在一起。有时候我在做一些事情，我会想，如果你飞哥还在，你会怎么做？这样就会觉得有一种力量，觉得好像不是一个人在战斗。”夜深了，周忠燕习惯性地对他的飞哥倾诉，她要寻求精神力量，始终保持积极向上的心态，才能不惧人生的风雨！

2020 年七月下旬，本来已是炎热难耐，一场突如其来的新冠肺炎疫情，更是把扬州老百姓推进了水深火热之中，扬州按下了“暂停键”，全面封城。响应政府要求，周忠燕只好关上店门，一家老小宅在家里。八月的日子，一天天掰着指头数着捱过来的。她站在窗前，盯着外面空无一人的马路上，呆呆地看着。店门已经关了一个多月了，一分钱没有挣到，可房租还得按时按点交。她又在发愁了。

祸不单行，房东那边又传来了房租要涨价的消息。晚上，周忠燕把租房的苦恼，倾吐到了“六朵金花”好姐妹群里，想减轻一点内心的压力，听听大家的意见。姐妹们你一言、我一语，商定等疫情退去，扬州城按下“重启键”之后，几个人去和房东当面商谈一次，同时到附近去看看其他的门面房，再定洗衣店的走向。姐妹们给周忠燕打气，相信天无绝人之路，硬疙瘩总能嚼碎！

两人又经过几轮拉锯式磋商，最终商定房租36800元一年。

“房东，你也是一个干脆明白的人，咱们租房合同还是三年一签，我每年付一次房租。”周忠燕爽快地表态。

其实，周忠燕这些天心里一直在盘算，生意本来就不好做，如果店面再搬家，就更不好做了。疫情期间关在家里，真的把周忠燕急坏了，她的内心纠结得很。开洗衣店真的是忙够了，干怨了，做了10年，放弃了又舍不得，爱而不得，放又不舍。

这就是生活，该死的生活！

一个承担苦难的人，可以获得打开智慧和想象之门的机会。因为，苦难促使人思考。假如一个人有颗寻觅之心，他（她）能在苦难中获得的东西就远比顺境中更多。

周忠燕家的大门上，贴着一副中国书法家协会主席孙晓云写的对联：“人沐春风步步高，国逢盛世家家乐”。当然了，是印刷品，政府发的。周忠燕看着对联，苦笑笑说：“我们一家子都是普通老百姓，不求步步高，但愿事事顺!”

即使生活再难，周忠燕也没有选择放弃。她推崇这句格言：每一粒熬过冬天的种子，都会有一个春天的梦想。

爱美，是每个女人的天性。刚嫁到高邮那几年，周忠燕在房前屋后栽种了不少茉莉、牡丹、山茶、月季等花卉，普通平常的农家生活也被她装扮得颇有诗情画意。搬进扬州城里之后，她每天都像一只上足了发条的闹钟，一刻不停地在为生活而奔波，再也无心侍花弄草了。

一天，她从手机上看到一种立体种植小葱的方法，感到非常实用。于是，她找来一只废弃的装 5 公斤食用油的塑料桶，在桶身上均匀地剪出 35 只小孔，又从桶口装进肥土，然后在每只小孔里插入小葱头，定期浇水施肥，要不了几天，小葱头都伸出了绿色的纤纤细手，仿佛千手观音，名副其实的郁郁葱葱。

周忠燕把它抱放在客厅阳台的窗外，成了很好看的盆景，更实用的是下面条、炒菜时，随手掐两根，很方便，又不用花钱。如今，周忠燕家的窗台上有 3 桶这样的"葱景"。寻常百姓家，都是这样过日子吧，这其中，孕育着多少希望和美好！

快要春节了，洗衣店里的灯光每晚都要亮到凌晨一两点钟，这是一年中难得的生意旺季。周忠燕的身影在一刻不停地忙碌着，她要抓紧干活，为的是让客人能穿上干干净净的衣服迎新春，也为了不耽误自己一家老小按时回到高邮天山镇的家里过年。

除夕的前 3 天，周忠燕安排母亲刘华容带着小博文先回天山家里，打扫卫生、整理院落、洗晒被褥、购买肉菜，她自己坚守在洗衣店里，一边忙着店里的生意，一边洗刷收拾家里的衣被，同时列出清单，采购各种各样的年礼，这是给胡永飞大舅的，这是给胡永飞二舅的，这是给胡永飞姨娘的……客厅里堆了好大一堆。

大年三十上午，周忠燕难得大方地叫了一辆出租车，装上年礼，然后到五台山医院接上婆婆，带婆婆试选两身新衣服，赶回高邮家中。回到家，首先忙着带婆婆到镇上去洗澡、理发，然后就到公公的坟墓上去祭拜、烧纸送"压岁钱"。

在农村过春节，家家户户都会贴对联、挂灯笼、放烟花，张灯结彩，喜气洋洋。高邮农村有一个风俗，如果哪一家有人去世了，3 年内不能贴大红对联，全家人不能穿红色鲜艳的衣服。胡永飞的父亲 2006 年遭遇车祸离世，时隔 3 年，胡永飞又在 2009 年壮烈牺牲，胡家的房门和院门上整整 6 年没有贴过喜庆的对联，父子两个人的遗像端挂在堂屋两边的墙上方。

当代著名作家、诗人余光中在《乡愁》一诗中写道：“……乡愁是一方矮矮的坟墓，我在外头，母亲在里头……”而胡家的现状颠倒了人世间的自然规律，这是何等的凄惨啊！

在这样灰蒙蒙的农家小院里过春节，酸楚的心情可想而知，凝重的气氛令人窒息。有一年春节，周忠燕早早选购好了大红春联和两只红灯笼，她要冲一冲胡家小院里的晦暗气息，让人看到几丝生机和活力。因为，生活还要继续，人自往前走，花自向阳开！

在村子里众多的农家小院门前，最醒目的、最与众不同的是周忠燕家大门上贴着红艳艳的“光荣人家”，这抹红是她最引以为豪的，它代表着那份专属军人和军人家属的荣誉和尊重。这抹红让她全家得到政府、邻居更多的关爱，周忠燕年纪轻轻的脸庞，虽然饱经风霜，但在这抹红的映衬下，依然整天还是红扑扑的，充满自信、坚毅和骄傲。

“奶奶，吃年夜饭啰！”小博文把奶奶搀扶到饭桌的正上方位置坐下，周忠燕帮婆婆系上大围兜，护着新衣服。吃饭时，周忠燕不停地帮婆婆夹一些她喜欢吃的菜。看到菜盘里有两条红烧大鲫鱼，胡翠莲就想伸筷子，周忠燕本想图个吉庆，把这盘鱼余到大年初一再吃的，她看到婆婆想吃，就挑选了一大块鲫鱼肚子上的肉，剔除鱼刺，放到婆婆的饭碗里，胡翠莲吃了一点，直说“好吃”，便笑着又把鱼肉夹给媳妇和孙子吃。胡翠莲把肉骨头、瓜果壳就吐在胸前的护兜上，她好几次用粘着米饭的筷子给孙子夹菜，小博文一点也不嫌弃，连声说“谢谢奶奶”。

一大家子人在胡家老屋里吃过团圆饭，胡翠莲服了药就按时上床休息了，周忠燕和爸妈忙着收拾屋子，准备过年的食物。

等周忠燕忙好了家务，她来到婆婆房间看看，打开房门就闻到一股臭味。原来，婆婆突然拉肚子，没有来得及下床，弄得床上都是粪便。

周忠燕帮婆婆换好衣裤，把床单、被套拆下来，她也崩溃了。听着隔壁邻居家传来的春晚的乐曲声，她禁不住流下了眼泪。生活就像一锅腊八粥，在不急不慢的火候里，熬出岁月的温暖与甘甜，其中也不乏苦涩和酸楚。

从大年初一开始，周忠燕就按照惯例，骑着电动车，带上年礼，沿着当年胡永飞带着她走的线路，到长辈亲戚家一家一家去拜年看望。周忠燕清楚地记得，结婚后的第一次拜年，胡永飞带着她去了舅舅、姨娘、婶婶、叔叔家，拎着茶食和两条糕逐家逐户地去拜望，亲戚们都只收新人一条糕，不收茶食，每家还要给新娘子一个红包。周忠燕领略了高邮的风俗，拎着茶食走在回家的路上，想想就会情不自禁地大笑起来。

后来的春节，给胡家亲戚拜年的任务就落在了周忠燕的身上。胡博文小的时候，周忠燕就把他背在后背上，身上搭一条小毛毯，电动车两边龙头上挂满了年礼，车身后面也绑着茶食，从大年初一到初五，一直不停地在路上跑。看着周忠燕大冬天不停地骑车赶路，脸上冻得红彤彤的，亲戚们对她都既心疼又敬佩。

胡永飞的姨娘拉着她的手，疼爱地说："燕子，平时你拉扯着一家老小过日子，已经很不容易了，拜年这个礼节你就省了吧，一家一家跑，把你累坏了。"

"姨娘，这是我们晚辈应有的礼节，永飞如果在的话，他一定也会这样做的。"姨娘一个劲儿地要留周忠燕吃午饭，周忠燕喝了两口水，搓搓冻红的脸，骑上电动车，又赶往下一户亲戚家。

胡永飞有一个姑外婆，已经八十多岁了，是大家庭中最年长的，中风在家里不能走动。胡永飞结婚后第一个春节，带周忠燕去拜年，他拎了好几包茶食，另外给姑外婆 200 元钱。从那以后，周忠燕每年春节去给姑外婆拜年，也是照例另外给她 200 元钱。这成了周忠燕的一个“规矩”。

整整用了 5 天时间，胡永飞 25 户亲戚家里都留下了周忠燕的足迹。自从和胡永飞结婚之后，即使在胡永飞牺牲以后，每逢春节，周忠燕都是这样做的。

有一年春节的大年初三，周忠燕按计划前往与高邮相邻的安徽天长市秦栏镇新华村，给胡永飞的两个姨娘去拜年。吃过早饭，周忠燕把电动车擦拭干净，整理捆绑好要带的茶食，轻松上路了。两市之间相隔一个湖泊，如果走大路要多绕行好多公里，周忠燕就沿着乡间小路骑行，这样连车带人摆渡过湖，就近了很多路。

快到湖边时，这里有不少螃蟹养殖场，为了看护蟹塘，每家都养了好几条狗。周忠燕骑着电动车经过，一群狗就狂叫猛追，天生害怕狗的周忠燕顿时全身起毛，吓得赶紧把两只脚高高抬起，一心想着把电动车骑快些冲过去。没想到，一群狗追着不放，电动车骑得越快，狗追得越猛。路面上新铺的石子还没有碾压过，电动车骑在上面直打滑，也骑不快。周忠燕一紧张，狠狠地摔倒在地上，她自己无法爬起，全身像散了架似的，几只狗围着她打转转。

这时候，蟹塘主人赶来了，看周忠燕着实摔得不轻，两只手掌血肉模糊，一些碎石子直接插入肉中，裤子也磨破了，膝盖上全是血。蟹塘主人吓坏了，赶紧帮她联系上了胡永飞的两个堂哥，周忠燕瘫坐在地上无助地痛哭。堂哥赶来后，把周忠燕带到医院去清洗处理伤口，右手掌和小腿上都缝了好几针，伤疤至今还清晰可见，可能会留下一辈子的疤痕。

为了陪伴婆婆过年，到胡永飞亲戚家拜年，十几个年头了，周忠燕一直都没有回四川老家度过春节。四川有她许多的长辈和亲人，他们成了周忠燕心中浓浓的思念和乡愁。

前两年，周忠燕的爷爷在自贡老家去世，她为了照顾店面和儿子上学，也没有赶回老家去送别。在周忠燕的记忆里，爷爷的规矩很大。开饭时，长辈没有上桌，小孩子绝对不能先坐下来，吃饭时屁股不可以吊着坐，夹菜只能夹自己面前的，不可以翻挑，筷子上更不能有米饭粒沾着。如果小孩子不讲规矩，爷爷就会打他们手上的筷子。

爷爷曾经当过县委书记，他老人家一生清廉，四个儿子、两个女儿都没有沾过他的光，那时候是可以顶替安排工作的，可他们家没有，子女们都没有任何怨言。爷爷去世后，在广州、深圳、成都工作的子孙们都赶回老家去了，唯独周忠燕这个亲孙女不能回老家送爷爷最后一程，她深感内疚惭愧。周忠燕打电话给堂妹，请堂妹代她多化几包冥币，多送爷爷一程。

清晨，周忠燕虔诚地跪在小区空旷的草地上，朝着家乡的方向，磕了 3 个响头，几根带着露水的青草叶片沾在了她的额头上。

有人说，好家风是最贵的不动资产，代代传承，历经岁月的打磨，散发着迷人的气息。

春节这几天，胡家这座简朴陈旧的农家小院异常热闹，胡家的不少亲戚和胡永飞要好的同学，陆续过来看望胡翠莲，给她拜年。

为了做一个称职的家庭主妇，周忠燕学习了解了很多高邮农村过年的风俗。大年三十烧好红烧肉、鱼、青菜豆腐、米饭，祭拜祖宗，大年初一要烧头香，大年初二烧盘香、天地香，大年初五是财神日，周忠燕提前两天就烧好猪的前脚蹄（寓意抓钱），初五早晨天还没有亮，就早早打开大门迎接财神，拎着水桶到河塘里抢一桶财神水。一年中 24 个节气，每个节气要做一些什么仪式，周忠燕不懂就问，十分虔诚地向村民请教，为的是浓郁胡家的烟火气，拥有一个实实在在的家。

过了正月初五，周忠燕惦记着洗衣店要开门营业了，准备返回扬州市区。春节一过，洗衣店生意是一年中最忙的时候。

初六早上吃过早饭，胡翠莲看见周忠燕在收拾东西，就坐到床上不愿意穿鞋子，她无比留恋这座老屋，这里有她对丈夫和儿子太多的记忆和依赖。婆婆的心思，周忠燕也知道，可她不这么做，又能怎么办呢？

“妈，年已经过完了，我帮你穿衣服穿鞋子，一起回扬州市里去吧。”周忠燕耐心地对婆婆说。

“我不走，要走你们走。”婆婆坐在床上，不肯下来。

“妈，你如果不听话，我就回四川去了，我就不管你了。”周忠燕故意吓唬婆婆。平时周忠燕说这几句话，还是蛮管用的，婆婆听了有时还会说：“你不管我啦，不要我啦？你不要回四川去，回去干吗，你家里房子都没有了，这里才是你家。”

特别是当婆婆说出“你不要我啦”这句话时，周忠燕就会感到心痛和不忍。她后悔自己说出这样的玩笑话。

可是这一天，周忠燕围着婆婆，好话说了一大堆，婆婆就是听不进去，她把刚穿上的衣服、鞋子脱掉，一屁股坐在地上不肯起来，周忠燕连哄带骗地又帮她穿上，穿了又脱，脱了再穿，婆媳两个就像在拉大锯似的，周忠燕急得头上直冒汗。

机灵的小博文哭着跑到隔壁邻居家，把外公喊了回来。周忠燕的父亲周远贵也没有什么好办法，他说，那就把她背到公路上，然后再上汽车吧。胡翠莲长得比较胖，有 160 多斤，周远贵背着胡翠莲就朝门外走，胡翠莲趴在亲家公的背上，极不配合，直往地上滑，还一个劲儿地傻笑。周远贵背了约 20 来米远，就背不动了。胡翠莲赖坐在地上，把鞋子又扔了。小博文去捡鞋子，她又把衣服外套脱了，小博文捧着奶奶的衣服和鞋子，周远贵继续背，周忠燕和母亲一边站一个，扶着胡翠莲，防止她摔下来。周远贵实在是背不动了。

“爸爸，我来换你一下，我来背。”周忠燕背起沉重的婆婆，咬紧牙关，每一步都走得十分艰难，爸爸妈妈在身后推着扶着走。胡翠莲在周忠燕的背上不停地挣扎着往后仰，周忠燕背得就格外沉重和艰难，走了最多十几米远，胡翠莲又滑坐到地上，嘴里还不停地怪周忠燕把她摔倒了。周忠燕累得上气不接下气，脸憋得通红，心里那个委屈、酸楚啊，真是无法形容，实在控制不住自己的情绪，周忠燕哭得稀里哗啦的。

当时，路边上几个邻居都看见了这一幕场景，大家纷纷跑过来帮忙拿东西，都劝说胡翠莲，要听媳妇的话，胡翠莲这时候好像一下子清醒了，她自己站起来朝停在公路上的汽车走去，还安慰周忠燕，叫她不要哭。回到扬州后，周忠燕的胳膊整整疼了一个星期。

胡翠莲发病时，时常处于精神恍惚的状态中，什么都不知道。偶尔神志清醒的时候，胡翠莲还是挺心疼周忠燕的，拉着周忠燕说："燕子，辛苦你了，你是家里的顶梁柱，也要注意身体啊！"

有一年过年时，周忠燕给胡家亲戚的小孩子发压岁钱红包，胡翠莲看到了，就对亲戚说："我家小兵不在了，家里就媳妇一个人挣钱，你们不要收她的红包。"

半清半糊的时候，她看到周忠燕在哭泣时，以为是被妈妈骂了，她会指责亲家母："你骂燕子干什么？这个伢子可怜呢。"有时还会对周忠燕说："以后我养你，我是跑灯具的，我有钱，在大舅舅那里，你去生产队拿，你到镇政府去拿。"

胡翠莲来到媳妇的洗衣店里，看店里挂满了各种衣服，她不大看得懂，以为是卖衣服的，就对周忠燕说："没有生意，挣不到钱，就不要开店了，我养你，你到镇政府去拿钱。"这些话从胡翠莲嘴里说出来，周忠燕感到特别的暖心。

在胡永飞牺牲之后，胡翠莲不忍心让这个家拖累媳妇，曾经多次劝周忠燕另外找一个好的婆家。有时还会对周忠燕说："你就在生产队找一个男人吧，再养一个伢子！"

"妈，你说什么呢，我要是走了，谁管你啊？"在周忠燕看来，胡永飞牺牲了，她如果再走了，这个家就散了，婆婆怎么办呢？自己就是家里的顶梁柱啊！为了咬牙坚持，她一直欺骗自己：“永飞还在部队，只是没有回家，没有打电话而已。”

家就像一座大山，是一副重担，是一份责任，虽然很重，却很幸福；虽然很累，却也值得。对女人来说，“家”就是这一生中用爱守护的地方。

“爱的最高境界，是经得起平淡的流年。”周忠燕在最艰难的岁月里，有至暗时刻的痛哭、崩溃，更有着穿越寒冬、向着光明而生的信念。这种信念来自责任的力量，来自自强的精神。

“谁家新燕啄春泥。”这是唐人的诗句。燕子，这些大自然的精灵们，黑色的脊背嵌着一点白色，尾羽剪裁着春天。它们为了一个安乐的居所，一个可以遮风挡雨生儿育女的去处，忘记了疲惫，总是唱着歌，乘着朝霞晚烟，在河道与屋檐之间穿梭飞舞，起先只是一粒粒的泥痕，过几天已经初具巢形，燕巢一点一点在变大变牢固，像极了一枚饱满的榴梿。

身高 1.67 米、长得端庄结实的周忠燕，就像一只勤劳、忠诚、善良、任怨、轻快的燕子，日复一日、年复一年，靠嘴巴一口口衔来黄泥，用汗水和泪水搅拌，垒建起一只温馨的窝，精心经营着这个非同寻常的家，引领着一家老小往前走。在她炽热的身体上，尽管表面被涂抹了一层厚厚的泥浆，都难以掩藏她发自本能的鲜活光芒。

一天，周忠燕站在卫生间里梳头，无意间从大镜子中看到眼角几条深深浅浅的皱纹，她愣了好一会儿，拿起一块粉饼在眼角涂抹。对着镜子，她眨巴眨巴两只会说话的大眼睛。平时为生活焦头烂额的时候，也许她都没有揽镜自照的闲情，更不会在意皱纹的深浅。经粉饼涂抹，皱纹被抹平，那些长夜的愁思还在；斑点被遮蔽，曾经烈日下的奔波还在。这是化妆无法改变的事实。

纵然如此，原来自己还是可以这样美啊！这美对于她，如云隙间的一道光，三月风里的一丝暖意，枯茎间的一抹新绿，虽微小，却足以刺破阴霾，化解寒冰，描抹春天。

你变得好看，不是为了取悦任何人，而是当你站在镜子前，你的那份自信与美丽，连自己都爱不释手。“人活着，是一件多么美好的事情!”周忠燕心里这样想着，嘴上便自言自语，情不自禁地哼起了家乡自贡的小调。

每天晚饭后的时光，周忠燕基本都是在洗衣店里忙碌，几乎没有踏实地坐在电视机前看过一档完整的电视节目。她在手机上下载了一些特别喜欢看的电视剧，有时忙里偷闲看上一两集。

2018年热播的电视剧《岁岁年年柿柿红》，讲述了一名普通农村妇女杨柿红，从结婚成家到遭遇困境，最终儿孙满堂收获幸福的感人故事。电视剧《麦香》刻画了农村年轻军嫂麦香，丈夫在部队参加驻地抗洪抢险牺牲后，她一个人忍着悲痛，拉扯孩子，照顾老人，农耕养殖，十分珍惜军属的身份。周忠燕常常眼睛直直地盯着手机屏，咒骂这该死的生活，泪水沿着面颊直淌下来。因为遭遇相似，周忠燕经常苦笑戏称自己就是电视剧的女主角杨柿红、麦香。

周忠燕在想，这不就是我吗？原来有人跟我一样。那些她无从表达的艰辛、苦闷，一般不容易被别人关注的勇气、坚韧，都让人给说了出来，她觉得，自己“不孤独了”。

电视剧里演的，正是周忠燕所经历的。儿子、婆婆、父母，占据了她生活的全部，“只要家人平安幸福，自己苦点累点也没有关系”。她默默给自己加油打气，支撑自己负重前行。

现实生活中，我们不能控制自己的遭遇，却可以控制自己的心态；我们不能改变别人，但可以改变自己。你的心态就是你的主人。任何一种生命，其实都有自己的心劲，向上生长，向下扎根，从来不会歇气。在窘境中照亮周忠燕脆弱敏感心智的，是责任。

扬州离西藏非常遥远，周忠燕一直牵挂着西藏边防的官兵。她清晰地记得“追着太阳跑的士兵”的旺东连队，还有能讲述雄鸡版图的肖站连队，这些连队的故事，胡永飞当年对她讲过多次，所以她不可能忘记。对于边防部队王俊景和吴新芬的故事，周忠燕同样记忆深刻，她知道王俊景因为遭遇电击失去了双臂，吴新芬不离不弃照顾王俊景。讲到这个故事，周忠燕就会落泪，她说："默默奉献的军嫂有很多，她们都是我学习的榜样！"

忙碌了一整天下来，周忠燕实在是累了。临睡觉前，她习惯打开QQ，看看胡永飞的战友有没有发送西藏的图片。她的手机里保存了很多错那的图片，有空时就打开看看，生怕自己淡忘了西藏。胡永飞生前，周忠燕只去了一次西藏，他们走过的地方，她都刻在了心里，所以她就很想知道，现在西藏哪里有变化了，变成什么样子了？2018年10月，周忠燕在微信朋友圈看到新闻视频《我和我的祖国——战士心中的无名湖》，她仔细看完，并把它收藏起来。她思念藏南边防的官兵时，就会打开手机看看这段视频。她在心疼官兵，感动自己，汲取力量。

周忠燕对军人有一种特殊的情怀，一种浸入骨髓的爱念。她的舅舅、姨夫、叔叔、表弟都有当兵的经历。偶尔有人拿着军装到店里来干洗，周忠燕都很兴奋，她只收取成本费用，洗涤得格外小心，总是把裤缝线烫得笔直，并叠得整整齐齐。看见穿军装的军人路过店门口，她总是放下手里的活，要多看上几眼。

一个冬天的早晨，周忠燕经过扬州火车站前的广场，看见两名英姿飒爽的军官，正在对四五十名还没有戴上领花帽徽的新兵集合整队，准备乘火车奔赴军营。周忠燕停下脚步，认真看了一刻钟。她想起胡永飞曾经跟她说过，争取找机会回家乡接一批新兵。

看着想着，周忠燕的思绪又飞到了遥远的藏南边防部队。

这天晚上，周忠燕在日记中写道："飞哥，我现在好喜欢这个电视剧《一路格桑花》，在这个电视剧里，我看到了最蓝的天，还有那走过的盘山公路，唤醒了我已经有些模糊的记忆，同时一处处的塌方让我揪心地痛，当好一名西藏兵不容易，当一名合格西藏兵的军嫂也很不简单……”

“天命虽难违，人事贵自劲。作为一名边防军人的妻子、革命烈士的遗孀，一个人要撑起工作和家庭，的确需比常人承受更多的磨难和艰辛，还有精神上的极端孤独，但天底下从来就没有什么救世主，改变人的命运主要靠自己拼搏奋斗和忍受。残酷的生活，是在历练我的承载力，只管努力，其他交给时间。”“人生不会一帆风顺，再苦再累，也要笑着面对。水到尽头是瀑布，人到绝境是重生。一个人活着，有时不仅仅为自己，更多的是责任。我是一个微不足道的人，小老百姓的日子不就像熬猪油一样吗？忍耐、煎熬，日子很快就会过去的，无论顺境逆境，生活是被时间推着走的，但我要凭着坚强的意志和勤劳的双手，努力把自己活成一束光。”在扬州市邗江区召开的女性创业表彰大会上，周忠燕的发言深深感染着每一个人，大家都是手里拿着纸巾听完她的发言。

她的经历和感悟，生动演绎了“越努力，越幸运”的说法。我们没有办法决定自己的出生，却能决定自己命运的走向。不被辜负的人生，终将属于那些不怕碰壁、不怕跌倒、敢于前行的人。

周忠燕是一部书，她在时光里轻轻吟唱。

第九章

在她的谎言里，儿子感受到酥油茶般浓醇的父爱

她经常悄悄从网上购买一些牦牛肉、青稞蛋酥、奶贝、酥油茶等西藏特产，告诉儿子，这是爸爸寄回来的礼物。她费尽心思让儿子感受到酥油茶般浓浓的父爱。

“母爱像一颗颗龙眼，不管表皮多么干涩，内里总会深藏着甘甜的汁液。”北方女作家迟子建这样形容母爱，形象而生动。

2009年—2018年，中间短短的一杠，浓缩着周忠燕走过的10年心酸历程。

10年时间里，一直有两种不同的声音在周忠燕脑海中作斗争——“告诉他吧，他的父亲是英雄，他会接受这个事实的。”“不能说，他还小，需要一个健康快乐、幸福完整的童年。”每一次矛盾、纠结之后，都是后一个声音占了上风。

一直以来，为爱隐瞒略胜和盘托出。为柴米油盐奔波之累，为爱撒谎隐瞒之苦，像两座大山，压得周忠燕喘不过气来。尽管如此，为了全家生活，创业经营的奔波之苦，周忠燕咬咬牙忍受。可是，10年隐瞒儿子真相，天天绞尽脑汁圆谎，让她心碎、煎熬。爱有多真，痛就有多深，这种疼痛渗浸到了骨髓里。

生活虽然清贫，周忠燕还是竭尽所能让小博文有一个多彩的童年，在能力范围内，尽量满足儿子的要求，即使在经济上最困难的时候，也能让儿子像其他小朋友一样，吃饱穿暖，该有的全都有。在儿子很小的时候，周忠燕从朋友那里借来一些绘本，店里不忙时，就给小博文讲解。每一次，他都听得津津有味。

一天下午，小博文自己翻看绘本，被书里画的气球吸引了，缠着妈妈给他讲这个故事。身旁的外婆一看书名，是《大头儿子和小头爸爸》，心头一紧，忙说："宝宝，《咕咚来了》的故事也很好听，外婆给你讲好不好？"小博文把头摇得像拨浪鼓，偏要听《大头儿子和小头爸爸》。

周忠燕停下手里的活儿，拉过儿子，笑着说："好，妈妈给你讲。"小博文高兴坏了，赶紧坐在小椅子上聚精会神地听。小博文看《父与子》，羡慕地说"里面这个爸爸多好啊"，看得舍不得放下。

刘华容看着母子俩，心头酸楚。事后，她忍不住埋怨女儿："你明知道孩子他爸……还偏偏带这样一本书回来！"周忠燕抿了抿嘴，缓缓地说："孩子会一天天长大的，许多感情都要去体会。父亲这个角色对孩子非常重要，我不想让他和别的小朋友不一样。"

刘华容听了，叹气道："以后他要是问起爸爸，你可怎么讲哟！"

母亲的话让周忠燕彻夜难眠。在床上翻了一夜的"烧饼"，早晨起床前，周忠燕做出一个决定："不能说，他还小，需要一个健康快乐、幸福完整的童年。"周忠燕决定要撒一个谎，如果儿子问起爸爸，就告诉他爸爸在西藏当兵。

周忠燕还多次跟父母交代，不要告诉小博文真相，如果别人问起，只说儿子的爸爸在西藏当兵，请求父母配合自己编织谎言。

从此之后，周忠燕不仅不再回避关于爸爸的话题，还会主动和小博文说起爸爸，告诉他，爸爸在西藏高原，是一名军人。这时，小博文总会竖起食指当作枪，在空中"乓乓乓"地扫射，奶声奶气道："我也要当解放军，保卫国家……"

小博文的血管里流淌着军人的血液，天生就有军人气质，小时候并没有人刻意教他，但他敬军礼抬手很有力，动作也标准，很有气势，站姿也像训练后的战士一样，笔挺笔挺的，谁看了都会竖起大拇指。

周忠燕看着儿子天真的笑脸，眼前却浮现出西藏山路拐弯处悬崖下的那个乱石堆，那个她永远也忘不了的地方。转过身，她用手背擦擦眼睛，对自己说："一定要坚强！"

周忠燕清楚地记得，儿子博文出生后，胡永飞总共回来过两次，第一次是休假回来照顾周忠燕生产坐月子，第二次是儿子过一周岁生日时。儿子一岁时，胡永飞总喜欢把儿子高高举过头顶，或是放在肩膀上，边跑边开心地喊着："飞喽，飞喽！"

那些温馨的场景，给周忠燕留下了深刻的印象，儿子是胡永飞的血脉，是他生命的延续，她要照顾好儿子，把对胡永飞深深的思念，化作坚强生活的勇气。只有这样，才能对得起至爱的人！

前几年还好，因为博文还小，语言表达也不准确，父亲对他来说可能还没有那么重要。所以，每当小博文找大人要爸爸时，周忠燕和父母随便编几句话就能糊弄过去。但小博文越长越大了，看到别的孩子回到家里既有爸爸又有妈妈，他就开始不断地追问大人，为什么自己没有爸爸？

周忠燕只能拿出丈夫的照片给儿子看："谁说博文没有爸爸？爸爸是解放军，在西藏保卫边疆哩！你看爸爸帅不帅？"

"帅！可别人家的爸爸每天都能在家里带宝宝玩，为什么我的爸爸总是不回家呢？"

"爸爸是在西藏执行特殊的任务，那里很远，连电话都打不通。我们要好好学习，多认字，等爸爸回来认给他看！"

"那你带我去找爸爸吧！"

"傻孩子，西藏缺少氧气，小孩子去了就会昏过去，等你长大了才能去……"

春去秋来，小博文上幼儿园了。周忠燕来到幼儿园，和老师谈起自己对隐瞒儿子这件事的想法，老师也建议说："考虑到孩子太小，心理上还不够成熟，可能一时无法接受，可以等孩子长大一些，找一个合适的机会再告诉他。对小博文而言，最大的关心就是表面上把他当普通孩子来对待，不要让他感到和别的孩子有什么不一样。我们一起保守这个秘密，陪伴他成长。”

在幼儿园里，每当看到别的小朋友有爸爸接送时，小博文就有些失落，追问妈妈：“爸爸怎么不回来看我？是不是不爱我了？”

周忠燕蹲下身，认真地对儿子说：“怎么会呢？爸爸最爱博文了，他每次给妈妈写信都会问到博文。爸爸不回来是因为工作太忙，实在走不开。”

想得到父亲的保护、陪伴，这是每个小孩的天性。小博文到游乐场玩耍时，希望爸妈能陪伴他；做男孩子玩的大运动量的项目，渴望爸爸在身边保护他；每天上学放学，最好也能让爸爸接送一下；学校开家长会，搞亲子活动，爸爸也要偶尔到个场，哪怕一次也好，让同学们羡慕地看一眼帅气的穿军装的老爸；犯错误了被妈妈严肃批评、打屁股时，情不自禁地叫两声“爸爸”来保护他。有一次，小博文发高烧时，嘴里不停地叫着“爸爸，爸爸”。

为了追问爸爸的事，周忠燕有一天还打了儿子。那段时间，小博文不停地缠着问爸爸的事，周忠燕上卫生间，他也追进来问：“爸爸在哪？他为什么不回来？你们是不是欺负他了？所以过年都不想回来？”

儿子问得紧追不舍，周忠燕一时答不上来，一生气就打了儿子两下屁股，把他关在小房间里。儿子在房间里面抱着“爸爸寄回来的”积木哭了好久，周忠燕在外面客厅也是哭，儿子思父她思君。事后，周忠燕觉得挺对不住儿子的。

平时，周忠燕会主动给儿子讲关于爸爸的故事，转达爸爸对他说的话。小博文也会经常得到一些玩具枪、炮、坦克等，周忠燕告诉儿子，这些玩具都是爸爸托人从西藏部队带回来的。

几年过去，虽然小博文并没有见过爸爸，可通过妈妈的描述，他头脑中的爸爸是一个有血有肉、有温度、特别爱自己的人。

2013年初夏，母亲刘华容被查出患有子宫肌瘤，周忠燕经过考虑，没有把这件事告诉亲朋好友，她独自带着母亲来到扬州妇幼医院，准备做肌瘤切除手术。母亲手术当天，周忠燕心里忐忑不安。看到别的病人做手术，身边都围着几个亲人在陪伴、安慰，而自己孤零零地一个人坐在手术室门口，心里有说不出的滋味，很是凄凉。

这时，家住同小区的一位邻居奶奶，步履蹒跚地走到周忠燕面前，拉过她的手，把一个热乎乎的鸡蛋饼递到她的手里，握着有温度的鸡蛋饼，周忠燕的眼泪不争气地流了出来。

“燕子，家里有什么事，不要都一个人扛着，奶奶来陪陪你。”老奶奶心疼周忠燕，在给她加油打气。

母亲手术后的第二天晚上，周忠燕在医院里照顾陪护。突然，接到父亲打过来的电话，小博文在手机里直吵吵，要到医院来找妈妈。“儿子，医院里面细菌多，小孩子不要来。”无论周忠燕怎么劝说，小博文还是要到医院来。小家伙到了医院才说，鼻子里面有东西。

原来，小博文在玩耍时，不小心把一粒豌豆大小的纽扣塞进了鼻孔里，怎么也掏不出来。妇幼医院耳鼻喉科晚上没有医生，于是，周忠燕只好打出租车把儿子带到苏北人民医院去处理。来回折腾一圈，花了两个半小时。

周忠燕拖着疲惫的身体，没精打采地走在医院的长廊里，想想病床上的母亲，看看淘气的儿子，心里五味俱全。

第三天傍晚，父亲骑电动车来给母亲送营养汤，准备回家时，发现停放在医院门口的电动车不见了。周忠燕带着父亲找了一大圈，原来，是因为父亲对医院地形不熟，没有按指定位置停放电动车，看门的师傅就把电动车移走了。周忠燕跑到附近小店买了两包香烟，跟看门师傅说了许多好话，父亲才把电动车骑回家。

不顺心的事情接踵而至，让周忠燕措手不及，心力交瘁。

“周忠燕，你儿子和人家小朋友打架，把人家脸划破了，请你过来处理一下。”还没有过几天，周忠燕又接到一个电话，是幼儿园老师打过来的。周忠燕连忙骑车赶到幼儿园。原来，5 岁的小博文和班上一个小女孩打架，把小女孩的脸上抓了几道指甲痕。

小女孩的父亲不问三七二十一，伸出一只手把小博文往墙边用力一推，大声叫喊着：“毁容了怎么办?”叫女儿也到小博文脸上抓几下。那场面火药味很浓。

周忠燕连忙打招呼：“对不起，对不起！要不，我带小姑娘到医院去处理一下伤口吧!”

“你钱多呢，我们男人说话，不跟你女同志讲，叫他爸爸过来。”小女孩的父亲气呼呼地大声嚷道。顿时，周忠燕无话可说，眼眶瞬间发红。

一旁的老师把男子拉到一边，小声在他耳边说了一通话，男子惊讶地盯着周忠燕看了好一会儿，过了两分钟才反应过来，连声说道：“对不起，对不起！我不晓得你家的这些情况。”

第二天，周忠燕买了一些水果、食品，登门看望小女孩，女孩的父亲不肯接收，真诚地对周忠燕说：“真的对不起，我的确不晓得你家的特殊情况。你太不容易了，有什么事需要我们帮忙的，尽管吩咐。”

在妈妈精心编织的谎言中，小博文健康快乐地成长着。再过一个月，他就要上小学了，周忠燕几经思考，决定还是把实情告诉老师，继续请老师帮忙，一起保守这个秘密。

2014 年 9 月，胡博文背着“爸爸从西藏邮寄回来的”书包，一蹦一跳地上学了。周忠燕带着家长信息填报表，来到一年级班主任夏老师的办公室，向她袒露“爸爸”这一栏填写“西藏错那县边防某团汽车队队长”的原因。她不想让儿子童年缺失父爱，想等他长大了再告知实情，希望老师能够成全。

夏老师被这位衣着朴素的妈妈感动了，答应和她一起保守这个秘密，让父爱陪伴胡博文成长。

俗话说，撒下一句谎言，肯定要编织九十九句假话去圆它。周忠燕自然也逃不开“谎话法则”，她在这种不良循环中不堪其累。她的谎言自然都是善良的，她想做一堵挡在儿子和真相之间的墙，用谎言粉饰残酷和精疲力竭。

“女人花，摇曳在红尘中；女人花，随风轻轻摆动。若是你，闻过了花香浓，别问我，花儿是为谁红？爱过知情重，醉过知酒浓……”

夜深人静的时候，周忠燕喜欢在手机上循环播放歌曲《女人花》，以歌解忧。

为了使谎言继续圆下去，周忠燕必须事事做得周到。从胡博文上幼儿园开始，每一届老师、班主任都知道他的爸爸壮烈牺牲的英雄事迹，但周忠燕和每位老师都有一个约定：为了孩子的快乐成长，暂时对他隐瞒爸爸牺牲这件事，表面上仍然把他当成家庭完整的孩子来对待，但私底下要给他更多的关爱。

周忠燕每次领取学校发放的困难家庭学生补助和民政部门的相关补贴，都是悄悄去办理，不跟儿子打照面，防止儿子察觉出蛛丝马迹。每次学校召开家长会，她都是一个人过来，从不与其他家长做过多言语交流，防止喜欢打听的家长问长问短，自己说话不小心而泄漏了实情。她要小心呵护这个秘密。

儿子小时候，整天缠着周忠燕要爸爸。周忠燕就装着笑脸哄他，“好好学习，拿了第一，爸爸就回来了”，这句话就像是灵丹妙药。

“为了见爸爸，一定拿第一！”胡博文一边伸出小指头与妈妈拉钩，一边表决心。

直到有一天，胡博文蹦蹦跳跳地举着作文本跑过来：“妈妈，我的作文得了第一，爸爸什么时候回来啊？”周忠燕望着儿子期待的眼神，心里一阵酸楚。是啊，他什么时候回来呢？

胡博文的外婆刘华容一讲起这些就流泪。好多次小外孙的追问，真的让她没法回答，她只好“糊弄”孩子说：“爸爸在西藏部队里一直关心着你的学习，你一定要努力，等过年爸爸回来时向他报告。”

真到过年了，刘华容只好又对外孙说：“爸爸正在执行紧急的任务，今年又回不来了。”过年吃饭时，他们给胡永飞留着位子，摆好碗筷。

在胡博文的记忆中，爸爸很贴心，他收藏的第一件礼物，是“邮自西藏的玩具枪”。小家伙爱不释手，就连睡觉也要抱在怀中。他说等自己长大了，也要像爸爸一样玩真枪。外公外婆听了，转过身去，老泪纵横。

周忠燕却拍手鼓掌。面对儿子，她不能表现出任何情绪波动。其实，她的内心一直挣扎，心也很痛，揪心地痛，面对天真无邪的孩子，面对孩子一次次的追问，有时话到嘴边了，但怎么也开不了口，强忍着又咽了下去，自己躲到一边去悄悄地流泪。

有一次，给儿子辅导作业，周忠燕竟不知不觉地就睡着了。逐渐长大的博文心疼妈妈，把怨气撒在爸爸头上，便歪着头问：“妈妈，爸爸去哪儿啦？为什么不回家？是不是不要我们了？”

“爸爸当然要我们啦，只是他工作太忙了……”搪塞完儿子，周忠燕独自回屋，泪湿枕巾。不堪其累的时候，周忠燕习惯性打开丈夫的QQ，把儿子的成长照片传到相册里，与天堂的丈夫默默对话。

为了减少儿子的怀疑，周忠燕经常对儿子说：爸爸托他的战友捎话回来，他很关心博文听不听妈妈的话，他相信自己的儿子是个懂事的军娃，他会一直关注家中小男子汉的表现。

胡博文毕竟是越长越大了，慢慢地，他已经不再满足于妈妈和外公外婆的转述。一年级时，博文说要和爸爸通电话，周忠燕解释说，爸爸在西藏高原，那边信号不好，电话打不通。二年级暑假，博文说要坐火车去找爸爸，周忠燕向他解释，爸爸的部队很偏远，还没有通火车，那里海拔太高了，严重缺氧，小孩子不能去。

胡博文上三年级时，女老师张榕开始当他的班主任，周忠燕按惯例向张老师讲述了家里的特殊情况，张老师非常同情和理解，她和周忠燕商量说：“孩子渐渐大了，他对爸爸有感情这很正常，要给他一个表达感情的出口。”

于是，他们便引导胡博文给爸爸写信，把想对爸爸讲的话写在纸上，周忠燕帮他“邮寄”，然后充当爸爸的角色给他回信，表达思念和鼓励。

和周忠燕同住在海德庄园小区的邻居苏梅、李欣然、欧阳萍，时常碰到周忠燕，她们也经常到周忠燕的店里干洗衣服，几个人年龄相仿，共同语言多，相处十分融洽，渐渐成了要好的闺蜜。慢慢地，她们也知道了周忠燕家的情况，只要周忠燕不说，她们就从不会主动问起，因为她们三人都知道，这个话题是周忠燕内心的痛点。她们在自己的孩子面前，从来不讲胡家的秘密，只是告诉孩子，胡博文的爸爸在西藏高原的部队里当军官，十分帅气，孩子们都佩服得不得了，小博文的脸上更是增加了一份荣光。

她们知道周忠燕很忙，没有时间照顾儿子，她们谁家下饭馆或是烧了好吃的，或者看电影、到游乐园去玩，就把胡博文一起叫上，有时还帮周忠燕接送儿子上下课。这三家的孩子一直也和胡博文一样，只知道博文的爸爸在西藏部队当兵，有时还羡慕好奇地问胡博文：“你爸爸拿的什么枪？下次回来时带给我们看看，让我们也过把瘾。”

血脉，是一条堵不住的天然河流。日历一页页翻过，思念一天天变浓。

胡博文上四年级了，有一次他跟妈妈说：“我想去西藏找爸爸！”

“那边环境不好，小孩子不能去，你去了会打扰爸爸工作的。”

他又跟妈妈说：“我就偷偷地看爸爸一眼，保证不打扰他的工作。”

“飞机票太贵了，等我们以后赚了很多的钱，就乘飞机去。”

……

胡博文不敢再开口了。因为，他觉得再提这个要求，就太不懂事了。他对自己说，妈妈一个人开洗衣店，养我们一家子不容易，还要照顾奶奶。他默默下决心，先好好学习，等以后家里有更多的钱了，再买飞机票去看爸爸。

周忠燕悄悄地从网上购买一些牦牛肉、青稞蛋酥、奶贝、酥油茶等西藏特产，告诉儿子，这是爸爸送给他的礼物，很珍贵。周忠燕费尽心思，架设一条通往西藏高原的情感通道，让儿子感受到酥油茶般浓浓的父爱。

这些年，周忠燕自己也说不清编织了多少美丽善意的谎言，为了应对儿子的突发奇想，她要绞尽脑汁想出种种应付方法。生活虽难，可看着儿子健康活泼的样子，她就觉得值了。

家是酝酿爱与幸福的酒坊，是盛满温馨和感动的酒杯，是回到家后爱人真情的拥抱，是彼此相守默默注视的目光。家庭，是哺育孩子的摇篮，也是成长的靠山。尽管千家万户有不同的情况，但在孩子心目中，要有父亲和母亲才称其为家庭。周忠燕心里一直这样提醒自己：不能错过儿子的成长，要努力做一个合格的母亲，同时又要给儿子父爱，不能让父亲在幼小的儿子心目中缺席。

儿子的每次追问，都让周忠燕的内心像针扎一样痛，但表面上她只能强装欢颜地跟儿子解释。为什么这么辛苦还要隐瞒？她说：对丈夫不舍，对孩子不忍。她想让孩子心里一直住着爸爸。

有时被追问急了，周忠燕也曾想过，现在这个样子无论对大人还是孩子，是不是有些残忍了？但自从丈夫牺牲后，儿子成了她的唯一和全家的希望，她担心让儿子这么小就知道自己的家庭跟别人不一样，会对他的成长有不利影响。

女本柔弱，为母则刚。答应和承诺永飞的事情，就要说到做到，言而有信，言出必行。周忠燕一碰到纠结和矛盾，他就会和张榕老师商量讨教："我到底应该在什么时候才能把丈夫已经牺牲的事实告诉儿子？怎样告诉他？"

随着胡博文慢慢长大，他发现很多事情说不通：在网络信息十分发达的今天，自己想和爸爸视频聊天，妈妈总以西藏信号不好为由推脱；为何家中相册没有添加爸爸新拍的照片？妈妈的解释是军人不能随便照相；自己提出到西藏找爸爸，妈妈板起面孔说，高原气候环境恶劣，小孩子不能去……

2018 年，胡博文即将升入小学五年级。前些年，在妈妈谎言的支撑下，胡博文和普通人家的孩子一样，生活中充满了快乐，他学习上一直很努力，成绩在班上处于上游水平，性格开朗的胡博文还参加了学校的足球队，并在比赛中取得了不错的成绩……

可是，周忠燕的谎言快要编不下去了。孩子就要进入青春期，对好多事情有了自己的想法，以前他总是追着妈妈问爸爸的事，最近他却问得少了。

"妈妈，你们是不是离婚了？爸爸是不是不要我们了？"一天，胡博文终于鼓足勇气，怯怯地问妈妈。其实，这个疑问已经在他心里藏了一段时间了，这是幼小的博文设想的最坏的可能。

"傻儿子，爸爸跟妈妈好着哩，只是爸爸的工作性质很特殊，我们要理解爸爸。"周忠燕的心里似乎有些发虚，眼睛也没有敢直视儿子。

胡博文能触及的父亲信息一栏，尽管总是填写得工工整整的，可是直觉告诉他，这一切好像并不真实。他对父亲的记忆，总是来自家人的描述。"爸爸到底去哪儿了"成了他无尽的追问，尤其是在过年时，妈妈的谎言再次破灭，爸爸依旧还是没有回来。

"儿子，再过一段时间，烟花三月、春暖花开时，妈妈一定带你去看爸爸!”

进入腊月，洗衣店又忙碌起来了。一天，周忠燕忙到晚上十二点还没有回家，胡博文打来电话：“妈妈，我担心您啦!”这句话，让周忠燕感觉很暖心，顿时泪如雨下。

第二天一早，胡博文早早起床，给妈妈煮了一碗鸡蛋面条，为的是让妈妈多睡几分钟。

“妈妈，我来帮您!”胡博文每天做完作业，都会挽起袖子搭把手，帮忙打扫卫生、整理店铺。和妈妈对话，胡博文喜欢用“您”——总是“把你放在心上”。在他看来，使自己世界灿烂的不是阳光，而是母亲的微笑。

穷人的孩子早当家，胡博文的自理生活能力比较强，为了减轻妈妈的负担，他从不乱花一分钱，稚手遮风雨，嫩肩挑重担。看见妈妈受委屈难过的时候，他总是像一个小大人一样，开导安慰妈妈，给妈妈讲讲笑话，或者捧起萨克斯，演奏一曲妈妈喜欢听的江苏民歌、扬州市市歌《茉莉花》：

好一朵美丽的茉莉花
好一朵美丽的茉莉花
芬芳美丽满枝丫
又香又白人人夸
让我来将你摘下
送给别人家
茉莉花啊　茉莉花
……

周忠燕有个直觉，儿子似乎感觉到了什么，“爸爸”两个字变得越来越敏感。如果继续这样欺骗他，无论出发点是善良的还是恶意的，都可能对他造成伤害。在她苦心保守的秘密里，儿子度过了快乐无忧的童年；现在，他渐渐长大了，懂事了，有一定的承受能力了。

春天的夜晚，寒意依然还重。周忠燕坐在灯下，向胡永飞倾吐心思。每次遇到大的事情，她都会情不自禁地向她的飞哥“汇报”：

> 飞哥，我心中的橡树！以前，我经常为你朗诵，“我必须是你近旁的一株木棉，作为树的形象和你站在一起”。这些年，我一直就是站在你身旁的木棉，你感觉到了吗？
>
> 一转眼，我们的儿子已经10岁了。你知道吗？忆往昔，当年孟母三迁，孟子终成亚圣，成为千古佳话！这些年，我一直守着这个秘密。为了这个秘密，我们搬了家，来到新的地方重新开始生活，一开始很艰难，不过你放心，我都挺过来了。当然了，我无法和孟母相比。现在日子越来越好了，儿子也长大了，我知道，到了把一切告诉他的时候了，你说呢？……

周忠燕轻手轻脚地走进儿子的房间，窗外透进来的月光映照着胡博文酣睡的小脸庞，周忠燕帮儿子掖一掖被子，抬头看到贴了满满一面墙的奖状，轻轻舒了一口气。

“这一切，都值了！”周忠燕这样安慰自己。

胡博文的学习成绩，在班上算不上最拔尖的，周忠燕也从来没有苛求儿子的学习成绩，她把自己心中那个“别人家的孩子”请出去，乐意接纳儿子的不完美，但她希望儿子尽量努力学习、健康快乐成长。

儿子很听话，也好学上进，是妈妈的贴心“小棉袄”，但十来岁的男孩子，多数都比较贪玩，胡博文也不例外。他有自己的个性，有时候也会有点小脾气。开始进入青春叛逆期的小博文，免不了偶尔也会惹妈妈生气。有一次，周忠燕晚上忙完店里活儿，回家已经是夜里一点钟了，她轻手轻脚地进门，没有开灯，怕打扰一家人休息。周忠燕悄悄推开儿子的房门，看到儿子正躺在被窝里玩平板电脑，一瞬间，周忠燕几乎要崩溃了。一个人既当爸，又当妈，承担着教育孩子的全部责任，真的好难啊！

有时候胡博文在学习上面松劲、偷懒了，周忠燕就会坐在他的身边，把自己已经收藏了20年左右的，盖着大红印章的内江市宏大中学校高中录取通知书，拿给他看。

“儿子，妈妈当年已经考上了高中，但当时家里经济条件差，所以选择上了中专，为的是早点毕业出来参加工作。你是边防军人的孩子，将来肩负的责任是不一样的。你现在是我们家的小小男子汉，在德智体各个方面都要全面发展，学习上一定要尽到自己的努力，要有跳一跳够得到的目标，这样你以后长大了才能保护好妈妈，撑起这个家啊！当然了，妈妈在学习上也不会为难你的。”

稍顿了一会，周忠燕接着又说道：“儿子，妈妈不能光给你提要求，妈妈更要给你做一个好榜样，让自己成为更优秀的人。咱俩结对子，相互监督，来个竞赛好不好?”

“好!”胡博文频频点头。

“耶!”大小两只手掌响亮一击，娘儿俩会心一笑。

这些年，家中经历的一切，让周忠燕对生活、对育儿有许多与众不同的看法和见解。她不想把儿子培育得像木偶一样，倒是希望他有自己鲜明的个性。

不知不觉中，胡博文的个头长高了，方方面面的成绩也都“长高”了。胡博文是非常懂事、争气的，性格阳光、活泼可爱、乐观向上、乐于助人，他算得上是一个全面发展的好少年。他所获得的40张奖状中，除了学习成绩方面的，还有书法比赛、运动比赛、萨克斯考级、踢足球、跳街舞等方面的，他最看重的是新近获得的“江苏好少年”荣誉称号和在学校获得的好学生“银奖”……

周忠燕坐在床上，望着窗外的月光，思考片刻，给儿子编发了这条微信：我们每个人头顶都有一颗属于自己的星星！每一个孩子都会找到那颗属于他的星星，照亮自己的成长之路。

周忠燕一连几天睡不着觉，失眠了，她面容憔悴，脸上一下子出现了两个黑眼圈。

她的心海里，浪潮正扑打着礁石，一阵一阵的。她正酝酿着近十年来又一次重要的选择。她的内心一直在挣扎，面对儿子不断的追问，她好多次话到嘴边了，可就是开不了口，于是一次次咽了回去。揪心的疼痛，逼着她躲到一边去悄悄流泪。

告诉儿子真相，还是继续隐瞒？问号在她心里拉直又弯曲，弯曲又拉直，反反复复，她一天几十遍地问自己。

周忠燕看着开朗懂事的儿子，满心欢喜，可她越来越发愁，她的谎言快要编不下去了。孩子就要进入青春期，对好多事情有了自己的想法，以前他总是追着妈妈问爸爸的事，但最近他问得少了。周忠燕觉得，孩子似乎感觉到了什么，在怀疑什么，爸爸这两个字变得越来越敏感。再说，纸终究是包不住火的。在她苦心保守的秘密里，儿子度过了快乐无忧的童年。现在，他长大了，也懂事了，让他知道爸爸是一个了不起的英雄，他应该能够接受这个现实，承受这份痛楚了。

周忠燕辗转反侧，内心斗争了一个星期，一个自己说服了另一个自己，是时候把真相告诉儿子了！决心下定，周忠燕感到有几许轻松，这一夜她睡觉也踏实了。这10年，她太累了，身心都很疲惫。

此时，四月的春光拂去了三月的微寒，着一袭绿衣，夸张恣意地装扮着江南大地。

“儿子，你们学校每年清明不是都要组织师生祭拜与缅怀革命先烈吗，今年妈妈陪你去，一起受受教育。”

“太好了，妈妈，您想得真周到。”胡博文高兴得拍手直蹦。

清明节前夕，周忠燕带着胡博文，穿戴整齐，手捧鲜花，来到扬州市下辖的高邮烈士陵园。陵园安静而肃穆，一踏进这里，心中自然就充满了敬畏。

母子俩围着庄严高大、镌刻着9个苍劲有力大字的“高邮人民英雄纪念碑”，踏着石板铺成的纪念广场，走了一圈又一圈。周忠燕仰视着神圣的纪念碑，在心里反复练习了几百遍的话，到了嘴边，却怎么也说不出来。

细心的胡博文，原先只是以为妈妈就是陪他一起来祭扫革命先烈的，但此刻察觉出了妈妈的异样。他先开了口：“妈妈，您怎么啦，是不是有什么话要对我说?”

周忠燕停住了脚步，再也忍不住，泪水流了下来。她拉起儿子的手，缓缓走向不远处绿茵草坪上的烈士墓位。为了不伤着儿子，她尽量抑制着悲痛，用平和的语气，把酝酿了很久的话告诉儿子：

“博文，你一直问我，爸爸为什么总是不回家?现在告诉你吧，这些年，你爸爸一直住在这里。在你16个月大的时候，你的爸爸在一次执行运输任务途中遭遇道路塌方，为了保护身边的战友，光荣牺牲了，他是一个非常了不起的英雄!”

听到这里，胡博文如雷轰顶。他瞪大了眼睛，直盯着周忠燕，后退几步，把头摇成了拨浪鼓，大声哭喊着：“不可能，不可能……”

周忠燕上前两步，一把紧紧抱住儿子，泪如雨下。

“博文，妈妈一直瞒着你，是想让你拥有一个和别的孩子一样的童年，不愿让爸爸在你心中缺席，你能理解和原谅妈妈吗?”

胡博文一屁股瘫坐在地上，两只手使劲往草地里抠。陵园的肃穆在这一刻令他恐惧，他沙哑着嗓子，大声哭喊着：“爸爸，爸爸……”

周忠燕紧紧搂抱着儿子，让他尽情地哭喊，任其把所有的情绪都宣泄出来。

那一刻，周忠燕心如刀绞，但她又如释重负，一块悬挂在心里近10年的大石头总算落地了。

胡永飞的墓位静静地坐落在绿茵茵的草坪上，墓穴的黑色大理石盖板上镶嵌着胡永飞的黑白烤瓷照片，刻印着熟悉而又陌生的名字“胡永飞”，1978——2009，永远定格在31岁。周忠燕让儿子给爸爸献花，沉痛地向爸爸磕了3个头。

周忠燕掏出纸巾，轻轻擦拭胡永飞的照片，细心地揉抚她最熟悉的脸庞和眉毛，然后趴下身子，把滚烫的脸贴在冰凉的烤瓷照片上，眼泪一滴一滴往下掉，感觉有好多好多的话要对丈夫说：

我仰望你看过的星空，穿过10年时空再相逢。多想告诉你，10年前你梦想的那个家乡，如你所愿变得更美啦！

松柏林立，清风不语。这一天，当地社会各界人士一批批走进烈士陵园，祭奠安息在此的革命烈士，还有不少前来举行加入少先队、共青团和入党宣誓仪式的人，场面非常庄严神圣。

周忠燕陪着儿子，一直在丈夫胡永飞的墓位前坐到夕阳西下。

“永飞，我们的儿子已经10岁了，今天我终于鼓足勇气，向儿子揭开了这个惊天秘密，带着儿子来陪了你一天，以后我再也不用躲躲藏藏地来看你了。”周忠燕自言自语，长长舒了一口气。

胡博文渐渐平静下来，他对妈妈说：“其实，这一年我已经有预感了，如果爸爸在，他不可能10年不回家。我原来以为您和爸爸离婚了，所以一直没有敢直接问您，但没想到……妈妈，这些年您真的太辛苦了！虽然爸爸给我的信都是您写的，但我想，如果爸爸在，他也一定会说出同样的话，鼓励我学习成长。”

周忠燕眼含热泪，使劲点了点头。

“儿子，安息在这里的每一位烈士都和你爸爸一样，为国家做出了有意义的事，他们是为国献身的，是受人尊敬的，都是大英雄。所以你不要自卑，不要哭，你应该为有这样的爸爸骄傲和自豪，更加阳光地面对未来，严格要求自己。”周忠燕深情地开导着胡博文。

“妈妈，以后我就是家里的男子汉，我来保护您！”胡博文紧紧搂着妈妈，语气坚定地说。

失去父爱的痛有多深，妈妈编织的谎言就有多温暖。儿连娘心，胡博文已经能够读懂妈妈这些年的一片良苦用心。

“爸爸，您在另一个世界放心吧，我以后会照顾好妈妈，照顾好奶奶，照顾好这个家。”胡博文跪在胡永飞的墓位前，又虔诚地磕了 3 个头。

10 岁的成人礼，是接受父亲英勇牺牲的消息。

从那天起，周忠燕一有空就拉上儿子，来到古运河边、瘦西湖畔、观音山脚下，游玩散步；也常带儿子走出扬州，攀登巍峨的高山，眺望辽阔的海面，让他看到世界的广阔；特别是这年夏天，周忠燕带儿子到丈夫胡永飞生前战斗的西藏高原部队和安徽蚌埠的军校走了一趟，胡博文更加深刻地认识了爸爸，认识了一群和爸爸一样伟大的高原军人；班主任张榕老师也特别关注这个特殊的学生，经常鼓励他用阳光的心态，迎接生活中的风雨。

一段时间，胡博文的确非常痛苦，但这种疼痛很快在父母大爱的支撑下得到了释放和升华。胡博文一下子变了很多，在家里，他经常帮母亲干活，变得越来越体谅人，越来越自主；在学校，他学习更加刻苦、努力、上进，什么班级公益活动，都抢着参加。他尽快走出了心情的低谷，恢复了往日的开朗，他的身影经常活跃奔跑在学校的足球场上。

在家里，胡博文经常打开两只以前一直被妈妈锁着的大大的行李箱，翻开爸爸的衣物、相册、工作笔记、日记、各种证书看，也把当年刊登爸爸英勇事迹的报纸，拿出来一遍遍朗读，读一遍，眼睛就湿一遍。渐渐地，一个在他脑海里模糊了 10 年的爸爸形象，变得越来越清晰，原本残缺抽象的印象，就像拼图一样，越拼越立体、丰满、完整、高大。

2019 年春天，语文老师张榕在班上布置了一道周记的题目，要求每个学生记叙一个最熟悉的人。这触动了小小少年心底那块最柔软的圣地，胡博文自然把目光瞄准了既十分熟悉而又非常陌生的爸爸，沉淀、勾勒、拼接了大半年的英雄爸爸形象立马活跃在眼前，在心里原本已经孕育了好几个月的文字，从他的稚嫩笔端很快流淌出了作文《我的爸爸》：

我的爸爸，也就是我们家的军人，他具有男人的阳刚之气，走起路来英姿飒爽，小小的眼睛上有一缕又黑又长的眉毛，高高的个子，帅气得不得了……

爸爸这个人很开朗，做事很勤快，也很果断，他在西藏错那高原部队里当上了汽车队队长。他业余学习怎样种菜，让手下的兵吃饱吃好……

那天，爸爸带着车队给一个高山连队哨所运送建材，在一个只有30度角道路急弯处，爸爸下车指挥一辆辆卡车通过，当他坐上最后一辆卡车正要通过时，突遇道路塌方，卡车从高空摔落下去，车上3人被甩出车外，腿部受伤的老爸看到一块石头正滚向一名昏迷的战士，连忙一把推开战友，可老爸却被砸中了……

……

同学们轮流上台朗读周记后，班上的同学才知道，胡博文同学的爸爸早在10年前就英勇牺牲了，一个个都惊讶得直伸舌头。同学们被胡博文爸爸英雄事迹感动的同时，也被他妈妈深沉而又伟大的爱所打动。

一段时间，这篇名为《我的爸爸》的小学生作文刷爆了朋友圈，《人民日报》《解放军报》等国内主流媒体，纷纷转发报道了这一故事，军人家庭的大爱情怀和烟火气息，伴着四月的江南梅雨，淅淅沥沥地浸入人心，感动了亿万国民。中央电视台的主持人饱含深情，用诗一般的语言，对胡永飞的高原生涯进行了概括描述：

> 两次抉择，毅然赴雪域，接过钢枪，请缨到最前沿连队，甘当祖国最亮的眼睛；手握方向盘，长年驰骋边境崎岖艰险的山路，连接起边防官兵的生命线；生死关头，悬崖峭壁，他把使命牢记心间，把责任高举头顶，英勇一推，以身护友，把青春和生命融入喜马拉雅山脉，他成为“雪域边关永远的守望者”！

“爸爸牺牲了10年，妈妈苦心隐瞒了儿子10年”的故事，让无数读者、观众、网友落泪，他们不仅被英雄胡永飞的事迹感动，也被周忠燕深沉而伟大的母爱打动。

这个春天，许多网友都在点赞和祝福扬州这一家子：军人伟岸，军嫂忠贞，军娃坚强；军人不易，军属更不易；向英雄致敬，向军嫂致敬；祝母子坚强快乐，生活就是一场修行，得到了磨砺，就变得更加坚强……

江苏电视台的工作人员在电脑上合成制作了一张全家福照片，中央电视台军事频道组冲洗了一张周忠燕母子和高原部队官兵的合影，送给周忠燕，表达美好的祝愿。在这张跨越时空的全家照上，胡博文已经10岁了，胡永飞依然是10年前的模样，身着军装、佩戴中尉军衔，英俊帅气。

周忠燕家的故事，不仅仅感动了亿万国民，也感动了海外华人！祖籍在湖南湘潭、生长在台湾、现旅居美国的黎奶奶，给胡博文写了一张明信片，试着寄到梅岭小学，中文繁体字把明信片写得密密麻麻：

> 我在美国《世界日报》上看到你家的故事，奶奶心中为之感动，陪着滴泪揪心啊！奶奶的大姑姑在原兰州军区退休，原是护

理人员，她 91 岁高龄过世的。对于解放军，我有一份说不出的感激之情。愿你的爸爸永飞，在天堂里飞得无忧无虑！这 10 年，妈妈辛苦了，相信博文以后会好好孝顺妈妈的！如果你收到这张明信片，请给我提供一个准确的地址，奶奶想送你和妈妈一份礼物……

扬州文艺界的冷松、峻松作词，徐光庆、李晔作曲，共同创作完成了歌曲《有我就有家》，献给最美军嫂周忠燕。

你还好吗
边关的风景一定很美吧
洁白的雪花
像我的思念不停落下

你知道吗
我们的儿子总是问我啊
他的爸爸
什么时候才能回家

你听见吗
四月的窗外细雨在嘀嗒
思念的我啊
回眸着失去你的年华

你看见吗
悄然盛开的那朵茉莉花
它就像我啊

日日夜夜把你记挂

这些年风吹雨打
什么苦都未曾惧怕
照料患病的妈妈
我知道需要更坚强

为了儿子茁壮成长
原谅我说了十年谎话
今天我骄傲地告诉他
他有个英雄的爸爸

你放心吧
你放心吧
有我就有家

周忠燕用一双勤劳的手，一颗饱含爱意的心，在艰难的岁月里为儿子避风挡雨，用 10 年善意的谎言呵护他珍贵的童年。人的一生，拥有了这样深沉的爱，面对艰难险阻，又有何惧？

10 年来，周忠燕的心情从来没有像现在这样轻松过。她第一次感到，生活和生命，是如此美好！

这天中午，周忠燕破例关上店门，回家精心做了四菜一汤，特意买回一瓶红酒，一家人难得一起坐下来吃顿饭。眼尖的胡博文突然跑过来，说了声“妈妈，别动”，在周忠燕头上拔下两根白头发：“妈妈，您头上有许多白头发了！”

周忠燕放下筷子，苦笑笑，略有所思。日月轮回，时间能萃取生活中的火气，也能将一个纯净的身体晒成一颗葡萄干。没有人永远年轻，但总有人年轻着、热爱着、奋进着。岁月是一把无情的刀，何况周忠燕走的是很长一段坎坷人生路！她已经被生活打磨得无坚不摧，生活真的不易！有人说过：二十岁的脸来自父母，三十岁的脸来自生活，四十岁的脸来自你自己的选择。

“妈妈，您辛苦了！”胡博文端起一杯饮料，一脸真诚地敬妈妈。

“好儿子，谢谢你！”周忠燕悄悄擦了一下眼泪。她啜一口红酒，慢慢品咂。品的不仅是酒，也是生活的酸甜苦辣。

窗外，有燕子轻轻飞过，春天真的来了。

作家余华在长篇小说《活着》的序言中写道：我相信是时间创造了诞生和死亡，创造了幸福和痛苦，创造了平静和动荡，创造了记忆和感受，创造了理解和想象，最后创造了故事和神奇。

余华的这段话，很贴合周忠燕，如果说有什么东西在她身上留下了珍贵的痕迹，那么一定是时间。

第十章

这些年，我们家上演了很多出人间悲喜剧……

扬城悠悠千年古运河，流淌着汇自社会方方面面爱的潮水，时不时荡漾起温馨的波浪，润泽着她苦涩、孤独、无助的心灵，给她带来春天般的温暖。

这世界有了你
才显得格外美丽
生命中有了你
就留下许多美好的回忆
军嫂的称呼里
饱含着你多少奉献和艰辛
边关的云和月啊
都在自豪地把你赞美
啊，平凡而伟大的军嫂
你的深情大爱
已闪耀在军功章里
你的大爱深情
已绽放在中国梦里
这天地有了你
才显得充满生机
家里头有了你
日子就过得有滋有味

军嫂的称呼里
凝聚着你多少心血和汗水
故乡的山和水啊
都在感动得流下热泪
……

一曲《军嫂》，唱出了身为军人妻的牺牲和奉献，赞美了军嫂的平凡而伟大。如果说，当一名军嫂难，已属很不容易，那遭遇丧夫之痛、成为烈士遗孀，生活更是难上加难、雪上加霜，她既要承受生活奔波之重，更要忍受精神心灵之痛。

《平凡的世界》告诉我们：人生的苦难和快乐各占一半！假如当年周忠燕不是和胡永飞相识相爱，不嫁给军人，她就不会成为军嫂，也不会经历后来的一切，更不会成为烈士遗孀，周忠燕肯定和社会上众多女子一样，过着安居乐业、相夫教子的生活，有一份稳定安逸的工作，有一个幸福美满的家庭。

社会上有一种颇为小资的说法，“岁月静好，现世安稳。”有了这些年的阅历，周忠燕才知道，没有根基的静与好，是温室里的花朵，是鱼缸里的涟漪，美则美矣，没有尝过风霜雨雪的凌厉，没有试过柴米油盐的琐碎，太过脆弱。

哪个女人都不是生来就坚强，周忠燕也是一个普通女子，就像扬州古城青灰色的民居院墙角落里，生长的一株叶绿花白的茉莉，不太引人注目，默默地吐着幽香。她的身上有柔弱的一面，也有孤独无助的时候，还有很多闭门哭泣的夜晚。她是凡人，每天要面对工作和生活的重压，四季轮回中的酸甜苦辣，绕不开的柴米油盐，她也希望有人能给她安慰、帮助，让她偶尔依靠一下。她需要社会的关爱，渴望人间的温暖。

周围知情的人对用力生活、从不服输的周忠燕很是敬重、佩服。

人们钦佩她，不仅仅因为她是烈士的遗孀，同时也因为她面对坎坷人生、生活磨难而表现出来的坚强。

这十多年漫长的岁月里，扬城悠悠千年古运河，流淌着汇自社会各界方方面面爱的潮水，时不时荡漾起温馨的波浪，滋润着周忠燕苦涩、孤独、无助的心灵。

“一天是军人，一生是军人。”说这句话的，是扬州市邗江区民政局优抚科科长田蓉，身高 1.67 米的她，快人快语，身上散发着军人特有的气质。

田蓉的老家在山东，她出身于军人世家，一家三代走出来 10 个当兵的人。因为外婆在扬州的新疆干休所安度晚年，田蓉的父亲、母亲、丈夫都从宁夏银川的航空兵部队，先后转业到扬州。2007 年，已经穿了 14 年军装、职务是副营职干事的田蓉，也脱下了军装，进入原维扬区民政局工作，后任邗江区双拥工作办公室副主任。

时光倒回到 2014 年初夏。这天上午，田蓉的办公室里走进来一位年纪轻轻的少妇，她怯生生地叙述了自己的困难和想法，左一个“不好意思”，右一个“给您添麻烦了”。来人正是周忠燕，这些天，她一直在为儿子即将上一年级的事发愁。

周忠燕的儿子胡博文，在附近的翠岗幼儿园快要毕业，很快就要上一年级了。按户口地段划分学校，胡博文只能分在四季园小学上学，这所学校离家较远，周忠燕考虑到自己或父母亲接送孩子上学不太方便，就想调整一所离家较近的小学。可她对扬州城并不熟悉，也没有什么亲戚朋友能够帮得上这个忙，一连多日，她为这事烦得睡不着觉。经人指点，她硬着头皮来到了邗江区民政局。

田蓉给周忠燕倒了一杯茶，军人情结很重的她，认真听完周忠燕的倾诉，脸上顿生敬意。

“妹子，我也是军人出身，胡永飞就是我的战友，他为国献身是无上光荣的，你是军嫂，这些年坚强地独挑家庭的重担，太不容易了。我们就是你的娘家人，你来找我们就对了。”田蓉散发着北方口音的一席话语，让周忠燕的心里热乎乎的。

田蓉又把周忠燕带到区民政局一位领导那里，把情况做了汇报，得到了领导的认可和支持。扬州市双拥和国防教育办公室副主任李建峰，听说这个情况后，也几次交代田蓉，一定要把胡博文上学这件事办好。

“燕子，离你家不远处的梅岭小学西校区，师资力量很好，是一所优质小学，我儿子就是在这里上的小学，我跟学校领导熟悉，况且你家的情况特殊，这事我来牵头落实。”那阵子田蓉的身影经常出入在教育局和学校之间，为胡博文上小学的事，反复汇报、沟通和协调。扬州城的夏天很热，田蓉的心更热。

8 月 30 日一大早，田蓉笑眯眯地出现在周忠燕家门口。“燕子，今天我们就带胡博文去学校报到办入学手续。”田蓉拉着小博文的手，一路上讲解学校里各种有趣的事，小博文一蹦一跳的，甭提有多开心了。

周忠燕一家人对田蓉都充满了感激，他们从高邮老家带来鸭蛋、鸡蛋，想表达对田蓉的谢意。周忠燕打电话把田蓉约出来，两人站在路边树荫下聊了一会儿，田蓉临走时说什么也不肯带走这份土特产，两个人分别向着相反的方向走开，两只纸盒孤零零地立在人行道上，周忠燕实在没办法，只好又把两只纸盒拎回家。

这事已经过去整整 7 年了，周忠燕现在一讲起来，脸上还依然洋溢着满满的兴奋和感激。她经历了太多的事，心里有了比较，便自然发出感慨：“田蓉科长是部队出来的，她带着特殊的感情，帮我们做实实在在的事情。我有时跟人家讲话，心里没有底气，觉得自己都是来找麻烦、找事情的，总感到不好意思。”

讲出这番话时，周忠燕好像自己做错了什么事似的，脸上流露出几丝不安和自责。

朱峻松，华电扬州发电公司华维公司总经理、党支部书记，这位长得粗壮结实的汉子，是1980年代第一代希望工程志愿者，2006年江苏省第二届百名优秀志愿者。早在2003年时，在他的牵头召集下，成立了太阳雨爱心志愿者团队，创建了这块公益爱心品牌。

“太阳雨”，一个非常暖心的名字！朱峻松这样解释：“为放光明照大千，‘太阳雨’中‘太阳’给人以温暖，送人以阳光，‘雨’是及时雨，给人以滋润，蕴含有困必帮、有难必助。‘太阳雨’一阳一阴，和谐统一。但愿我们的‘太阳雨’给需要帮助的人洒下甘霖。”

“胡妈妈，我们都是您的儿子女儿，今天来看您了，您有什么事尽管跟我们讲。”中秋节这天上午，太阳雨爱心志愿者王兵等7名代表，拎着月饼、水果，带着2000元慰问金，前来看望胡永飞的母亲胡翠莲。他们有的人握着胡妈妈的手拉家常，有的人在擦桌子、拖地板、整理物品，屋子里热闹非常。胡妈妈乐得合不拢嘴，脸上的笑容就像院子里绽放的菊花，暖阳越过窗户映照在她的脸上，金灿灿的。

陪过胡妈妈，志愿者又来到周忠燕的洗衣店里，向周忠燕和她的父母送上节日的问候。他们都是洗衣店的常客了，跨进店里，就像进了自家门，撸起袖子就帮周忠燕整理衣服、搞卫生，半天时间不知不觉就过去了。

太阳雨爱心志愿者团队中，有一个公益项目叫“致敬英雄母亲”，他们长年资助和照顾5位已经光荣牺牲的英雄的母亲和父亲，胡永飞的母亲胡翠莲也是他们照顾的对象之一。最初，志愿者是以个人名义资助照顾英雄的父母亲的，后来太阳雨志愿者队伍滚雪球似的不断壮大，越来越多的爱心人士自发加入这支队伍中，太阳雨便以团队的名义来开展“致敬英雄母亲”公益活动。人间真情和社会大爱，通过他们一双双温暖的大手，播撒到英雄父母亲的心坎上。

阳春三月，花蕾缀满大街小巷的枝头，扬州城里已经散发出浓浓春意。“三八”妇女节这天，朱峻松带着10名志愿者，来到周忠燕的洗衣店，一下子，小小店铺异常热闹。

“燕子，我们 10 个人在你这里每人办一张洗衣卡，每张卡充值 580 元，家家都有一些衣服要干洗的，用得着。”不知是谁说了一下，一呼全应。周忠燕开心地为他们办卡充值。他们用这种方式给予周忠燕支持帮助，让她易于接受。

来之前，他们就商议，都认为洗衣店是周忠燕家的生活来源、精神支柱，得想办法留住。捐款只能解一时之困，而且，要强的周忠燕有时未必肯接受，所以就想出了办充值卡这个办法。熙熙攘攘，皆为碎银几两。成年人谁也不容易啊！

“燕子，节日快乐！”几个女同志亲热地搂着周忠燕，每人递上一份精心准备的小礼品。临走前，朱峻松把一个包了 3800 元的大红包硬塞到周忠燕的手里，“燕子，这是全体太阳雨志愿者的一点心意，请你收下”！

“我知道你们都在不动声色地帮衬我，你们给予我们家的关心帮助太多太多了，谢谢你们！”周忠燕的眼眶红了，哽咽着说。

店里一人多高的洗衣机，在欢快地滚动欢唱着，发出很有节奏规律的音响，仿佛在播放着一首和谐悦耳的乐曲。

对军队怀有特殊感情的田蓉，十分同情周忠燕的处境，自打认识周忠燕之后，她就经常出现在周忠燕的家里和洗衣店里，她以北方人的爽快和女性特有的细腻，对这个烈士家庭的每一个成员嘘寒问暖，看到什么难处就主动站出来牵头协调，区里相关部门也都尽其所能，帮助解决。

田蓉的热心，不仅仅因为她是做双拥工作的，其实她也是一个很有爱心的女子，2015 年，她就加入了太阳雨爱心志愿者团队。她经常到周忠燕家里来串门拉家常。

“博文，你除了学校的课程学习，还想学什么业余爱好啊？”田蓉拍拍胡博文的肩膀问道。

“阿姨，我想学跳街舞、吹萨克斯，可妈妈不让我学，说是学费太贵了。”小博文说完，不好意思地挠挠头。

“好好，只要你想学，叔叔阿姨们帮你想办法解决学费问题。”从田蓉支持的眼神中，小博文读到了信心和力量。

田蓉把胡博文的想法，向朱峻松一汇报，大伙一碰头，便凑了5000多元钱，为胡博文办了一张学习卡。从此，在训练馆经常看到胡博文学跳街舞的身影。周忠燕家的夜晚，窗口经常传出悠扬的萨克斯《月亮代表我的心》。

夜深了，树叶沙沙作响，月色更加皎洁。胡博文趴在窗口，抬头望着明亮而柔和的弯月，这弯月多像妈妈的嘴唇啊，她的嘴角挂着温柔的微笑，这微笑，甜甜的，但又有几分难以察觉的苦涩。

周忠燕家在扬州城里没有什么亲戚，遇到什么事情想找个知根知底的人商量都难，田蓉设身处地地感受到了周忠燕的孤单。

“燕子，你干的是个体创业，没有什么单位可以依靠，如果你愿意，就参加太阳雨志愿者队伍吧，这里面人多，可以经常组织开展一些集体活动，向别人献爱心，同时也温暖自己。”田蓉在征求周忠燕的意见。

一直被太阳雨滋润着的周忠燕，其实早早就在打听和关注太阳雨志愿者队伍的情况，希望能尽快加入这支队伍，向社会上需要帮助的人献上一份爱心。在田蓉的牵头引导下，周忠燕于2019年初，也高兴地加入了太阳雨爱心志愿者队伍。从此，周忠燕这桶清澈甘甜的泉水，融入润泽万家、流向远方的古运河之中。

当晚，周忠燕兴奋地在微信朋友圈发出这样的感慨：“愿你天黑有灯，愿你下雨有伞！身边有这么多热心人，我并不孤单。一碗水只有汇入江河，才永远不会干涸。只要人人都奉献一点爱，世间将会无比的温暖……”

2020年3月，太阳雨爱心志愿者团队被评为2019年度扬州市优秀志愿服务组织。谈起周忠燕家的情况，朱峻松凝视着刚刚领回来的奖状，用手指推了推眼镜，深情地说："类似周忠燕这样的烈士家庭，在国家政策还没有完全覆盖照顾到之前，我要尽我的一点力量来管来帮，告慰烈士的英灵，安慰烈士的家人。"

生活是一团麻，那也是麻绳拧成的花；
生活像一根线，也有那解不开的小疙瘩呀；
生活是一条路，怎能没有坑坑洼洼；
生活是一杯酒，饱含着人生酸甜苦辣；
生活像七彩缎，那也是一幅难描的画；
生活是一片霞，却又常把那寒风苦雨洒呀；
生活是一条藤，总结着几颗苦涩的瓜；
生活是一首歌，吟唱着人生悲喜交加的苦乐年华……

李娜演唱的《苦乐年华》这首歌，似古运河流水，如泣如诉。周忠燕很喜欢听，常常听得心里酸酸的、软软的，她感到，这就是她现实生活的写照。生活中的烦恼，如同一团乱麻，剪不断，理还乱，不光把她缠在里面，连她的妈妈刘华容也被一起卷在这团乱麻堆里。的确，生活就像是一根长长的毛线，你可能会弄得一团糟，但也可以织出温暖和美好。

十多年前，刘华容和丈夫听从女儿女婿的安排，作别故土，来到高邮安家，和女儿一起照顾胡永飞的家庭，为的是支持女婿胡永飞安心在西藏高原服役。这些年，她遭遇了太多意想不到的灾难和打击：胡永飞的父亲遭遇车祸，胡家的生活乱了步伐；胡永飞英勇牺牲，家庭的顶梁柱垮塌了；人生地不熟，生活习惯不同，语言不相通，常被别人歧视地叫"四川侉子"；全家人加班加点为一个服装厂处理一批衣服上的次品拉链，赶工期心急火燎，嘴上起满了水泡……

一桩桩、一件件烦心事，日积月累在刘华容的心里，就像一只气球一样不断地被输入气体，到了一定极限，肯定是会爆破的。2019年深秋，街头的金黄色银杏树叶一片片飘落，刘华容的心情也到了崩溃的边缘。

“妈，我们家没有一个能管事的男人，又都是外地人，在这里生存的确不容易，遇到什么委屈就尽量忍受一下吧，和气生财，不要和人家斗气啦！”周忠燕倒像是一位长者，苦口婆心地劝说母亲。

刘华容常常一个人呆坐着愁眉苦脸、唉声叹气，几乎每天都出现低落的心境，晚上也睡不着觉，老是做噩梦，总是自言自语，后悔当初不该听女儿的话，不该全家搬到扬州来生活，责备自己没有本事，保护不了女儿，不能为女儿分挑担子，一家人都跟着受苦受罪，她甚至出现幻觉，总认为有人要害死她。

周忠燕观察到了母亲的种种不对劲现象，深深地为母亲的身体担忧，内心充满了自责。她在日记中写道：

> 妈妈今天变成这个样子，是我没有照顾好妈妈，是我害了妈妈，是我把生活的压力带给了妈妈，让白发苍苍的妈妈跟着我受尽常人难以想象的苦，全怪我啊！当初，如果我不劝爸妈来扬州安家，他们在四川老家生活得很开心，是我让他们背井离乡，人到中年还要离开年迈的父母和兄弟姐妹，移居他乡，过得一点也不开心，身体和精神都太累了，有时帮我干活，一连十多天加班熬夜，焦虑、憔悴都写在脸上。是我为了做生意挣钱，把妈妈累成这样，我要挣钱来干吗？钱啊钱，这要人命的钱啊！是我太自私了吗？我很无助，也真无能，真的对不起爸妈……

周忠燕独自跑到医院，和医生一沟通，意识到母亲已患上了重度抑郁症，属于精神疾病范畴，必须立即带母亲到医院治疗。这对周忠燕来讲又是一劫，那一刻她无人倾诉，无人帮扶，所有的一切都要独自承担。这一天，周忠燕谎称到医院去看望胡永飞的妈妈，把母亲带到了扬州市五台山精神疾病医院。

坐在医生对面，刘华容先还能正常交流沟通，后来办公室走进来一个人，刘华容突然情绪失控，暴跳起来，大声叫喊有人在她水杯里下毒要害她，医生要求住院治疗，她抢过周忠燕手里的病历、手续单、检查单撕得粉碎，随后语无伦次，前言不搭后语，眼神空洞、狂躁，周忠燕把母亲搀扶到病房走廊上，想安抚平息她的情绪，刘华容此时情绪已完全失控，根本就听不进女儿讲的话。

“天啦，婆婆因为精神疾病住在这个医院里，现在妈妈又得了这个病，以后的日子还怎么过啊?”周忠燕完全崩溃了，她搂抱着吵闹的母亲，悲从心生，号啕大哭，泪流满面。此刻，她一个人根本无法管控照顾母亲、继续带母亲看病。

无奈之下，周忠燕拨通了扬州经济开发区法院办公室副主任马富荣的电话，向他求援。马富荣和胡永飞既是同乡，又是军校校友，他1998年从解放军蚌埠车管学院毕业后，留在军校当教员，2012年转业回到扬州地方工作。同样的军旅经历，涵养了他对周忠燕一家特别的情怀。

马富荣赶到医院时，看到刘华容还在情绪激动地吵闹着，周忠燕搂抱着母亲，竭力劝说开导，急得她泪如雨下，一脸的无助无奈。马富荣只好拍拍周忠燕的肩膀，竭力安抚她，然后和周忠燕一起，继续带着刘华容问诊、检查，医生本来要求让刘华容住院接受检查治疗，可刘华容坚决不肯住院。周忠燕一时拿不定主意，怕不听医生的话会耽误了母亲的病，如果住院吧，又怕母亲的病没有那么严重，关在医院里面反而加重病情。医生同情周忠燕家的特殊情况，于是开了几种药让他们带回去，叮嘱服药两天后再来医院进一步检查。这时，朱峻松、田蓉、王兵等人也闻讯赶到了医院，极度疲惫的周忠燕人都快瘫倒了。

回到家里，遵照医嘱让母亲服过药，周忠燕和田蓉小心翼翼地看护照顾她，生怕一不留心出个闪失。帮母亲一量血压，高得厉害，已经达到190。第三天一早，田蓉早早赶到周忠燕家里，准备协助周忠燕带母亲去医院检查，周忠燕6点钟去叫母亲起床，可这时发现刘华容人不见了，几名太阳雨志愿者立马赶了过来，大家分头寻找，到小区门口、菜场、附近的各个路口，调看监控录像，好不容易在一条小路边上找到了刘华容。那天下着小雨，刘华容自己也不知道为什么会出来，出来干什么。周忠燕看到全身湿透的母亲，像一个流浪婆似的，心里难受极了。

几个人连哄带骗地陪着刘华容到医院抽血做检查、问诊开药，下午回到家里，周忠燕让母亲服了药在家休息，她到店里去处理一些事情，父亲到学校去接外孙放学。刘华容独自在家又烦躁起来，担心外孙还没有放学回来，她想出门，可发现大门被反锁起来了，这使她更加激动，她拿着菜刀拼命砍砸窗户的防盗栏，朝着窗户外面破口大骂，吓得过路的人赶紧报了警。

那几天，周忠燕放下手头的一切事情，陪在母亲身边，和她说话拉家常，生怕她情绪不稳定，东想西想再出什么岔子。

快年底了，刘华容的病情稳定了一些，她一直念叨着想回老家去看看。为了让母亲开心顺意，周忠燕决定，让父亲陪同母亲先回老家去，好好住一阵子。母亲知道，春节前这段时间，是洗衣店最忙的季节，她舍不得让女儿一个人既管店面，又要照顾家里和儿子，那可能连饭都忙不到嘴里，迟迟不肯动身。周忠燕做通了母亲的工作，立即与四川老家的姨娘联系，提前买好车票，把父母送上了开往成都的列车。周忠燕在老家的表弟表妹天天陪着姨妈到处看看、走亲访友，刘华容的心情也晴朗了许多，脸上经常挂着笑容。周忠燕一直忙到腊月二十六，才关上店门，带着儿子，匆匆赶往成都。

成都，慢悠悠又极具人情味儿和生活气息，周忠燕特别喜欢家乡的这座城市。成都的冬天没有北方的天寒地冻，也没有南方的萧瑟冷冽，群山环抱的西南都会，温润、娴雅、精致，成就了一座魅力之城，一座人们来过就念之切切的情怀之城。周忠燕在春熙路上闲逛一圈，然后在天府广场凭栏静坐，感受这座家乡城市日新月异的时代之音。

“姐姐，你们难得回老家过年，今天我们一大家子一起吃团圆火锅吧，我请客。”这天，表弟热情地对周忠燕说。过年吃四川火锅，周忠燕可期待了很久，吃这顿火锅有讲究，人要齐，味要爽。在四川，过年吃火锅就是团团圆圆的意思。周忠燕嫁到扬州 14 年，这是第一次回四川老家过年，为的是陪伴母亲。

“太好了，我可馋了很久了！”周忠燕开心爽快地答应了。

吃着火锅，表弟一下子来了灵感。“姐姐，你就像火锅，跟你在一起久了，不知不觉就沾上了火锅味。对了，你这只火锅里煮的东西，名字叫‘善良’。”表弟的话，意味深长。

火锅店里的电视屏上，正在播放歌手赵雷演唱的《成都》，歌曲自然而然的真情流露，在不经意间击中了周忠燕的心房。

让我掉下眼泪的　不止昨夜的酒
让我依依不舍的　不止你的温柔
余路还要走多久　你攥着我的手
让我感到为难的　是挣扎的自由
分别总是在九月　回忆是思念的愁
深秋嫩绿的垂柳　亲吻着我的额头
在那座阴雨的小城里　我从未忘记你
成都带不走的只有你
和我在成都的街头走一走

直到所有的灯都熄灭了也不停留
你会挽着我的衣袖　我会把手揣进裤兜
走到玉林路的尽头　坐在小酒馆的门口
……

《成都》这首歌旋律舒缓，歌词刻画了许多有关成都的细节，引起了周忠燕这个有着浓浓的成都情结、而今又生活奔波在异乡的四川人的共鸣，也勾起了她对与胡永飞在成都见面、交往的点点滴滴的回忆。她显然被这叙事诗一般的歌词打动了，听着听着，忍不住抽泣起来。可她还是在用心仔细地听：成都，带不走的只有你……

春节后回到扬州的洗衣店，周忠燕身上短暂的慵懒和颓废神奇地一扫而空，在休闲和火热之间自如切换无缝衔接，每个毛孔都焕发出了生活的热情，一个热气腾腾的土味准中年妇女也呼之欲出。生活回到原位，别人家的日子不属于自己。

现在，刘华容每天仍然要靠药物来控制病情，家里人都小心翼翼地和她相处，生怕发生什么不顺心的事，又刺激到她。周忠燕也在不断地反省，认识到自己跟妈妈讲话原来也不大注意口气，经常把一些生活中不满的情绪发泄给妈妈，现在她逐渐注意了。妈妈可是她生活中的得力助手啊！周忠燕一直生活在一团乱麻之中，她什么时候才能从麻堆里走出来，有个出头之日呢？

“这些年，我们家就像一个社会小舞台，上演了很多出人间悲喜剧，四季轮回中绕不开酸甜苦辣，日子过得挺普通的，但余味绵长。身边有很多的热心人相助，我并不孤单。”说出这通话的时候，周忠燕端起刚泡好的一杯苦茶，朝着窗外远处眺望，下午的暖阳正映射过来。

“忠燕嫂子，最近新冠肺炎疫情来势凶猛，我和路廷清春节就不回高邮老家了，这几天不能来陪你和胡妈妈过年了，等疫情缓解了，就尽快回来看望你们。请代向胡妈妈问好!”大年三十上午，昆山市纪委监委委员高义成，拨通了周忠燕的手机。

高义成、路廷清和薛小明，都是胡永飞上高中时最要好的同学，他们 4 个人学习成绩在班上都名列前茅，家庭条件也都比较困难。每次饭堂开饭时，他们 4 个人总是拖到最后去打饭，因为到最后了，剩下的饭菜，师傅就会给多打一点。他们因为同病相怜而互生情义，结为兄弟。胡永飞年龄稍微大一点，另外 3 个人都叫他“老大”，胡永飞也真像哥哥一样，关心呵护着他们。

高中毕业那年，另外 3 个人都考上了大学，毕业后都走上了各自的工作岗位，路廷清现在是昆山一家军工厂的工程师，薛小明现在在扬州市新华中学任教。胡永飞到西藏当兵之后，他们 4 个人之间一直都保持着通信联系，胡永飞想考军校，这几个同学都给他邮寄过各种学习资料。

每年春节，胡永飞不能回来过年，3 个同学都要到胡永飞家，给他爸妈拜年。他们对胡妈妈说：“永飞在西藏边防保卫祖国大家庭，我们都是您的儿子，您家就是我们的家!”

自从胡永飞牺牲之后，他们 3 个人更是每年都坚持相约回高邮老家过年，为的是给胡永飞扫墓，看望胡妈妈和周忠燕一家。每年大年初一的下午，他们和周忠燕一起，来到烈士陵园祭奠胡永飞，几个人围坐在胡永飞的墓前，向飞哥“汇报”一年来各自的工作、生活情况。离开陵园后，直奔胡永飞的家里，看望胡妈妈，陪她拉家常。胡妈妈神志清醒的时候认识他们，但有时候也不认识，她的脸上也会时不时地露出舒心的笑容。晚上，大家七手八脚一起忙乎，围坐在胡家堂屋吃一顿团圆饭，饭菜虽然说不上很丰盛，但欢快的说笑声在老屋里久久回荡。

寒暑假里，他们经常把几家的小孩集中起来，带着胡博文一起，到附近的景点游玩，开展文体活动，让小朋友们增进友谊，感受大家庭的温暖。

20 多年来的春节，这种特殊的团聚，雷打不动，唯独 2020 年的新冠肺炎疫情阻隔了他们返回高邮的脚步。

他们这三个人现在都在扬州和昆山安了家，平时也很少回高邮老家，难得回来一趟，每个人家里都有好多事要做，有好多亲戚要看望，但是他们都把和周忠燕一家子的团聚排在了首要议程。

说起这些，三个人都面露愧疚之色。他们说，永飞哥不在了，我们兄弟三人要代他尽孝，我们的能力有限，能帮上周忠燕的忙很少，又不能为她找到一个有保障、没有后顾之忧的工作，深感力不从心。

薛小明在扬州新华中学当政治老师，他离周忠燕最近，平时打交道更多一些，对周忠燕的情况更是感同身受。他感慨地说："她现在是一个公众人物，我们不能道德绑架她，让她尽可能生活得自在一些。看到周忠燕生活中的难处实在是太多了，我们都劝她，'别在机场等一艘船。'胡永飞是不可能回来了，再找一个合适的男人组成一个新家庭，好有个依靠，有人分担家庭的负担，生活轻松一些。她并不排斥，但找个合适的男人又谈何容易啊，别人介绍了什么人，她总是拿人家和胡永飞相比较，她放不下飞哥啊！"

周忠燕能清楚地记得胡永飞八九十个高中同学的名字，多彩的校园生活和他们一些有趣的故事，胡永飞都毫不保留地讲给周忠燕听。如今，胡永飞的高中同学们聚会聚餐，他们也会邀请周忠燕参加，还把她拉进了同学群，大家都尊敬地叫她"大嫂"。

胡永飞刚牺牲的前几年，胡家的一些亲戚都多了一个心眼，处处提防着周忠燕，生怕她会带着钱和娃远走高飞。一晃十多年过去了，亲戚们目睹周忠燕在苦心经营这个家，悉心照料胡妈妈，大家渐渐读懂了周忠燕，深深感受到她生活的不容易，对她的态度也发生了转变，逐渐同情理解她了，也都舍不得她，希望她日子过得好一些。

山和山不相遇，人和人要相逢。“燕子，以前我们小肚鸡肠了，有些想法太小家子气了，你的行动改变了我们的看法。这些年你一个人撑起这个家，太不容易了，碰到合适的就再谈一个吧！”一位大妈拉着周忠燕的手，一脸真诚地说，脸上流露出愧疚之色。

“过去我们对四川那边嫁过来的女人有偏见，你用行动改变了我们的成见。当初我们估计，你待不了两年肯定就要飞走了，现在真的是佩服你。”一个乡邻讲得很直白，对周忠燕连连竖起大拇指。

一天，胡永飞的姨夫拨通周忠燕的手机，神秘而兴奋地说：“燕子，我前天好像在超市里看见你啦，是不是谈对象啦?”

周忠燕笑笑：“没有的事，我最近忙得根本就没时间去超市。”她心里明白，姨夫这是在试探她，也是关心她。

“做一个善良的人，发自己的光就好，不要去吹灭别人的灯。”周忠燕对自己这样说。

“周老板，这盒土鸡蛋给你家。”一个男子走进洗衣店，把一只纸盒放在柜台上。

“我家没有买鸡蛋啊！”周忠燕的脸上有些不解。

“是一个不留名的顾客，在我家店里买的，让我过来送给你。”男子解释道。

……

在周忠燕的身边，时常会出现一些暖心的人和事。洗衣店隔壁一家门店，有时给周忠燕送来一只处理好的草鸡，有时送来一条杀洗好的鱼，说是不肯透露姓名的顾客指定送给她的。看着手里不知是谁赠送的心意，周忠燕被一次次感动着。

扬州距离西藏错那，有4000多公里，高原、雪山挡不住真情和思念。周忠燕和胡永飞生前所在部队的官兵，一直保持着联系，前些年是通过电话、QQ，现在有了微信、视频，来自远方的声音，像大朵大朵淡黄色的雪莲花，在周忠燕的心中绽放，高原雪山的甘泉流淌进扬州城古运河里，时时滋润着周忠燕的心田。

前几年在部队战友 QQ 群里，周忠燕经常读到当年胡永飞战友的留言，他们毫不掩饰地表达对胡永飞的思念之情。

“你带出来的兵”留言：老胡，你在天堂还好吗？兄弟们时常想起你以前唱的拿手歌曲《水手》，常常想到我们在油库时候的苦与乐。还想起那次我在外面打架，给你惹的麻烦，你当时一生气，就给了我一巴掌，打了之后，你又对我说“兄弟，对不起”，那时候我就知道你是特别疼你手下的兵。希望你在远方过得快乐！

“沈阳网友”留言：胡队长，虽然我们只相处了短短的几个月，但是你那时候的一举一动都印在我心里，几年了，一直忘不掉。和我们在一起，你一点架子都没有，对兄弟们总是那么好。如果有来生，我还要当你手下的兵。

……

空隙时间，周忠燕翻看手机浏览新闻，收到来自雪域高原李攀红、杨宝宝等官兵的视频祝福，一下子又戳中她的泪点，泪眼蒙眬中，她仿佛看到了丈夫胡永飞驰骋天路的身影。

藏南的官兵始终都在牵挂着周忠燕。周忠燕家的收藏箱里，保存着一张特别的贺卡，这是 2013 年春节，山南军分区边防某团机关寄给周忠燕的祝福卡片，卡片上用钢笔工整地写道：“祝嫂子及家人——新年快乐、身体健康、工作顺利。扎西德勒!”

周忠燕当时收到这张贺卡后，激动不已。一句看似简单的问候语，是手写的，有温度的，让周忠燕感觉一股暖流涌向心头。这股暖流，已经流淌了好几年。

缅怀英烈，执着前行。在某团官兵心里，胡永飞没有走远，他已融身于高原雪山，一直关注着边关巨变。官兵们把军嫂周忠燕和军娃胡博文，看成单位的编外成员，密切关注着母子俩的冷暖，当好他们的坚强后盾。周忠燕也一直熟记着胡永飞的部队战友、军校同学的名字，一刻也不曾忘记他们。过年时，她都要向他们问候新年，汇报儿子的成长情况，她要为丈夫、为儿子撑起胡家的门面！这股人间大爱化作暖流，在空气中流淌，灌注着你我的精神家园。

2019 年春天，周忠燕一家的感人故事，被中央电视台《新闻联播》节目和军事频道播出后，当时 85 家媒体微信推送，播放超过 3500 万次，在军营引起强烈反响，官兵们被母子俩的坚强意志和忍耐精神深深打动了。胡永飞生前所在的边防某团汽车队全体官兵，自发捐款 8000 元，为母子俩送上慰问，希望能够改善他们的生活条件。

牺牲的意义从来不在于悲痛，而在于继承遗志再出发。当年，胡永飞在蚌埠车管学院上军校时，这一届 100 多名同学，毕业后都分向了祖国四面八方的部队。胡永飞牺牲之后，在烈士精神感召下，昔日军校同学有的脱下军装后，成为各行各业的翘楚；有的因为参加抗击自然灾害，身体重残志愈坚，成为最美退役军人；有的依然奋战在强军战位，或长年累月坚守边关，或成为强军事业的中坚力量。

2019 年，在福州某部队当科长的张书启主动牵头，在同学群里发起了向英雄妻儿献爱心的倡议，天南海北的同学们积极响应，六七十个人很快就捐出了近 26000 元。张书启让周忠燕为胡博文专门办了一张助学银行卡，把这笔捐款汇到卡上，支持胡博文将来的学习开支。张书启还把这张银行卡的卡号发在同学群里，让大家都知道，尽可能多帮助关心胡博文的学习成长。

烈士父亲远去，关爱没有“缺席”。沐浴着汇自边关哨卡、大江南北解放军叔叔的浓浓爱心，胡博文动情地说：“虽然我的爸爸牺牲了，但有这么多兵叔叔支持鼓励我，我一定加倍努力学习，长大了也像叔叔们那样保家卫国。”

“军人是最可爱的人，让军人受到尊崇是最基本的。该保障的要保障好，该落实的政策必须落实，不能让英雄流血又流泪。”2018 年 3 月，在十三届全国人大一次会议解放军和武警部队代表团全体会议上，习主席掷地有声的话语，赢得经久不息的掌声。

属于军人的春天真的来了！2019 年 2 月 2 日，扬州市退役军人事务局正式挂牌成立，孙玉金出任首任局长。孙局长之前是人社局的副局长，一直在分管安置工作，对退役军人安置和就业这块政策非常熟悉，对军人和军烈属也很有感情。他标准的国字脸上戴着一副眼镜，性格比较温和，但在工作上原则性比较强，一点不含糊。

一上任，孙玉金就郑重地对局里全体同志说，“首任要担首责，过去历史对退役军人和军烈属欠债不少，现在大环境治理改变了，气候宜人，我们要撸起袖子、带着感情，满腔热忱地干工作”。

2019 年 3 月 22 日下午，在苍松翠柏环抱的高邮烈士陵园，扬州市退役军人事务局和高邮市退役军人事务局举行了隆重的祭扫仪式，告慰烈士在天之灵。当后人走到这座高大的革命烈士纪念碑前，能听到什么呢？又能从中感受到什么、汲取些什么呢？

“永飞，我来看你了。”思念是一方矮矮的坟墓，丈夫在里头，她在外头。松涛阵阵，哀乐低回，在祭扫的人群中，身穿深蓝色衣服的周忠燕引起了人们的注意，她捧着鲜花，站在胡永飞烈士的墓前，泪流不止，在场的群众也都潸然泪下。

祭扫仪式结束前，孙玉金走到周忠燕的面前，把一个装着慰问金的信封塞在她手里，特别感谢周忠燕的辛苦付出，并嘱咐她“一定要把孩子带好，有困难可以直接来找我们”。

周忠燕平静地说：“我一定尽自己最大的努力，把孩子培养成才，同时照顾好一大家子人，让他们都能过上好日子！”

2019 年 9 月 25 日下午，全国双拥工作领导小组副组长、退役军人事务部副部长钱锋，来到扬州市蜀冈 · 瘦西湖风景名胜区梅岭街道丰乐社区，调研社区双拥工作。江苏省双拥工作领导小组办公室副主任、省退役军人事务厅厅长张宝娟陪同调研，扬州市委书记谢正义、市长夏心旻等参加了调研活动。周忠燕应邀参加了座谈会，钱副部长关切地询问了周忠燕的身体状况和生活情况，勉励她保持乐观心态，战胜生活困难，还叮嘱扬州市领导，关心周忠燕家的生活，遇到困难要及时帮助。

座谈会结束后，扬州市领导请钱副部长和大家合影留念，张宝娟满面笑容地拉住周忠燕的手说：“忠燕，你站到钱副部长身边来！”周忠燕被推到了中间位置，张宝娟和夏心旻站在了周忠燕的外侧。

“咔嚓”定格的只是瞬间，温暖周忠燕心田的却是长久。

时光荏苒。2020 年下半年，胡博文就要升初中了。

“对一般有困难的人，我们还要帮呢，何况是烈士的子女，理所当然更要照顾。”教育局的同志回答很干脆，态度很明朗。

“原来，大家都在默默地帮助我们家。”周忠燕十分感慨。

是啊，这个世界的确是温暖的！梅岭小学西区校和梅岭中学的不少老师，了解周忠燕家的情况后，出于同情和爱心，经常骑车把衣服送到周忠燕店里来干洗。周忠燕心里明白，他们舍近求远跑过来，其实是在照顾她的生意，她自然心生感激。

周忠燕给自己立了一个规定：对教师、援鄂医疗队员、军人军属送衣服来洗涤的，都享受特殊会员待遇，一律 8 折优惠。她用一种微细的行动，表达内心一种朴素而特殊的情感。

顶着初秋的热浪，胡博文跨进了梅岭中学初一（6）班。学校领导在第一时间就把胡博文家的特殊情况告诉了他的班主任王竹君老师，王竹君通过家访，更加了解胡博文家生活的不易，为他申请了特殊困难家庭补助。

父亲的英勇，母亲的坚韧，造就了胡博文踏实稳重、勇敢担当的优秀品格。王竹君在与胡博文的日常交流中，发现他身上有强烈的责任心和坚强的意志力，得知他暑假里刚到军校经过了军训，于是，在学校组织初一班级常规大比武时，便让胡博文担任班级指挥员。胡博文不负众望，为了让自己的指挥口令准确、有力、响亮，与同学们的动作连贯整齐，他每天晚上都独自对着镜子练习到很晚。在最终比赛时，胡博文指挥的初一（6）班在 17 个班级中脱颖而出，获得一等奖。

此外，胡博文还主动参与了班委竞选，他被同学们推选为班级体育委员，积极组织大家开展各项体育活动，工作认真负责，任劳任怨，得到了老师和同学们的一致好评。老师一个劲地夸赞："胡博文的责任感很强，把事儿交给他很放心！"

班级各位任课老师都密切关注胡博文的学习情况，老师们通过平时的作业反馈，及时发现问题，随时与胡博文沟通，帮助他有效攻克学习上遇到的"拦路虎"，不断激励他、表扬他，增强他的学习主动性和自信心。有一段时间，胡博文在数学计算上经常出错，他和妈妈都很着急。数学老师沈峰课后便把胡博文叫出来散步谈心。

"博文，别着急，别灰心，计算时心再细一些，做好后多验算两遍，熟能生巧，老师相信你一定能行。我上初中时，数学成绩并不算好，你看我现在还当上数学老师了。"沈老师轻轻拍了拍胡博文的肩膀。

胡博文被沈老师的风趣逗乐了，他不好意思地挠挠头。沈老师的话犹如和煦的春风，吹散了胡博文心头的乌云。经过一段时间的练习，胡博文计算方面的正确率大大提高，对学好数学也更有信心了。

胡博文像一只快乐的小鸟，轻松活泼地飞翔在梅岭中学的校园里。

扬州的冬天仪式感不强。还没有顾得上和秋天握手道别，悄然间眉宇紧锁，玉面微沉，一噘嘴，就是冬天了。扬州的冬天被大自然的臂弯呵护着，无风，无雪，温文尔雅。

2020 年冬月初二午夜，浓浓的寒意泼洒到大地，整个扬州城都睡着了。可周忠燕无法入眠，心田里好像有无数条小虫子在爬行挪动，夜里一点半钟，她实在控制不住自己的情绪，发出一条朋友圈：

当年有个人对我说，“30 岁是到婆家的第一个大生日，等我从西藏回来，给你在天山镇上的酒店里热热闹闹地过这个生日，我已经想好了要送你的礼物”。

你太不守信用了，这些年，我一直在等着你给我过生日，等着你给我送鸽子蛋大的钻戒呢，可我一直没有等到这一天！哪知道一晃十多年过去了，我现在都 40 岁了，媳妇快熬成婆了！女人的一生，如果削头去尾的话，人生有几个黄金 10 年啊？我要打电话，1363893……

清晨，刘原、沈仁梅、朱峻松、田蓉等 5 名太阳雨志愿者，陆续看到了周忠燕夜里发出的感慨，他们一商量，决定当晚为周忠燕庆贺 40 岁生日。为了方便周忠燕一大家人出行，不过多占用胡博文做功课的时间，他们便在周忠燕家附近一个饭店订了一个包厢。

朱峻松十分用心，专门精心设计、喷绘制作了一块背景图板，挂在包厢正面的墙上。图板左边有周忠燕老家四川自贡五彩缤纷的花灯，右边是春意盎然的扬州瘦西湖，两只机灵的燕子在湖面上轻盈地飞过，图板的中间用活泼的字体，调皮地写着：“小燕子，生日快乐！”

小姐姐沈仁梅捧来了一束鲜花；刘原拎来的蛋糕上，用奶油挤出了一幅独具匠心的卡通画——一位身着迷彩服的兵哥哥，手握钢枪，昂首挺胸，注视着前方……

当周忠燕俯下身子，两只手撑在餐桌边沿上，准备吹灭蛋糕上的蜡烛时，被烛光映照得红彤彤的脸庞上，一颗颗珍珠般的眼泪断了线似的直往下掉。周忠燕左手无名指上那只看似简朴的戒指，在烛光下也放射出一闪一闪的光芒。这只戒指，还是当年她和胡永飞在成都第一次见面时，胡永飞送给她的，她一直珍藏在身边。平时在洗衣店忙活时，周忠燕从不戴戒指等首饰，她嫌碍事，外出参加一些重要活动时，她才舍得拿出来戴上。

“妈妈，你今天40岁的生日，是伯伯、阿姨们为你操办的，等你50岁时，我有钱了，我来为你过一个更大更隆重的生日。”胡博文搂着周忠燕，亮着大嗓门，对妈妈表决心，也是对大家说。

调皮的胡博文用奶油给妈妈涂了一个大花脸，然后也在自己脸上涂抹了几下。“妈妈，不管什么时候，都有我陪着你！”

在场的人都被感染了，每个人都唱了一首歌，献给周忠燕。室外已是寒冬，但周忠燕的心里却是暖融融的。

此刻，她想起自己很喜欢的一句话，“活在这珍贵的人间，太阳强烈，水波温柔”，活着真好！

回到家里，周忠燕在房间盯着温暖的大床，注视了许久，她在想象：有一对新人，躺在这张床上缓缓老去，经历了相爱的亲昵，高原雪地里的携手，烟火人生的争吵，艰辛日子的熬炼，还有生离死别……

细心的太阳雨人都记住了周忠燕的生日。一晃一年又过去了，11月27日晚上，位于蜀冈·瘦西湖风景名胜区城北街道忠恕·农民公园的太阳雨爱心村，不断传出欢快的歌声和喝彩呐喊声。原来，这里正在举办一场“我们是相亲相爱一家人”的生日宴，为周忠燕庆贺41岁生日。庆生宴的主办者，是周忠燕的兄弟姐妹们，他们都来自太阳雨志愿者团队。

周忠燕和她的父母，在扬州城里没有什么亲戚。为了让周忠燕感受到太阳雨大家庭的温暖，40多位太阳雨志愿者自发组织了这次庆生家宴活动。下午，志愿者代表陪同周忠燕全家，沐浴着初冬的暖阳，游玩了附近的沿湖村和运河公园。漫步在公园里，意外发现一大片绚丽多彩的格桑花，周忠燕十分惊喜，她蹲下身子，让人为她拍下了一张张与格桑花的合影。周忠燕按捺不住激动的心情，兴奋地说：“我到过西藏好几次，但还没有与格桑花拍过照片，今天意外地完成了一个多年来的心愿。”

真是“格桑花开扬州城，相亲相爱一家人”。当晚，爱心村王林村主任定制了别致的生日蛋糕，操办了可口的田园美餐。席间，大家开心碰杯，激情歌唱，共同祝福坚强的燕子生日快乐，未来的生活像花儿一样灿烂多彩。

周忠燕难得那么开心，现场演唱了一首她很喜欢的《女人花》，绯红的脸上泪水盈盈，大家也都为之动容。

胡永飞家的老宅建了已经有 40 年左右了，当年因为经济条件有限，房屋建得质量比较差，一到雨天四处漏水，经常拆东墙补西墙，修了这里又坏了那里，现在实在没办法修补，算是危房了。前些年，周忠燕也一心想新建住房，当时由于种种原因，刚准备动工就被迫停工了，这成了周忠燕的一个心结。

真是久旱遇甘霖。2020 年 9 月，周忠燕接到高邮市送桥镇（天山镇和送桥镇已于 2013 年 9 月合并）神居山村（原北茶村）的通知，现在要加快新农村建设的步伐，鼓励居民自愿拆迁，整合资源，节约土地。

周忠燕算了一笔账，大概要 40 万元才能拿到新房子，可老房子拆迁评估只值 2.8 万元。到哪里去凑齐这笔钱呢？周忠燕不禁出了一身冷汗。

到底拿不拿这套拆迁安置房呢？周忠燕的心里有些纠结。胡永飞出生在这个小村庄，这方水土就是胡永飞成长的沃土，现在他人虽然走了，她希望让胡家能在这里留下永远的根；胡妈妈现在住在城里治病，将来老了，哪里也去不了的时候，也需要一个落叶归根的地方……

周忠燕考虑再三，定下拿新房的主意。她的困难和期盼，通过间接的渠道，反映到了高邮市委常委、市人武部政委陈立柱这里。

“人武部就是连接军地的桥梁，周忠燕的事我肯定要管要关心。”

陈立柱政委听说此事，态度非常明确。他立即和周忠燕取得联系，当天晚上，陈立柱就添加了周忠燕的微信。陈立柱的微信名叫“温度计”，意为体恤民情、先知冷暖。陈立柱和周忠燕就一直在微信上交流了解情况，把事情的来龙去脉弄得清清楚楚。

不知不觉一个多小时过去了，陈立柱发出这样一条微信：“您放心好了，我就是您的娘家人，我们一定尽力帮助您把事情圆满解决好!”

第 4 天，陈立柱政委就委派市退役军人事务局一名副局长带队，有关部门同志参加，来到送桥镇，会同镇上的相关领导一起，现场梳理分析情况，寻求解决问题的办法。那天，周忠燕也参加了现场办公。

扬州市退役军人事务局领导听说此事后，认为这件事对周忠燕家来说，是一件好事，但也是一件难事，是雪中送炭的大事情，作为周忠燕的娘家人，一定要尽力帮帮她。受孙玉金局长的委派，王春香副局长多次赶赴高邮或者通过电话，和高邮市退役军人事务局局长毛礼良、副局长刘军联系商量，怎样为周忠燕解决现实问题，切实减轻她的经济负担?

为了有效落实这件事，毛礼良、刘军专门来到送桥镇，和镇党委书记顾吉林碰头，当面进行会商。身为父母官的顾吉林，一直也把周忠燕家的事放在心上。他站在办公室的窗口，眺望着胡永飞家的方向，动情地说：

“胡永飞是我们这块土地哺育出来的英雄，是送桥乡亲的骄傲。他已经为国献身了，我们有责任照顾好他的家庭，让他的母亲有一个安度晚年的地方，也让烈士的后代对送桥永远抱有一份念想。对当地青少年来说，也是很好的爱国主义教育。”

这段时间，扬州和高邮两级市局的领导来回奔波、分头行动，想出了各种办法，发动社会各方面的力量，工商银行扬州分行、工商银行汶河支行、交通银行扬州分行、海通证券扬州营业部等单位，纷纷伸出了援助之手。

已年过七旬的扬州江顺港口服务有限公司总经理赵祥和，穿军装18年，营级干部转业到地方海事局机关工作19年，自主创业15年，前不久刚刚领到了“光荣在党50年”纪念章。他的身上一直散发着浓烈淳朴的军人气息，在艰苦的创业过程中，赵祥和以“战友情深，军人为重，拥军优属，关爱有加”为原则，他的职工队伍里始终以退役军人为骨干，先后为40多名退役军人安排工作。

当他听说周忠燕一家子的事情后，被深深感动了，当即表态“要去看望慰问周忠燕”，向她表达了一个老兵的敬意，并表示只要有困难，都会尽力予以帮助。

赵祥和来到周忠燕的洗衣店里，话语并不多，他环顾打量洗衣店好一阵子，动情地对周忠燕说：“你是一个军嫂，生活得的确不容易，我是一个老军人，我们都姓‘军’，都要为军旗添光彩！”

为周忠燕领取动迁安置房“添砖加瓦”这件事，一直在不断推进之中，效果明显……

“现在政府领导和爱心人士对我家的事这么重视关心，肯定会有一个满意的结果的，我的心里踏实多了。现在，不是我一个人关起门来独自着急，感到很温暖，觉也睡得香了。”周忠燕感慨地说。她的心中充满着期待。

最近，高邮老家村里打来电话，让周忠燕抓紧回去腾空老房子，把钥匙交给村里。周忠燕回到这个十分熟悉的村子里，她站在家门口不远处的土公路边，久久注视泥泞的土路那头胡永飞的老家。老柳树下的旧屋，再破再烂，那是烈士的根脉所在啊！那是我周忠燕的深情寄托之地啊！

炊烟飘在村庄的上空，那是久远的，那是新近的；那是模糊的，那是清晰的。可那飘在胡永飞家屋顶上的炊烟，依旧是周忠燕永远的眷恋，它拖曳着太多的念想。

周忠燕回到老宅，整理打包一些有用的物品。她掏出钥匙，打开婆婆胡翠莲那只锁着的已经褪色的枣红色木箱，里面存放的可都是胡翠莲心中的宝贝：有胡永飞的一顶军帽、一根领带，平时胡永飞和家里亲戚给她的一些零花钱，最为醒目的是一摞摞做布鞋的千层底，几乎占据了木箱的一半空间。瞬间，周忠燕心底最柔软的地方被触碰了。她数了一下，已经纳好的千层底一共有 32 只，还有 4 只千层底才做了一半，针和麻线都绕在千层底上。捧起一摞千层底，缠绕在一只千层底上的麻线从她手中滑落。周忠燕两腿一软，顺势跌坐在门槛上。她的思绪，一下子被细长的麻线拽得好远好远。

这可是胡翠莲早些年一针一线纳出来的啊，其中凝结着她多少心血啊！鞋底的尺码都是 42 码的，这可是胡永飞的脚码啊！

胡翠莲把这些千层底当成宝贝，当成她心头最值钱的东西，锁在床头的箱子里，已经有十几年了。如果不是 2009 年初夏那次意外，这些千层底一定会制作成为一双双温暖舒适的布鞋。可是，她的梦想被残酷的现实击得粉碎。如果，只是一种假设了。

当年，胡永飞穿上橄榄绿，离开家乡的那一天，带走了一双散发着妈妈体温的千层底布鞋。可他在西藏高原部队服役时，一直舍不得穿，也是锁在绿色的箱子里，想等到转业的那一天再穿上，回乡见亲爱的妈妈。这双布鞋，默默陪伴他 11 年的军旅生涯，直到最后，也没有穿着这双鞋回家见妈妈。最终，为了满足他的心愿，周忠燕给他穿上了这双布鞋。

如今，胡翠莲可能已经无法记起来她亲手制作的、尘封在红色木箱里那一只只千层底了。岁月如歌也如风！

捧着这么多只千层底，周忠燕的眼睛瞬间模糊了，心海里顿时泛起了苦涩的浪花，她的心一下子飞到了遥远的西藏高原。

《中国娃》这首歌，一下子就萦绕在周忠燕的耳边：最爱吃的菜是那小葱拌豆腐，一青二白清清白白，做人不掺假；最爱穿的鞋是妈妈纳的千层底，站得稳呐走得正，踏踏实实闯天下……

周忠燕把红色木箱抱到门前空地上，把一只只千层底铺摊在门板上晒晒，湿霉味渐渐散去，一只只千层底吸饱了太阳温暖的气味。

周忠燕把36只千层底细心包扎好，带回扬州市区的家中。夜深了，周忠燕轻抚着一只只带着时间质感和温度的千层底，怅惘而惆怅，内心充满了深深敬意。她思绪万千，睡意全无。

于是，她拍了一组千层底照片，并配上一段倾泻情感的文字，发了朋友圈。圈内的朋友瞬间发酵：

“慈母手中线，游子脚上鞋。纯朴的爱最真挚!”

“一切源于真情实感！千层底不仅维系了母子之间的亲情，也勾起夫妻之间的思念。让博文记住这些，这是另类的传承和感悟，会让他受益匪浅的。”

……

躺在床上，周忠燕在想，等高邮拆迁安置房拿到手了，以后有条件的话，利用一间房子建一个“胡永飞烈士纪念室”，展示相关的文字、图片、资料、实物等。在周忠燕看来，修建这个纪念室影响深远。“可以让胡永飞永远在高邮安住下来，感受家乡的温暖，也让他的英雄事迹在家乡广为传播，让他成为家乡孩子们心中最亮的星。”

这天夜里，周忠燕做了一个梦：她的飞哥穿着一身英姿飒爽的军装，肩膀上佩戴着金黄色的中校军衔，脚穿妈妈做的千层底布鞋，迈着矫健的步伐，大步向她走来，走在烟花三月春意盎然的家乡田野上。

中国共产党建党100周年之际，全党都在扎扎实实开展党史学习教育活动，办实事是主题教育的重点任务和关键环节。

火红的五月，温暖的扬城。2021 年 5 月 19 日，时任扬州市委书记夏心旻，就“我为群众办实事”领办项目——“慰英魂”烈士遗属关爱行动，进行调研会办。

下午 3∶40 时，身着藏青色夹克衫、胸前佩戴鲜艳党徽的夏心旻，市委常委、宣传部部长张长金，市委常委、秘书长韩骅，踏着蒙蒙细雨，来到周忠燕开的德奈福洗衣店里。夏心旻对周忠燕自立自强、孝老爱亲的精神予以赞赏，并与周忠燕亲切交谈，详细了解她和家人的生活工作情况。

在看望慰问的过程中，夏心旻语重心长地对身边随行的机关同志说，英烈们为祖国的解放和建设事业作出了巨大的贡献和牺牲，是扬州人民的骄傲，各地各相关部门要以此次“我为群众办实事”实践活动为契机，切实把烈士家属关心照顾好，让他们过上更加幸福的生活。

在随后召开的调研会办会上，夏心旻认真听取“慰英魂”烈士遗属关爱行动情况汇报后，深情地强调，各地各相关部门要提高政治站位，切实增强关爱烈士遗属的责任感和使命感。要从全市 1078 名烈士遗属面临的最困难的事情入手、最突出的问题抓起、最现实的利益出发，开展为烈士寻亲、常态走访慰问、加大优抚力度等工作，用心用情用力帮助年老体弱、生活困难的烈士遗属解决好困难事、烦心事，不断增强获得感、幸福感和荣誉感。要聚焦“急难愁盼”，加快实施关爱烈士遗属的行动举措。要制定完善相关政策制度，提高优抚标准，加大工作力度，通过精准帮扶、一户一策等方法，着力解决他们的生活、医疗、养老等困难，不断提高他们的生活水平。要建立完善常态化优抚机制，着力打造烈属关爱行动特色品牌。要强化统筹协调，坚持部门联动、政策集成，加快形成更加完善的慰问、帮扶、救助体系，确保办实事项目有推进、有跟踪、有成效，让人民群众充分感受到党的温暖和党史学习教育的成效。

夏心旻书记这段充满敬仰、带着温度、很接地气的话，是经过充分调研、深思熟虑后，代表市委讲的。透过他薄薄的镜片，看见他眼中不时闪烁着晶亮的泪花，显然他动了真情。

很快，“慰英魂”烈士遗属关爱行动的阵阵春潮，在扬州城乡长江岸边、古运河畔涌动奔腾。

第十一章

儿子，咱们上高原摘星星、看爸爸去！

丈夫牺牲10年，儿子恰好11岁。她带着儿子两上雪域高原，两进火热军校，努力追寻英雄足迹，灌注红色基因。

“十年生死两茫茫，不思量，自难忘。千里孤坟，无处话凄凉。纵使相逢应不识……”

斗转星移，近10年的时光搁不浅、冲不淡妻子对丈夫的思念和那份忠贞的爱情。高高的雪山、湍急的冰河、4000多公里的距离、阴阳两隔，也无法阻隔爱人近10年的“重逢”。在周忠燕的心里，虽然山高路远，但雪山深处有他，有念想中的“家”，还有长长的思念。

对年幼的胡博文来说，父亲的形象，还是印象中“拼凑”出来的残片，小博文的内心感到极度的悲伤、无助、委屈，他的眼泪止不住地往下流：“爸爸，我终于找到了你，可你为什么离我们那么远？”

小博文哭着对周忠燕说：“妈妈，我想去高原找爸爸，我觉得他还守在西藏的部队里。”

近10年，与丈夫阴阳两隔，含辛茹苦抚养儿子，周忠燕的头上冒出了不少银丝。当她听到儿子这句话，多年积蓄的辛酸涌上心间。她感到儿子终于长大了！她抹着眼泪、扶着小博文的肩膀说：“儿子，你和妈妈想到一块儿去了，咱们上高原摘星星、看爸爸去！”

为了让抽象模糊的爸爸形象在胡博文的心中丰富生动起来，也为了对儿子实地搞一次英雄教育和亲情教育，周忠燕决定带着儿子重走丈夫当年战斗过的地方，让儿子实地感受爸爸的工作和生活环境。同时，周忠燕也能够释放一下自己埋藏在心间近10年对错那部队官兵的思念之情，尽管她平时也与汽车队部分兵龄较长的官兵保持QQ、微信联系，但一直没有机会见到他们。

一放暑假，周忠燕就与当年和胡永飞搭档工作的汽车队指导员、现已在拉萨部队工作的朱仁喜，取得了联系。朱仁喜听说周忠燕母子俩要来西藏边防部队看看，十分欣喜。他立即打电话到错那县的团部，向领导报告。

为了确保周忠燕和胡博文的安全，团里派出了专人、专车，甚至还有一名护士，专门一路陪同保障他们，还购买了氧气袋、红景天口服液，细致入微。

那天，汽车队官兵特意为周忠燕母子举行了隆重的欢迎仪式。在“欢迎回家!”的红色横幅下，身着迷彩服的胡博文抚摸着钢枪，眼睛里亮晶晶的，他仿佛看到爸爸就站在不远处的雪山上，对着自己微笑……

连队里熟悉胡永飞的战友，向母子俩讲述了胡队长的故事。当听到爸爸爱吃家乡高邮的特产咸鸭蛋时，胡博文会心一笑，虽然爸爸牺牲那么久了，但他一直有血有肉地活在自己心里。

周忠燕也告诉战士们，胡永飞还喜欢吃韭菜炒鸡蛋、扬州盐水老鹅。结婚后胡永飞第一次回家探亲，事先专门打电话给周忠燕，让她上街买一点盐水老鹅，后来周忠燕就知道了，他好这一口。只要胡永飞在家，周忠燕就经常上街买。

“博文，这是你爸爸生前住过的宿舍，当时被子叠得整整齐齐，书架上摆满了书，相框里放着一张我和你的照片，写字台上还有一个西瓜，那是爸爸准备犒劳一起执行任务的叔叔的。”

回忆如泉涌，周忠燕泪眼滂沱。“来，我们一起拍张照片。”“咔嚓”一声，周忠燕收拾心情，画面定格。

丈夫虽不在，妻子一直爱。胡博文高原初体验，周忠燕是故地重访。胡永飞生前住过的房间、睡过的床板，直到他最后英勇牺牲的悬崖现场，他们都看了一遍，感受一番。

在周忠燕和丈夫第一次游玩去过的湖边，湖水和天空还是那般湛蓝，地上的野草还是那般长，只是人变了。彼时，周忠燕和丈夫在这里留影；此刻，她和儿子拿着这张旧照片，又一次在同样的地方合影留念。

一阵清风掠过湖边，拂过耳畔，周忠燕感觉丈夫好像在自己身边。她在心里跟丈夫说完悄悄话，一转身，发现儿子拿着她与丈夫的合影，泪眼蒙眬。

周忠燕在每一个曾经和丈夫合过影的地方，都和儿子拍照纪念。清风不语，天地有情。周忠燕想让一家人以这样特别的方式，相聚在一起。

胡永飞生前曾答应周忠燕，要带她到拉萨的布达拉宫去好好游览一番，可是未能如愿。这次上高原的时候，她特地带着儿子游览了一下布达拉宫，也算是了却了胡永飞的一桩心愿。

在爸爸工作和战斗过的地方，胡博文表现得很坚强。刚到山南时，他有明显的头痛、呼吸困难、出虚汗、流鼻血等高原反应。护士让他吸氧，但他只吸了几口，就坚决不吸了。“如果整天抱着氧气袋吸氧，还怎么工作？我爸爸在西藏工作十几年都不需要吸氧，他不需要，我也不需要！”小家伙很倔强。

在汽车队，战士们带着胡博文训练、踢球、吃食堂。有一回，胡博文勇敢地走上了架在空中的平衡木，胡永飞牺牲时救下的战友刘波在一旁做安全保护。因为是第一次练习，胡博文走得摇摇晃晃，就在他快摔倒时，跟随在一旁的刘波迅速接住了他。

有所感触的刘波，动情地对胡博文说：“如果你爸爸在的话，这个时候一定是他来保护你，而他把这个机会让给了我。”

几句话，把站在一旁的周忠燕说哭了。是啊，如果胡永飞在，这样的陪伴和保护应该都会在。

如今，当年死里逃生的刘波，早已经在重庆老家结婚生子了，但他一直还在高原服役，现在是四级军士长。他深情地说："只要部队允许，我就一直在西藏干下去。老队长牺牲在这里了，我要尽可能多在这里陪伴他。"

此刻，连队电视室里传来新近唱响的《我爱边防线》，这首歌词的作者为西部战区司令员赵宗岐。

祖国交给我一条边防线
我把使命扛在男儿双肩
风云变幻擦亮双眼
烽火狼烟志如铁坚
啊 边防线 啊 边防线
边关冷月默默奉献
扎根驻守在这条边防线
我把忠诚写在山海之间
爬冰卧雪不惧风寒
枪林弹雨冲锋向前
啊 边防线 啊 边防线
战地黄花分外鲜艳
青春年华留给了边防线
我把尊严立在界碑之间
万里边关挥洒爱恋
雪域高原无悔无怨
啊 边防线 啊 边防线
……

周忠燕坚守近10年的善意谎言，是一位母亲的良苦用心；她穿越4000多公里，让他们父子“团聚”，是一份爱的初心。从她身上，看到一种爱的力量。这种情感的力量，可以穿越生死，战胜一切苦难。

每走一次边防，周忠燕对部队和军人的认识，就更深了一层，她能够理解边防军人的艰苦和不易。她努力修炼自己，让胸怀像戈壁滩一样开阔。

还有两天就要开学了，胡博文的边防之行意犹未尽。在他眼中，西藏高原太神奇了，边防战士太伟大了，汽车队就像一本很厚的大书，几天时间根本就读不完。离开连队前，他和叔叔们相约，明年春天再来连队。

从部队回来之后，胡博文一有空就打开妈妈收藏的几只资料箱，一边翻看有关爸爸的报纸、证书、照片、军用品，一边脑海中回放在高原连队看到的一幕幕场景、一桩桩事情，对西藏、对部队、对爸爸的了解和认识，越来越真实，越来越清晰，就像拼图一样，越拼越完整。胡博文童真的眼神里，流淌出崇敬，也透露出坚毅。

西藏高原成了胡博文魂牵梦绕的地方，多少个夜晚，胡博文在甜美的睡梦中又回到了汽车队营区，边防官兵的精气神已经灌注入他幼嫩的肌体。这是远方的高原在呼唤！

一次边防行，一生边防情。

2019年3月中旬，周忠燕带着胡博文又一次踏上西藏高原。一下车，刺骨的寒风呼啸着在脸上划过。冷彻骨髓的大风，是春天的藏南留给胡博文的第一印象。

此时，美丽的扬州城正是桃红柳绿的时候，而藏南高原的土地还在漫长的冬眠状态。胡博文想对不同季节的高原边防有更多的体会和感受，对那里的战士和爸爸有更深的了解和认识。胡博文边看边听，父亲的过往，一点一滴汇聚成河。

“博文，抓紧光缆线，跟着前面叔叔的脚印走。”周忠燕一边叮嘱儿子，一边手脚并用在雪地里爬行。积雪没膝，一串串脚印边便是万丈悬崖，她不敢有丝毫大意。手机显示气温－10℃，她却汗气如蒸，脱下了外套，豆大的汗珠在雪地里砸出个个窟窿。

3月16日，母子俩跟随送给养的官兵攀爬素有“绝壁哨所”之称的拉则拉哨所。拉则拉，在藏语里意为“神仙居住的山口”，然而在这里并没有什么修行神仙，只矗立着一座哨楼，里面住着一群可爱的守哨官兵。拉则拉哨所海拔4088米，孤零零地镶嵌在雪山之巅。远远仰望，能够隐约看见哨所顶上，有一面鲜艳的五星红旗在高高飘扬。

哨所与连队的直线距离不过700多米，上哨只有一条曲曲折折的小路，最窄处仅容得下一只脚，70度的陡坡，连牦牛都上不去，一路上必须借助攀登绳和光缆线才能勉强上山。连日来的暴风雪，给羊肠小道又增添猛料，露出狰狞的面孔。冰雪阻路，对于母子俩来说，上哨着实艰难。

上哨追思，说易行难。积雪没膝，稚气未脱的胡博文直犯嘀咕：“这是路吗，怎么这么难走啊?”“叔叔，还要爬多久啊?”战士们回答非常一致：“快了，快了，还有200米。”

善意的谎言给胡博文带来足够的能量，脚下更有劲了。积雪深处，看着官兵匍匐探路，双手、脸颊被冻得通红，周忠燕心疼得只抹眼泪。

连队指导员郭鑫选派精干力量组成护卫小分队，前拉后推，伴随保障。行至好汉坡时，周忠燕一脚踩进雪窝里，右脚怎么也拔不出来，中士田光鑫见状，赶紧上前用双手刨开积雪，这才成功突围，避免越陷越深。大家看着心疼，纷纷劝她，“嫂子，实在走不动了就返回吧”。

“就是爬，我们也要爬上哨所。”母子俩信念如磐，字字如铁。

“解放军叔叔真是太不容易了，等我长大有本事了，直接放一架直升机在这里。”胡博文喘着粗气，立下决心。

周忠燕心里清楚，拉则拉哨所对于胡永飞有着特殊的意义。当时，守哨官兵还住在简易木房里，过着“夏住水帘洞，冬窝冰晶宫”的生活。改善哨所居住条件刻不容缓，拉运建材物资的重担就落在了时任团汽车队队长胡永飞的肩上。然而，胡永飞的魂，因此而永远留在了崎岖山路的悬崖峭壁下。

历时近 5 个小时，全身被汗水湿透的母子俩艰难登顶。

拉则拉哨所的战士们，见到周忠燕和胡博文来了，兴奋不已，已经在这里值守了 13 年的哨长彭小平，激动地对周忠燕说：“嫂子，我认识胡队长，当年正是他带领车队为我们送来了建筑材料，才建起了这座坚固温暖的哨所。以前我们都是睡在板房里，有了现在这座三层楼哨所，我们才算真正有了温馨的家和堡垒，才能更好地为国守边防！”

听了这番话，周忠燕母子俩含着泪，欣慰地笑了。

漫天飞雪诉说着冰封往事，拉则拉的一砖一瓦情牵故人。这一次，胡博文特意带了一套军装，他想带着“爸爸”看看哨所。

周忠燕和胡博文顾不上喘口气，捧着军装，去看哨所的每一个角落。娘儿俩想告诉胡永飞：当年哨所只是两间木板房，如今建成了三层小楼。这里，有你的功劳，这里，是你戍守的山河。

在哨所上，胡博文和守哨战士交谈，表现得很成熟，站在那里腰板挺得笔直。战士们都夸胡博文勇敢，说还从来没有小孩子登上这个哨所哩！

胡博文甩甩头，一脸的自豪。他手里捧着叠得整整齐齐的迷彩服，面朝雪山呐喊：“老爸，新哨楼修好了，您看到了吗？”

放声雪域，群山动容。

在哨楼前，周忠燕从口袋里掏出一只小布袋，拨开厚厚的积雪，装上两捧砂石泥土。她对身边的战士说："我要把这里的泥土带回去，撒在胡永飞的墓前，让他时刻能够闻到哨所的气息。"说着说着，周忠燕又红了双眼。

告别哨所前，守哨战士和周忠燕母子自发列队，高唱《我站立的地方是中国》：

> 我站立的地方是中国
> 我用生命捍卫守候
> 哪怕风似刀来山如铁
> 祖国山河一寸不能丢
> 不能丢
> ……

喊着口号、唱着军歌，周忠燕母子和这群热血汉子，再也控制不住情绪，眼眶都湿润了。这一刻，家国情怀变得是那么具体生动！歌声和着呼呼的风声，在山谷久久回荡。

站在胡永飞牺牲的悬崖边，一向活泼的胡博文和妈妈一样默默无语。他蹲下身子，把爸爸喜欢吃的苹果、巧克力，摆在石头上，然后面对群山三叩首。胡博文掏出给爸爸写的信，深情朗读：

> 亲爱的爸爸，我和妈妈都想您了！我知道您还在天上看着我们，看着我长大，看着妈妈在努力工作……去年我和妈妈来到了您以前工作的地方，看到了那里的山，光秃秃的，水也不是很干净，海拔又特别的高，再想想您以前还要在这里工作十多年，真的，我非常心疼，您真的好伟大！在我心中，您是戍边的战士，舍身的英雄，是妈妈最浪漫的丈夫，是我最了不起的爸爸，等我长大了，我也要做一个和您一样英勇的人。

周忠燕则把一束鲜花和自己多年来写的日记本放在一边。一直坚强的周忠燕，此刻用尽全身的力气，对着大山、对着天空，大声哭喊出了压在心里近 10 年的话：

“永飞啊，我把你的骨灰带回老家了，但你的魂却永远留在这里了。守着这里的每一寸土地，永远都带不回去了……”

永远都带不回去了！她深爱的人，已经离开了 10 年！此时此刻，站在身边的人似乎离周忠燕很远，远到这里仿佛只剩下胡永飞和周忠燕。周忠燕转头对身边的儿子说：“我想问问你爸爸，在那一刹那，他想我们了吗?”

“这个悬崖边原先并没有名字，胡队长在这里牺牲之后，这里就叫‘英雄坡’了，官兵们一起商量定的。”哨长彭小平深情地告诉周忠燕母子。

胡永飞和周忠燕结婚 4 年，2005 年到 2009 年，胡永飞只回过家 4 次，一次是结婚回来办喜酒，一次是儿子出生，最后一次回来是儿子周岁生日。另外还有一次是因为父亲突然遭车祸去世，部队批准他 10 天假，回来办理父亲丧事的。

4 年中，夫妻团聚总共 200 天左右，没有拍过一张全家福。周忠燕从来没有埋怨过，因为她心里明白，选择军人，成为一名军嫂，就等于选择了夫妻聚少离多，深知其中的艰辛，所以一心想着自己如何在家孝敬父母，照顾好孩子，让老公在部队安心工作。她深深懂得丈夫戍边的担当和忠诚。

周忠燕情牵边防连队，也非常关注边防军人，热心和他们交朋友，她的微信通讯录里有不少就是胡永飞生前所在汽车队的战友。当年的连队指导员朱仁喜，也是周忠燕的微信好友，胡永飞刚牺牲的那两年，朱仁喜还在汽车队当指导员，过年的时候，连队官兵都会或多或少地捐一些钱，寄给周忠燕，表示慰问和牵挂。逢年过节，朱仁喜就会给周忠燕发个微信红包，可周忠燕从不点开，只是回复“心意领了，谢谢指导员”。没有办法，朱仁喜有时就会在春节前给胡博文买一身新衣服，寄往扬州。

这天晚上，周忠燕躺在床上，久久无法入眠。午夜1时，她发出一条朋友圈：

和儿子不同寻常的经历，应该算是历险！1米多厚的积雪，直接淹没大腿。哨所的给养，全靠官兵背上山，每个人负重60到80斤，没有路，就顺着电缆线攀爬。我手脚并用，徒步上哨所，一边是雪山，一边是山谷，都不敢往山脚下看。

这个山坡原来叫“绝望坡”，在半山腰，陡坡有六七十度角，几乎是直的，没有任何接力的地方，让人灰心绝望，官兵们觉得“绝望坡”的名字不吉利，就换了一个好听给力的名字，叫“好汉坡”。

我知道，从此自己再也不能忘记这群高原的边防军人，他们火热的心融化冰雪，他们炽热的血燃烧荒原，也让我知道有一种执着叫无名湖，有一种奉献叫拉则拉。这群边防军人就是我的精神导师，他们的高贵品质，才是真正值得传承的红色基因。是他们以生命为代价，将幸福的阳光洒向了共和国的高山、田野与江河……只有来到这里，我才能从骨子里感受到永飞对这片边关高原的挚爱。当我把生命融入那个海拔的高度时，我觉得自己是属于那块高地的一部分！

永飞啊，我吹过你吹过的风，这算不算相拥；我又爬过你爬过的坡，这算不算相逢……

雪山是美，但有太多的孤独、寂寞、凄凉！官兵们长年驻守这里，只为守卫祖国边疆。坚持，加油！相比之下，我们居住生活在内地是无比幸福的，更应该珍惜现在拥有的生活！

周忠燕配发了 5 张照片，一个个雪地脚印，就是一个个深洞，有悬崖峭壁，有拉手的电缆线，有巍峨的雪山……

“燕子姐，没有人是一座孤岛。我们跟着你的脚步，一起踏上寻根之旅，收获的是一份感动，一份对于伟大的理解，并由此升华对生命价值的认识，得到心灵永恒的慰藉。”

“岁月不居，时间如流。在一往无前的时光中，让我们记住每一朵翻腾的浪花，一起见证更美丽的风景。”

……

看到周忠燕发的朋友圈，当夜，不少朋友就和周忠燕互动交流。

从拉则拉哨所下山后，全身都湿透了，袜子都能挤出水，胡博文的膝盖和大腿足足酸疼了两天，他本想依偎在妈妈怀里撒个娇，但已经两次走上高原的他，好像一下子长大了许多，很快打消了这个念头。

“那些解放军叔叔每周至少要爬两趟山，到哨所还要背 60 多斤重的物资，还有哨所上那群解放军叔叔，长年与风雪为伴……”胡博文喃喃自语，“比起他们吃的苦，自己受的这点累根本不算什么”。

离开拉则拉，胡博文还在咀嚼着有关哨所的故事：2011 年，时任指导员王毅，一早带领官兵拉着光缆上哨，半途突降暴雨，大家被淋成落汤鸡，都成了雪人，到了哨所已是下午 3 点。守哨官兵正要用高压锅煮饭给大家吃，却被他们以“不饿”为理由，果断拒绝。大家心里清楚，哨所的一袋米一筐菜全靠肩抬背扛上山，来之不易……

边防官兵的行为举止，带给胡博文无数感动。

第一次高原“寻父”归来，胡博文把父亲的英勇事迹刻进脑海，但心悬疑问：西藏那么远，条件那么苦，老家附近就有许多解放军叔叔，爸爸为啥还要去西藏呢？

令周忠燕欣慰的是，又一次进藏，儿子更加深入了解父亲的生平，仿佛一下子就长大了。从海拔 3000 多米，到 4000 多米，再到

5000 米，不远万里来到藏南边关，夜宿海拔 4370 米的团部，母子俩都有强烈的高原反应。可军医送来氧气袋时，胡博文虽然礼貌收下，但并未使用。

11 岁，本是懵懂的年纪、无忧的花季，可胡博文时时处处以父亲为榜样，竭力维护军人后代的形象。在他看来，军娃也姓“军”，自然要比普通孩子坚强，必须扔下氧气袋这根“拐杖”。他第一次感到自己肩上的担子分量了。在他身上，有父辈的期望，还有血液中流淌的红色精神……

追寻一个英雄，追出一群英雄！在团史馆瞻仰英烈事迹，胡博文的胸口像被针扎一样，疼痛剜心。胡博文发现，该团官兵坚守雄关险隘，牺牲奉献是一种传承：30 多年前，时任团长高明诚带队，顶风冒雪在无名湖哨所附近的沙昌多果山勘察道路，连续 14 小时翻山越岭，最终把生命融入巍峨雪山，化作“永恒路标”；在一次巡逻路上，排长张子义先后从 3 名战士肩上接过重物，途中休息时突然摔倒在地，永远闭上了眼睛，定格为“探险冰雕”……

胡博文虽然年少，说不出什么大道理，但走上父辈的戍边路，使他拉直心中的问号，“军人就是为了国家安宁和人民幸福的愿望，牺牲一切的那么一群人，是大写的军人，是大爱的军人”。

“爸爸，您在我心中永远是英雄！”“爸爸，您就像一幅拼图，在我心中越拼越清晰、越完整。当我走近您，追寻您的足迹，我发现，我比任何时候更懂您！”与天堂父亲隔空对话，自豪与思念的情愫混合交织，胡博文数度哽咽。他仰望长空，不让泪水夺眶而出，又时不时地紧闭双眼，让泪水流进心里……

泪眼蒙眬中，妈妈讲的戍边固边故事也逐渐清晰。旺东雾连每年就有 200 多天被大雾笼罩着，太阳露脸间隙，官兵们抱着被子追太阳晒；海拔 4520 米的无名湖哨所，狂风掀翻了发电机房顶；已经宣布即将退伍的老兵，从冰河里捡来小石块，在山坡上拼成雄鸡版图……

“这一片草皮，最开始是胡队长带领我们铺的。”四级军士长杨宝宝打断思绪。站在汽车队营区门口，扒开雪被，看到曾经的盐碱地变成了绿毯子，周忠燕真心替丈夫和官兵们高兴。她告诉儿子，妈妈爱上你的爸爸，是因为他不服输、敢较劲，在边关有不少拓荒壮举。

胡博文仿佛看到了爸爸那奔波忙碌、挥汗如雨的身影。

昔日雪山棚，仍有瓜果香。走进半地下温室，映入眼帘的是长势喜人的各类蔬菜。周忠燕清楚地记得，每次休假归队，胡永飞总要在背包里塞满各种菜种子，汽车队驻地海拔 4370 米，从来没能种活一棵树，但他一直梦想着播绿雪域。

老兵叶友记忆犹新，连队组织打靶，胡永飞使用手枪 5 发子弹打出 38 环，这一成绩不错。然而，战友们送上掌声时，胡永飞却对着分散在胸环靶上的弹着点直摇头，声称“如果是实战，我可能就‘光荣’了。因为，没有打中致命部位，对手顶多重伤，随时可以还击”，于是，他逼着自己精细练兵。

在汽车队附近，有一条新修建的盘山公路，十几公里就有 40 多个回头弯，一路上，路两边的积雪高过车顶。连队的战士说，这已经很好了，过去都是土路，窄到轮胎副胎常悬空在路边，塌方雪崩经常会发生。但汽车队，连着边防哨所的生命线，即使困难再多，物资都要运上去。胡永飞经常组织战士到这里现场教学，练驾驶技能，练组织指挥，练险情处置。

听了这些，胡博文一脸严肃，没有想到爸爸的工作原来这么危险。

阔别半年，高原边防官兵热情依旧，官兵们打出“欢迎嫂子和小博文回家”的横幅，映照雪山，格外惹眼。合影留念时，官兵们纷纷提议，把一套军装摆放在周忠燕座位旁边的空椅子上，意寓胡队长也在。这一暖心举动，让周忠燕感动不已，“感谢你们，没有忘记永飞，一直记着我们”。

官兵们哪能忘记胡队长呢，每次执行运输任务，途经胡永飞牺牲的地方，大家或鸣笛致敬，或点上香烟，或系上洁白的哈达。

两次短暂的西藏之行，胡博文努力地找寻父亲的足迹，从模糊到清晰，骄傲自己身上流淌着英雄血脉，他更读懂了一群大爱军人。在他看来，这群军人和爸爸一样伟大，脸庞黝黑、头发脱落、指甲凹陷……这群军人，给年少的胡博文留下深刻的印象。

离开前，胡博文把爸爸的军装留在了边境线上，他对着军装认认真真地敬了一个礼。漫天大雪里，他说，爸爸的信仰和妈妈10年谎言里的期盼，他都懂了！爸爸，那个原来在头脑记忆中只是“拼凑”出来的残片，现在越来越完整真实了！

我能为战士们做点什么呢？重回边关的日子，周忠燕很想为连队官兵洗衣服，因为自己“只有这门手艺”。周忠燕的叔叔、舅舅、姨夫和表弟都有当兵经历，她看到军装就手痒。只是，周忠燕未能如愿。官兵们哪里舍得让她操劳，相反，大家忙前忙后，端茶送水。连队为家、官兵为亲，冰天雪地里，母子俩时时处处都感受着春天般的温暖。

斯人已逝，情不断线。在部队住了几天，周忠燕走遍营区的角角落落。她一直在思量着，如何做一点暖兵心的事情？考虑许久，周忠燕决定，由她来筹集资金，为汽车队捐建一个像模像样的阳光棚，战士们晒的衣被就不怕被风吹雨淋了。

团领导听了周忠燕的想法后，被深深感动了，但还是婉言谢绝了她的请求。“你在家里养老带小，生活得非常不容易，部队的事怎么能再让你费心花钱呢？现在上级对边防部队建设的投资力度越来越大，阳光棚的建设已经列入计划，请你放心吧！”是的，这些年，边防一线基础设施建设有了翻天覆地的变化：“舒心氧”牵到床头，“长明电”连到哨卡，“通天道”铺进边关……周忠燕听着看着，欣慰地笑了。

3 月 19 日，西藏军区 5 名将军与周忠燕母子座谈交流，嘘寒问暖、家长里短，并代表军区向他们赠送了学习用品和慰问金。这般礼待，让周忠燕有些受宠若惊。

“你们家住在扬州，我是不久前从南京那边调过来的，原来我们还是老乡哩!”西藏军区政委张学杰将军，很是亲切的两句话，让周忠燕的心里一下子轻松了许多，话匣子也随之打开了。

“以后不管遇到什么困难，军区永远是你们的后盾，是你们的家!”西藏军区党委用关心关爱烈士家属的实际行动，让清明节的雪域高原充满了温暖。

哈达、鲜花、掌声，从山南到团部，再到拉萨，短短一周时间里，周忠燕和胡博文一路走来，收获满满的祝福和问候。“边关天寒地冻，却挡不住人间温暖，于暖流中感受‘大爱中国’。”这句话，周忠燕深有体会。

关爱相随，情暖山河爱在飞。

据不完全统计，从 1959 年以来，我国在保卫西藏、建设西藏的过程中，有一万多名烈士永远地长眠在了雪域高原，他们把生命献给了这片圣洁的土地，身躯化成了永恒的山脉。西藏军区军史馆内，记录着一组悲壮的数字：解放军进藏至今，已有 6700 多人长眠高原，几乎每条天路、每条边防、每座雪山、每条河流，都有西藏军人用生命和血肉之躯铸就的，竖起永不褪色的界碑，将忠魂永远镌刻在雪山之巅。中华民族是英雄辈出的民族，新时代是成就英雄的时代。对英雄最好的纪念，就是英雄辈出!

今天，我们歌颂人民英雄的荣光，见证如他们所愿的梦想。

要向英雄致敬!在这些为国牺牲的军人背后，有一个群体特别值得人们钦佩，就是无数像周忠燕一样的军嫂们，在默默支撑起家庭的重担，吞下泪水，顽强前行。正是戍边战士的寸土不让，和背后军属的无悔支撑，共和国的版图才一直完整，永远完整。

周忠燕有一句经常说的话，“爱他就要爱他的一切。”人们都知道，每个人在感情里都是自私的，谁也不想跟别人分享自己的爱人，但当这个“别人”变成国家的时候，他们会甘愿牺牲掉彼此的陪伴。她们在后方筑好“港湾”，爱人们在前线英勇护边，他们心中有两个共同的大写的字——家国！

周忠燕的脑海里想起有首歌唱道：都说国很大，其实一个家，家是最小国，国是千万家……

从西藏回到扬州之后，周忠燕发现行李箱里多了两样东西：一朵小花，被夹在胡博文的作文本里，她猜想，那是在为胡永飞牺牲献花时，儿子偷偷藏起来的；还有一块小石头，那一定也是去胡永飞牺牲的悬崖边时，儿子悄悄捡起来的。

英烈是盏明灯，照进后人内心。“花朵般柔情，顽石般坚强。”儿子长大了，而且越来越像胡永飞了。这两句话更像周忠燕的真实写照。

周忠燕梳理心情和思绪，一连给胡永飞发出了几条QQ：“永飞，我和儿子去西藏了。我们去了雪山，去了草原，去了边疆，那是祖国最遥远的地方，但我觉得，那里是我们离你最近的地方。”“永飞，回想这些年的生活，我经常感叹遭受的苦难，用泪水一辈子也冲刷不掉。不过，你放心，这些年我都挺过来了！我们走了你走过的路，看了你看过的风景，风景犹在，但你已不在，你看见我们了吗？”……

其实，世上哪有什么岁月静好，只是有人替你负重前行！

边防官兵的坚守和奉献，极大地激励着周忠燕母子俩。从西藏回家后不久，胡博文就用稚嫩的笔墨，向戍守西藏的解放军叔叔们写了一封长长的信。

解放军叔叔们，你们好！

这次来到西藏，我看到了这儿和内地太不一样，连氧气都吸不饱，下了飞机后就感觉很难受，叔叔们虽然给我和妈妈准备了很多的药和氧气，但还是没有什么用，身上都没有什么劲，头也是昏昏的，还流了两次鼻血。但这里的战士，要登上高高的哨所，要生活在这高高的海拔上，吃着乏味的食物，还要训练、跑步，过着慢的生活，还有恶劣的环境，对你们来说是习惯了的。妈妈说，是你们守着我们的地方，没有你们的话，坏人就跑到我们国家来了，我们就不可能在家里面那么舒服，看动画片，吃好吃的。正是因为有你们的付出，才有了我们的幸福。

在西藏的时候，我和妈妈跟着你们一起上了一次哨所。我们没有拿任何东西，已经感到很吃力了，而你们还背着很多的东西，雪也特别的厚，我和妈妈爬上去的时候，抓着电缆线都往下滑，真的太难爬了，边上都是很深的沟，又特别的危险，我们走一次都感觉很累，刘波叔叔你们每星期都要爬好几次，太不容易了！等我长大了有钱了，我要给你们买一个飞机，用飞机把东西运上去，这样你们就不用那么辛苦了。

在西藏的这几天，看到的雪都是特别的厚，特别的冷，很多地方连树都没有，感觉真的很难受，你们都太勇敢了。在我的记忆中，好像从来没有见过我的爸爸，妈妈以前总是骗我说爸爸在西藏，后来我才知道，爸爸早已牺牲了，他是一个英雄，你们都是英雄。

妈妈经常说，你们的小孩都在一年一年地长大，你们的父母也在一年一年地变老，因为你们每年只能回家一次，你们很少能陪伴自己的小孩，所以你们是更辛苦的。在西藏的时候，你们对我和妈妈都特别的好，还送了我很多玩具和礼物，都是我喜欢的。还有那些爷爷请我们吃了很多好吃的，以后有机会我也要请你们吃好吃的东西。

我听妈妈的话，每天都在学一些新东西，要和你们一样做一个有用的人，把妈妈照顾好。希望你们以后注意身体，不要生病，以后有机会我还来看你们。

胡博文

2019年3月28日

这封来信在西藏军区部队广泛流传，官兵们不仅为懂事的小博文点赞，更感受到正能量的鼓舞。

在胡永飞闪光的军旅生涯中，有3年紧张严格的军校生活，是在安徽蚌埠的解放军汽车管理学院（现已整编调整为陆军军事交通学院汽车士官学校）度过的，这也是他人生充电、塑形的关键时期。但军校仍然还是军校，增添的是年轮，不变的是情怀。周忠燕带着胡博文两次进藏之后，陆军军事交通学院汽车士官学校向他们发出了热情邀请，这正合母子俩的心愿。

2019年9月21日，也是第19个全民国防教育日，母子俩掩不住内心的期盼与崇敬，又奔向了下一个心头一直牵挂的地方——安徽蚌埠。

这天，汽车士官学校九大队26队政治教导员罗学田，正在为60名学员上“开学第一课”，讲述的正是胡永飞舍己救人的故事。

而在教室里，第五排中间右一坐着的正是胡博文，这个座位当年是爸爸胡永飞坐过的。小博文收到了政治教导员罗学田送上的一份“神秘礼物”——胡永飞2000年8月考入原汽车管理学院汽车指挥专业后，在军校三年的学习成绩单。

母子俩迫不及待地翻看着胡永飞当年整整26个学科的成绩记录：军队基层政治工作86分，邓小平理论概论84分，工程力学83分，电工电子学85分，汽车分队防卫80分，军事运筹学基础93分……

罗学田告诉他们，胡永飞的各科成绩都在良好以上，军事运筹学基础成绩尤为突出，他上军校时当过骨干，立过三等功，被评为“优秀学员”。

学校把胡永飞当年的队长孙伟、政治教导员石朗平也请来了，他们都已转业在蚌埠市地方工作。一见到周忠燕母子俩，两位老领导都很激动。

教导员石朗平介绍说：“当年胡永飞学习、训练、平时表现都很出色，我们经过认真考察，主动发展他入党，叫他来填《入党志愿书》时，他自己都不知道，感到很意外。”石朗平深情地回忆着，几度哽咽，讲不出话来。

“队长、教导员，以前，我是从永飞的介绍和他的日记本上认识了你们，今天总算是见到你们两位领导了，你们教育管理得好，学校的风气也很正，永飞关于入党这件事还专门写了一篇日记哩。”说着，周忠燕打开随身带来的一本黑色封面的日记，给队长、教导员看。

队长孙伟的眼眶瞬间红了。孙伟十分感慨：“胡永飞当年也是有机会留在内地部队或者学校工作的，但他毅然选择了分回西藏。他是眼中有大爱，心中有山河啊！”

张磊是胡永飞当年军校的同学，现为汽车士官学校运输指挥系的政治协理员。他主动当起了“向导”，带胡博文走进爸爸的教室、宿舍，还有训练场。张磊告诉胡博文，他的爸爸上军校时特别乐观好学、热心助人，是同学们的“开心果”。

周忠燕拿着 10 多张丈夫当年在军校校园里的留影，一张张辨认：这一张是在学院会堂前拍的，这一张是在假山水池前拍的，这一张是在教学楼前的操场上拍的……周忠燕让儿子在同样的地点，以相同的姿势造型，拍了一组父子“隔空”对比照，她在以一种独特的方式，纪念青春岁月里的丈夫，也让孩子更加了解爸爸。

周忠燕深情地翻看着照片，告诉大家：“胡永飞这些照片都是国庆节前后在军校拍的，他是在这里成长起来的，我和胡博文第一次到他的军校，让孩子来感受一下这里的氛围，通过军校点滴回忆来教育孩子，对他的成长肯定会有启发，让爸爸在他的心中更形象更具体一些。”

从汽车士官学校回到扬州之后，周忠燕母子俩便成了军校学员的牵挂，学员们自发开展了“给胡博文写一封信”活动，一个个小叔叔们敞开心扉和胡博文交流谈心。

《纸短情长，我们陪你长大!》是 24 队学员郑剑南，写给胡博文的信的标题。

博文，

你好!

光阴似箭，你和妈妈回去几个月了，最近生活、学习都好吗？有没有遇到什么困难啊？我们经常会想起你们母子俩。

一个有希望的民族不能没有英雄，一个有前途的国家不能没有先锋，无数英烈把热血洒在边防线上，无数战士把青春铸成家国史诗。你的父亲读军校时就是一个品学兼优的学员，后来成为边关英雄。相信你一定会追寻父亲的足迹成长，长大后能扛起父辈的旗帜，肩上担负起一个男儿的责任。

博文，在你成长的道路上，可能会遇到更多的困难，可能会觉得比别人缺少一些东西，但是你千万不能气馁。其实你在骨子里就有一种男子汉的气质，这是因为你坚强，你感恩，你懂事。你是边防军人的儿子，平时在家里要体贴妈妈，做一些力所能及的家务事。要不断培养自己的小兴趣、小爱好，同时去发现和体味成长的快乐，做一个德智体全面发展的好学生。在你身后，永远是叔叔们鼓励的目光和全部的爱心!

也许，现在你对军人的情怀还不能理解得那么深刻，但是，汽车士官学校可以让你找到当年父辈对军旅的梦想。我们希望将来的你，能穿上绿迷彩，成为一名真正的军人，做一个中国铁血男儿。我们永远是你最坚强的后盾，无论你身处何地，军校的大门都对你敞开着，欢迎你随时回来看看。

祝你：健康成长，幸福快乐，学习进步！

2020 年 6 月 21 日，又是一年的父亲节。张磊和学校政治工作处干事于波，受学校领导委派，专门赶到扬州，看望周忠燕一家子，送上一份代表儿子、丈夫和父亲的问候。

他们介绍说，今年因为受疫情影响，军校不放暑假，再次邀请胡博文到军校体验一周军校学员的生活，为即将开始的初中学习打好基础。胡博文高兴得直拍手，“我想好好过把瘾，成为一名合格的军校学员”。

8 月 11 日中午，12 岁的胡博文独自背着书包，拉着行李箱，踏上了扬州开往蚌埠的绿皮普通火车。火车开动的那一刻，给儿子送行的周忠燕眼泪没忍住，她替儿子捏把汗，他可是第一次独自乘火车啊，能行吗?

周忠燕立马微信联系胡博文：“儿子，怕不怕啊?”胡博文回答“不怕”，可周忠燕心里倒是有些担心。

“如果遇到人贩子怎么办?”胡博文故意反问妈妈。

“你就说我不认识你。”周忠燕回答。

“如果他说是我爸爸，强行把我带走怎么办?”胡博文又来了一句。

“那你见机行事，随便拉住一个人就喊他‘爸爸’吧!”周忠燕回答。“在火车上，要把身份证、火车票、手机保管好喔。”周忠燕提醒道。

“嘿，我是谁!”胡博文很自信。

“儿子值得表扬，不愧是英雄的儿子！我倒是有点过于担心了。”周忠燕给儿子鼓劲。

“好了。你表扬，我会飘。”胡博文一下子又谦虚起来了。

“站稳点，就不飘了！”周忠燕不失风趣。

……

母子两人的对话挺有意思，幽默、有趣。周忠燕的心里一下子轻松了许多。

经过近3个小时的行程，火车到达了蚌埠。胡博文肩背手拉带齐行李，顶着烈日走出站台，四处打量着眼前的一切，口罩遮不住兴奋和期待。等候多时的汽车士官学校政治工作处主任欧长春和运输指挥系协理员张磊，一眼就在出站的人群中认出了胡博文。

作为当年胡永飞军校同学的张磊，接过行李箱，拍着胡博文的肩膀说：“今天你的行程路线，就是你爸爸当年的求学之路。”

善意的谎言陪伴了胡博文的童年岁月，得知真相后的他，时常在脑海中想象爸爸胡永飞在生死一瞬间的英雄壮举，更加渴望了解爸爸的点点滴滴。

“我要探寻爸爸的足迹，体验他的军校生活，像他一样勇敢坚强！”胡博文的话稚气而坚毅，脸上写满了期待。

登上接站的汽车，胡博文首先拨通了妈妈视频电话。“妈妈，我到了！您放心吧！”“儿子真勇敢！”从视频中看到，周忠燕对儿子充满自豪！

汽车驶进校园，胡博文透过车窗，找寻爸爸上军校时期的照片中出现过的一草一木；到了学员八大队宿舍楼前，学员像迎接亲人回家一样，列队鼓掌欢迎胡博文回到爸爸曾经学习生活的地方。

爱的传承，托起明天的太阳。为了让胡博文度过一个不一样的暑假，体验感受爸爸当年的军校生活，学校专门为他“私人定制”了小军训：队列训练、体能锻炼、球类运动，帮助强化身体素质；唱军歌、叠军被，看红色电影，进行革命传统教育；分科目，辅导文化课，为即将到来的初中生活打下基础。

坐在爸爸当年睡过的床铺上，翻看着手中的军训计划，听着身边穿着迷彩服的叔叔介绍，胡博文一脸兴奋和幸福。

军训第一天从清脆的哨声开始，起床、集合、出操、训练，走直线、拐直角、唱军歌、喊呼号……他都一板一眼地跟着学、照着做，感受军校生活，不断想象着爸爸的样子。

胡博文穿着和学员一样的、小号码的体能训练服，走上训练场，站军姿、走队列、爬障碍，身上都是汗淋淋的，他抹一下脸，想象着爸爸汗流浃背的样子；来到爸爸上过课的教室，坐在他曾经的课桌前，想象着爸爸认真学习的样子；列队行进到爸爸吃过饭的食堂，与“战友”一同排队打饭、同桌就餐，不断丰富还原着爸爸的样子。

尽管高温酷热，但是胡博文丝毫没有退缩。每天晚上，他跟学员们一起跑 5 公里，第一天晚上跑下来，他累得直想吐，感到喉咙里直冒烟。这时，爸爸顽强勇敢的形象在他脑海中出现，激励他坚强。每天晚上睡觉前，他都要把训练服洗干净挂出去，因为第二天还要穿。身旁同宿舍的有学员队区队长，有高原汽车兵，有扬州籍班长，始终在帮助他、鼓励他，不抛弃、不放弃，坚持就是胜利！

按照军校叔叔们事先的提示要求，胡博文带来了语文、数学、英语课本，学校专门安排 3 位教员为胡博文串讲初中一年级的课程，并有针对性地进行一对一辅导，做完数学测试卷，指导他把错题再计算一遍，直到完全熟练才罢休；初一英语课本已经自学一半，教员一边讲解单词，他一边抄写背记；针对相对薄弱的语文字词，教员传授他学习方法和答题技巧……

军训之余，胡博文喜欢在校园里找寻爸爸的足迹，每到一处，他都要拿出爸爸当年的照片，一一对比，拍照留念，试图把自己即将踏进的青春岁月，定格在爸爸曾经生活过的军校校园，了解“最熟悉的陌生人”，拉近与爸爸的心灵距离。

军训期间，恰逢学校毕业季，学员队组织观看学校专门制作的录像片《一篇作文背后的故事》，学习胡永飞的英雄事迹。即将毕业的学员向党旗庄严宣誓：建功军营、矢志强军。胡博文受邀见证，并登台分享两次前往高原边关、登上拉则拉哨所，完成爸爸未了心愿的故事。

“胡永飞是我们学校的骄傲！从他一家人身上，我们看到了孩子的乐观、母亲的伟大、妻子的深情、丈夫的英勇、军人的坚守，展现了时代精神。我们即将奔赴祖国各地了，今天我们再次缅怀英雄，与英雄建立起生命连接，让英雄有血有肉、真实鲜活的形象，如在眼前、如身边同行，给人以强大的精神力量。”学员王小军动情地说。

毕业晚会上，看着一张张年轻的面孔志向强军一线，听着嘹亮的战歌、铿锵的誓言，胡博文更加深刻地感受和理解了当年父亲走向西藏、坚守高原、戍守边防的无怨无悔。“穿上军装，要忠诚，更要感恩。”透过父亲的毕业抉择，胡博文记下了做人准则。

穿着作训服，吃在大食堂，住在学员队，睡的上下铺……一个星期的军训，胡博文的一日生活完全与学员同步，全天候都是直线加方块的军营生活节奏。

追随父亲足迹，传承红色基因。探寻烈士胡永飞的足迹，在汽车士官学校这个大家庭，胡博文感受到的是忠诚、是奋斗、是奉献。

短暂的一周军校生活体验结束了，胡博文第二天就要返回扬州。夜晚，他躺在学员宿舍的铁架床上，久久难以入睡，索性起身打开日记本，倾吐心声：

“在我很小的时候，每当在电视里看到那些冲锋陷阵的军人，似乎都能看到爸爸的身影。如今，妈妈经常带我去高邮革命烈士陵园看望爸爸。在那里，我能感觉到爸爸离我很近很近。这一次，我来到爸爸的母校，在这里体验军校生活，对我来说是一种锻炼，也是对爸爸的一种怀念。尽管在这几天的训练中流了很多汗水，脸庞晒黑了，脚底磨疼了，但是，爸爸的样子在我心里就像一块块拼图那样渐渐地浮现出来，越来越清晰。在我心中，爸爸像一个顶天立地的巨人，就是一个大明星，他的壮举就是我前进的动力，尤其是我遇到困难的时候。我马上就要上初中了，心中的目标更加清晰更加坚定，等我长大了，一定要像爸爸一样，做一个对国家、对社会有用的人！”

看到胡博文穿着一身部队的训练服平安回来，好几个邻居领着孩子过来串门，羡慕地问长问短。

周忠燕的眼眶泛红了，她对邻居说：“这个星期，家里突然安静了，起初我有些不习惯，也不舍得，但想想部队提供了一个难得的机会，这一次就是让孩子出去锻炼摔打的，男孩子多吃点苦是好事，让他更加有责任感，更加能担当。儿子真的在一天一天成长！”

四月，春风和畅，纸鸢悠悠，桃李争艳，芳菲尽染。古城扬州已是繁花似锦。

还有十来天就是母亲节了，因为新冠肺炎疫情的影响，学生们一直没有返校，全部宅在家里上网课。扬州市梅岭小学西区校六（1）班学生胡博文，这几天经常站在窗前，盘算着这个母亲节的过法，他要给妈妈一个惊喜。胡博文眺望窗外明媚的春光，呼吸着浓浓的春意，人间四月天，是爱，也是暖。

母亲节早晨六点钟，前一天晚上设置好的手机闹铃把胡博文叫醒，他轻手轻脚地来到厨房，系上围裙，做面饼、煎鸡蛋、煎火腿肠、热牛奶，一刻钟时间，一份营养早餐就“华丽丽”地端上了餐桌。

胡博文得意地欣赏着自己的“作品”，双手在围裙上搓搓，赶在妈妈起床前，按着手机键，发出微信：

妈妈，十多年来，您既当爹又当妈，平时都是您在照顾我，今天我们“互换身份”，您当孩子，我来当妈妈，照顾您一天。

这份意外惊喜的礼物，让周忠燕心中温暖不已，她给儿子的微信回复3个“大拇指”。享用着儿子精心制作的早餐，几颗泪珠顺着爬满了鱼尾纹的眼角滴落进餐盘，许多白丝过早地掺杂在周忠燕的黑发丛中，特别显眼。

吃过早饭，周忠燕兴奋地匆匆发出一条朋友圈：

这个母亲节，我本以为儿子会送一朵花，或者做一个小礼物，却没有想到儿子会如此“不按常理出牌”，我们家的小小男子汉，真的长大了，暖心又疼人！

接着，周忠燕又在朋友圈晒出早餐图片、一张三棵松树的照片和一张电脑拼图合成的一家三人的全家福，追忆一家三口的“团圆”。

厚重母亲节，少年感恩心。上午，胡博文上过网课，端坐在写字台前，脑海里回放着这些年妈妈坚强而忙碌的一幕幕场景，疼爱和理解油然而生，稚嫩的笔端很快流淌出这篇《妈妈是个“女汉子”》：

在我16个月大的时候，一场天大的灾难横过我的头顶，身为西藏高原军人的爸爸把生的希望让给战友。上帝为我关上了一扇门，同时也为我打开一扇窗。

我虽然从小就没有得到爸爸的疼爱，但有着无穷能量的妈妈，独自撑起一片天，一直在扮演爸爸的角色关心保护我，像老母鸡护着小鸡苗那样，把我拉扯大，给了我双倍的爱。妈妈无微不至地照顾我的生活、负责我的学习，还如父亲般引领着我，当我遇到困难或者烦恼，妈妈总会拍拍我的肩膀对我说，“别怕，有妈妈呢”。是啊，妈妈是我的避风港。

妈妈教育我来，可一点不含糊，“背挺直了，精神一点”“踏踏实实学习，老老实实做人，要对自己的行为负责”这些话，经常在我耳边窜来窜去，有时我听得不耐烦，时长日久，我才明白妈妈的良苦用心，我不能再给妈妈雪上加霜。我一次次激励自己，不能迷失方向，妈妈在我心中就是光明的指路灯。以后我要更加努力地学习，多体谅妈妈，自己能做的事尽量自己做，尽可能地帮妈妈。

妈妈让我知道，我们无法改变命运，只有改变我们自己。妈妈每天起早贪黑、累死累活地奔波，经营打理洗衣店，照料奶奶和外公外婆，除了睡觉，似乎没有停下来的时候，我觉得她像女超人，撑起了家庭一片天！妈妈没有能量条，只有顽强心，受过无数次打击，妈妈的内心却毫不动摇。忙碌当中，妈妈还参加了志愿者活动，将爱心传递给更多需要关爱的人。

烟花三月下扬州，扬城处处是美景。只要心怀美丽，便能缚住苍穹。我的坚强无比的妈妈，你是家中的顶梁柱，你是扬州城里最美丽的风景，你是烟花三月天！

“你是烟花三月天！”中国书法家协会理事、江苏省书法家协会副主席、南京市书法家协会主席、扬州籍著名军旅书法家谢少承先生，看了周忠燕的故事之后，被深深打动，他特地向周忠燕赠送了一幅墨宝，以示敬意。

第十二章

太阳雨润格桑花

纪念丈夫的最好方式，就是铭记爱、传递爱。她带领爱心志愿者传承烈士精神，努力让丈夫生前驻地的贫困儿童拥有书香溢满的童年，让寒冷的人沐浴到阳光。

托尔斯泰说过：“人生的价值，并不是用时间，而是用深度去衡量的。”

“我和胡永飞恋爱加结婚，一起走过了 5 年的岁月，虽然时间不算长，平时更是聚少离多，但我们共同经历过很多风雨，唯独没有考虑过生离死别。他的生命，属于国家、属于西藏、属于军队，胡永飞给了我太多的希望和未来，而我现在就在这种希望和盼望里活着！时光向后，思念向前。”

如今，已经十多年过去了，周忠燕对过去的记忆，仿佛越来越清晰。她对着相册，讲了很多有关胡永飞的故事，讲得很动情，她觉得对胡永飞好像理解得更深更透了。

2020 年 8 月 8 日清晨，周忠燕在朋友圈里晒出了她的结婚证，上面有一张她和胡永飞的合影，领证日期是 2005 年 8 月 8 日。在 15 年后的同月同日，周忠燕晒出这张结婚证书，以表达对丈夫遥远绵长的思念。

如今，在周忠燕家客厅陈列架上，立着一张三口之家的拼图合影，这是热心的网友为周忠燕制作的；周忠燕的卧室里，电脑架上放着一张放大的 2019 年在西藏与汽车队战士的合影，周忠燕身边的座位上，摆放着一身胡永飞的军装，寓意胡永飞也参加了照相；家里大衣橱里，一直挂着胡永飞的冬季、春秋季、夏季军装各一套，周忠燕经常拿出来晒一晒、熨一熨，始终保持笔挺笔挺的；有关胡永飞的衣物、照片、文字资料、各种证书，装了几大箱子；周忠燕还收藏了许多描写西藏高原官兵牺牲奉献的资料和书籍，《雪山红旗 永放光芒》《岗巴官兵故事集》《雪祭唐古拉》《爱在高原》……

有时候，看着衣柜里的那一套套军装，周忠燕就会自然联系起自己在对某个问题的思维方式上，或者对某个细节不经意的处理上，通常是他习惯的处理方式或是他特有的审美意趣。才发现，原来有些东西，早已融进了自己的血液中，烙在了自己的心底里，并不是环境的变化和时光的流逝所能轻易割舍抹杀的。家里处处散发着胡永飞的气息，好像他就住在家里，只是最近出远门了，在西藏高原的部队里。

胡家在高邮是一个大家族，每年春天，他们都要召集一次胡氏宗亲联谊会议和祭祖活动，增强家族凝聚力，每家都会派出一名男性代表参加，每次大概有 100 人左右。自从 2006 年胡永飞的父亲意外遭遇车祸身亡之后，都是周忠燕代表胡永飞家参加每年一次的宗亲会议，她往那里一坐，非常特别，因为她是唯一的女性代表，胡家老少都向她投来钦佩的目光。不管遇到什么困难，周忠燕每年都会从扬州赶到高邮参加这个会议，一年不漏，有时她还要代表胡永飞家发言。她是这样认为的，胡永飞虽然不在了，但有她在，胡永飞的家就在！

周忠燕曾经借回那本早已发黄的胡家家谱，竖排，繁体字，看着有些累。闲时，周忠燕就一页一页地翻看家谱，胡家老祖宗们的音容笑貌，就从脆薄的纸页里浮现出来。家族犹如一棵大树，老叶飘落，新叶迭出，一代又一代，大团圆又诞生出了一个个小团圆。而今，胡家子孙开枝散叶遍布四方，但逢年过节，他们便如群燕归来，欢欢喜喜围绕在古老村头。周忠燕作为一名为生活奔波的胡家媳妇，对她来说，回到胡家老屋，就是吸氧，就是充电。

在周忠燕家客厅的电视机旁，摆放着一块“胡氏图腾”的家族牌匾，上面印刻着“胡府万事兴，胡家永昌盛”两句吉祥祝福语，还有严谨缜密的家训家规，善、孝的家风轻拂着整个屋子。

在周忠燕的眼中和心里，胡永飞是一个很有爱心的人，在老家、在中学、在军校、在西藏、在部队，他都无私资助、帮助过许多人。这是喝高邮湖水长大的胡永飞的秉性，是优秀的传统文化和纯正的乡风家风熏陶培育的结果。胡永飞已经走了，但从他身上散发出来的大爱，一直在延伸、传承和扩张。周忠燕相信，爱人远在天堂，却从未走远。

一个简单的“人”字，在一撇一捺之间，深刻诠释了为人处世的智慧：人是需要相互帮扶、相互支撑的。一个人，能发自己的光就好，千万不要去吹灭别人的灯。当然，力所能及地去成就他人良好的愿望，更好！

“中国这么大，总要有人为这个国家、这个民族做点儿事。”周忠燕的心里经常在琢磨这个话题，也从中找到了自己精彩生活下去的力量。

只要内心面朝大海，即便是在最不春暖花开、最低矮灰暗杂乱的洗衣店里，心里的诗依旧可以溢出香气。每个人内心深处都有一个湖，你拿一颗石子丢进去，会溅起浪花，会掀起波浪，但湖面终归会复于平静。“我今后的人生信仰，就是活着一天，能在我身上看到胡永飞的影子，让胡永飞的精神，在我身上得到传承。”

“每一粒熬过冬天的种子，都会有一个春天的梦想。你今天的日积月累，明天肯定会遇见更好的自己，终将变成别人的望尘莫及！永飞，余生与你一起许国。”在日记里，周忠燕写下了自己的心声。这既是她作为一名军嫂对爱人的告白，也是一位烈属向社会许下的诺言。

其实，周忠燕的内心里有时也害怕春天。走在春天的太阳底下，看到柳树发芽了，桃花盛开了，周忠燕的心里就会发慌，慌得着急。她想通过自己的努力，改善一家人的生活，但有时生活就像一口泥潭，她深陷其中，拔不出来，停滞不前。

春天是新的一年的开始，人们都在规划和设计一年的生活。周忠燕总感觉到自己的生活变化不大，对自己不甚满意。过了春天，照旧是夏秋冬，年复一年，婆婆还是住在医院里，家里还是住着原来的房子，自己每天像陀螺似的旋转，一家人过着老样子的生活，有很多事情又无能为力，自己想迈出每一步都很难，感到日子过得总不如人家，到底该要一种什么样的生活？该如何规划自己的未来呢？胡永飞留下来的东西只有一套套军装、一摞摞书籍资料，以及婚后 4 年 200 多天留在脑子里的美好回忆，它们都在，可是他却不在了，睹物思人，心里常感到空荡荡的。周忠燕常常在徘徊，有时也感到迷茫。看清自己的平凡，或许才是通往成功的途径。

心窝膛子永远填不满，这或许就是所谓的理想和追求吧！定下神来这样一想，周忠燕便能释怀几许。她深情凝视倾其心血的洗衣店，“这里是我的阵地，这里是我的战位”。那一刻，她像一名准备冲锋的战士，心中默念，“最好的缅怀是继承，最好的纪念是奋斗”“新的一年，准备战斗”。小小洗衣店里，上演着速度与激情，见证着她的坚守与成长。

周忠燕，这个时刻需要被社会、被别人关爱呵护的女人，她也释放出了丰富的爱的细胞，愿用有限的精力，把真挚的爱心献给同样需要帮助的人们，大写着人间“爱”字。她希望，让这个世界变得越来越有温度。“因为自己淋过雨，所以总想着有机会就给别人撑把伞。”

悠悠千年古运河，流淌着周忠燕纯朴甘甜的爱！周忠燕就是一条逆向奔流的清澈透明的河。

周忠燕是有梦想的，她说起自己年轻的时候，想做一个旅行家，像燕子一样飞遍千山万水，去看看这个多彩的世界。可如今，她心中只有西藏那块神奇土地，群山万壑、雪域高原、峭壁哨所，就是自己永远的凝望。

冬去春来，斗转星移。十多年来，周忠燕一直认为丈夫没有离开，他的英魂依然守卫在西藏错那县，她把对丈夫的思念，化作对错那县的关注，乃至对整个西藏的关注。因为一个人，结下一生情。这些年，周忠燕整日奔波忙碌，但她有个雷打不动的习惯，每天无论多晚多累，都会翻阅当天关于西藏边防的新闻，以慰相思之情。她的心里，一直装着错那县群众和驻守在那里的官兵，那里是丈夫战斗过的地方，也是丈夫英魂永远的宿营地。

每当在电视上看到西藏的蓝天白云，她就异常兴奋，会悄悄流下泪水；她情牵错那，她清楚，错那的条件十分艰苦，在那里生活的人们都是在负重前行；看到错那县的变化与发展，她觉得丈夫的牺牲是值得的。她想为丈夫守卫的地方做点什么，却一直没有机会。

2019 年 4 月，胡永飞生前所在团的战友苗涛涛，从“学习强国”平台上看到了有关周忠燕的事迹报道，找汽车队的战友，要了周忠燕的手机号码。苗涛涛的老家在江苏徐州沛县，他 2004 年入伍来到胡永飞生前所在团当兵，因为是江苏老乡，那时候他就和胡永飞熟悉了。2012 年底，苗涛涛退伍后通过考试，成为错那县团委的一名干部。苗涛涛把在边防部队多年养成的特别能吃苦、特别能忍耐、特别能战斗、特别能创业的“老西藏精神”，带到了地方，工作能力、工作表现都得到了上下认可，2017 年初当上了错那县教育局副局长。2019 年 3 月，苗涛涛又调任错那县扶贫办公室副主任。

就在这个春天，周忠燕和苗涛涛联系上之后，他们便经常交流。苗涛涛在微信中自然讲起了胡永飞，“我所在的特务连和永飞哥所在的汽车队紧挨着，所以我和永飞哥来往比较多。永飞哥帮过我，我忘不掉”，“我那个时候是战士，工资低，我的家庭很困难，姊妹四个，我的父亲因意外去世，永飞哥在生活上给予了很多的帮助，几次一百两百地掏给我”，“后来，我要还给他，他也没有要”……

“还是当过兵的战友重感情啊！”看了苗涛涛的一长串微信，周忠燕颇有感慨地回复。

聊天间，周忠燕对苗涛涛说：“阿飞是一个重情重义的人，他对错那的老百姓和战友的感情很深。阿飞把生命留在了错那，我一直在想，我们家是不是该为错那县再做点什么，我想阿飞在天之灵也会很高兴的……”

苗涛涛当过两年多错那县教育局副局长，他心里想得最多的自然是错那的教育和当地的孩子。错那县位于西藏自治区南部，喜马拉雅山脉东南，全县平均海拔4400米，年平均气温－0.6℃，极端最低气温－37℃，全年无霜期仅有42天，是西藏典型的边境高寒县，地广人稀。全县现有初级中学1所、乡镇完全小学5所，还有9所幼儿园，覆盖全县10个乡（镇），在校学生共有1408名。错那教育经历了多年发展，取得了明显成绩，但因为全县教育服务区域面积大，自然环境恶劣，生活条件艰苦，孩子们学习条件还是比较差，县里的教育现状在山南市12个县中仍然排在后列。

苗涛涛看在眼里，急在心里，一心想着为错那的孩子多出一份力，多施一点爱。错那自身的“造血功能”先天不足，这里的孩子自然从小就“营养不良”，苗涛涛希望能和援藏志愿者一起努力。

“燕子姐，你多次跟我讲，让我给你牵线搭桥，为错那的老百姓力所能及地做一些事情。我想了很久，教育援藏的核心是‘育人’，扶贫致富的核心是‘扶智’，建议你发动内地爱心人士给错那县的孩子们提供一些学习上的帮助，你看可以吗？我代表错那的孩子们先谢谢你啦！”苗涛涛经过深思熟虑，向周忠燕掏出了这番心里话。

“那好啊，咱们想到一起去了。我先后4次去过错那，耳闻目睹这里孩子生活、学习的现状，和内地的同龄小朋友相比，各方面条件差距都太大了。纪念的最好方式是传承。胡永飞生前对错那是一往情深的，我要把对他的思念化为具体的行动，努力多做点事情，尽最大可能给这里的孩子们多送来一些温暖，让他们都拥有书香满溢的童年。”周忠燕经过短暂的思考，禁不住有些兴奋，情从心生，言由心发。

这一天，一群志愿者相约来到郊外空地植树，大家各自选购自己喜欢的树苗，周忠燕一下子选了5棵小石榴树，同伴有些不解，周忠燕娓娓道来：“我喜欢石榴树，石榴，中国传统文化视为吉祥物，是多子多福的象征。”

那阵子，周忠燕和苗涛涛微信联系频繁，他们交流得最多的就是关于援助错那孩子学习的事情。

到底该如何来帮助错那的孩子呢？周忠燕一连几天都睡不好觉。周忠燕经常参加太阳雨爱心志愿者组织的各种公益活动，他们给了周忠燕许多温暖和依靠，她感到自己也是有“组织”的人。于是，周忠燕试探性地向一直关心帮助她、现为邗江区民政局妇联主席的田蓉，发出了一条微信：“蓉姐，我个人能力有限，太阳雨团队能不能一起出点力，帮助错那的孩子改善学习条件？”

“我们太阳雨，就是要播撒爱心的‘及时雨’，我支持你！”田蓉一口答应。

她陪同周忠燕，找到扬州太阳雨爱心志愿者团队的总召集人朱峻松，周忠燕动情地讲出了自己的想法。朱峻松认真听完，用右手指把架在鼻梁上的近视眼镜往上推了推，两只手掌兴奋地一拍，圆圆的脸上堆满了笑容：

“好啊好啊，还是您想得远。您的心里能一直想着西藏高原的孩子，不容易不容易，我们一起努力。”

朱峻松把志愿者团队的几个骨干召集过来，周忠燕先开了腔：“错那县觉拉乡是全县贫困程度最深的乡，人口最多，地域偏远。觉拉乡完全小学有160多个孩子，我想为孩子们做点事情，但光靠我一个人的能力怕不行，想请大家一起帮帮忙，支持孩子们更好地完成学业……”

人以群分，围坐在一起的都是社会各条战线的爱心人士，周忠燕的一通话，像一粒石子投进了一盆水里，气氛顿时活跃起来。大家你一言，我一语，纷纷表态，积极响应。于是，在场的志愿者代表商定：第一步，为错那县觉拉乡完全小学的每个学生赠送一只爱心书包及文具，由志愿者进行爱心认购；首批先资助20个贫困学生。

三人成众，众志成城，守望相助！太阳雨团队发出爱心认购号召后，得到志愿者们积极响应，很快，108位志愿者报名参与认购书包活动。我购2只，你购3只，他购5只，或多或少，数量不等。爱心书包是专门请厂家定制的，包面上印有太阳雨的LOGO标识，包内配放有口琴、笔袋、水彩笔等学习用品。

6月15日，承载着扬州108位志愿者美好祝福的爱心书包及一系列学习用品，顺利运达错那县觉拉乡。这天，完全小学像过节一样的喜庆，蓝天白云下的校园里，孩子们高兴得手舞足蹈，165名学生每人领到一只漂亮的爱心书包。孩子们迫不及待地打开书包，拿出各种学习用具，开心地看着、试着，脸上洋溢着幸福的微笑。有的孩子手痒痒地拿出书包里的口琴，当场吹了起来，瞬间，悠扬的琴声在教室里盘旋。

二年级女学生巴桑卓嘎打开书包，惊喜地发现里面还藏着一只可爱的幸运兔绒毛玩具，还有一封署名“太阳雨的大姐姐”的亲笔信：

> 亲爱的小朋友，祝贺你成功得到了这个幸运的礼包。这只小兔子，会在未来的日子里给你带来更多的幸运，希望它可以陪伴你度过快乐、健康的每一天！也希望你每次看到它时就会想到，在远方的扬州，有一个叫太阳雨的大家庭，也在牵挂你，愿你一切安好、茁壮成长！

后来，这位“大姐姐”现身了，她叫朱美淳，由幸运兔作媒介，她和成绩优异的巴桑卓嘎结成了爱心帮扶对子，直到巴桑卓嘎大学毕业。巴桑卓嘎把这封带着温度的信，当着宝贝一样小心地保存着，时不时拿出来看看。

她通过手机视频，用标准的普通话对朱美淳姐姐说：“很高兴能够收到姐姐您送的礼物，我很喜欢。我一定好好学习，不辜负大姐姐的希望，长大了做一个和姐姐一样的好人。祝姐姐身体健康，扎西德勒！”

这次捐赠活动，除了给孩子们送上爱心书包，太阳雨团队的志愿者们还筹集了 4.2 万元资助款，经学校与乡政府挑选出 21 名建档立卡贫困家庭学生，现场为这些学生每人发放 2000 元的资助款，并正式与学校建立长期结对帮扶的关系，每个孩子每年资助金额不低于 2000 元，帮助孩子们成长成才。

在简朴热烈的捐助仪式上，错那县副县长其米卓嘎代表县委、县政府，衷心感谢周忠燕和扬州太阳雨爱心志愿者团队给予错那县教育事业和扶贫工作的大力支持。其米卓嘎热情洋溢地说：

“捐资助学，功在当代，利在千秋。我们接受的不仅仅是捐赠、支持，更是社会大爱的传承，是胡永飞英雄精神的延续。同样，我们也需要将‘英雄精神’守护与传递下去，我们全体教师要通过言传身教，用我们的真情和爱心，点燃孩子们心中的希望之光，使他们成为祖国优秀的接班人。”

“雪域高原，需要千千万万个像胡永飞、周忠燕这样的人，与藏族人民一起共命运、心连心，关注错那教育事业的发展，助力脱贫攻坚，参与到公益事业中来，为民族团结进步事业添砖加瓦，让民族团结之花长开长盛在边陲错那，促进汉藏民族像石榴籽一样紧紧地抱在一起。”

大手牵小手，爱心长相随！周忠燕像一颗火种，带动了一群人，点燃了一片火，在雪域高原燃烧发光，融化了错那的寒雪，温暖这里孩子们的心。

从壮阔的雅鲁藏布江边，到悠悠古运河畔，美丽的民族团结之花在千年古城扬州盛放，太阳雨爱心志愿者团队用心浇灌“格桑花”成长。

“助学扶贫，没有轰轰烈烈，没有惊天动地。但是，当藏族孩子需要我们的时候，我们一定在!”周忠燕讲这句话的时候，神情坚定而自信。

进入9月下旬，内地正是秋高气爽、气候宜人，而藏南地区已经是寒气袭人，白天和早晚的温差很大。按照事先筹划好的“太阳雨助学圆梦·格桑花计划”，志愿者们将爱心商家“左右鞋店”捐赠的400多双童鞋，按棉鞋、运动鞋等进行分类、打包，由邮畅物流公司爱心赞助免费速递至错那县觉拉乡，在国庆节到来之际，给藏童送去温暖和关爱。

庚子年春天，新冠肺炎疫情肆虐全国，各方面建设发展的步伐都明显受阻放缓。但是，“太阳雨助学圆梦·格桑花计划”，像滚雪球似的，在不断丰富、扩张，志愿者团队在上一年爱心助学的基础上，又增加资助了11个贫困家庭的孩子，让更多的藏族儿童沐浴到温暖的“太阳雨”。

因为受疫情影响，回家乡徐州沛县过春节的苗涛涛，一直被困在老家，不能返回西藏错那县。这段日子里，他经常在电话、微信上和周忠燕、朱峻松联系，商量如何拓宽扶贫助学的渠道，丰富资助内容，让错那的孩子们更喜欢、更受益。

经过反复商议，大家形成共识：为了给错那县觉拉乡完全小学的学生提供多元的阅读材料，培养学生良好的阅读习惯和阅读兴趣，开阔视野，树立人生目标，也为了缅怀在错那牺牲的扬州烈士胡永飞，传承弘扬英雄精神，增进两地沟通交流，太阳雨爱心志愿者团队向觉拉乡完全小学捐建一间图书室，图书室命名为“胡永飞爱心书屋”。

“五一”劳动节期间的扬州城，春风抚弄着柳枝，鲜花绽放在街头，这是一年中最美的季节，但街上的游客比往年少了很多。苗涛涛戴着口罩，背着一只双肩包，风尘仆仆地从徐州赶到扬州，和周忠燕、朱峻松见面。这是一场爱心的交融，这是一桌情怀的盛宴！

周忠燕作为太阳雨爱心志愿者团队代表，与西藏自治区错那县扶贫办公室副主任苗涛涛，共同完成了一次签约：太阳雨团队 2020 年向“胡永飞爱心书屋”捐赠适合于小学生阅读的图书 4000—5000 册；2021 年起，每年更新捐赠一批书籍。

签完字，放下笔，周忠燕的脸上汗津津的，她笑着说：“笔轻责任重啊，我今天代表太阳雨签下的是一份爱心的承诺和自觉，鞭策我和其他志愿者们要做得更好，保证让错那的孩子们满意。”

扬州有一美名为“月亮城”，“天下三分明月夜，二分无赖是扬州”。美丽的西藏因格外被阳光眷顾，因此也得一美称——“日光城”，正和扬州美名呼应。月亮给傍晚的幕布点缀上光亮，日光带来第二天清晨的第一抹希望。扬州和西藏，就如月亮和太阳，有了互相的陪伴和守望，才会使世界熠熠生辉。

“八一”建军节这天晚上，月亮高高地挂在扬州城上空，位于市中心的中集文昌广场上，一场精心编排的主题为“对话错那”的太阳雨小志愿者服务队公益演出晚会正在进行，周忠燕和部分志愿者代表也一起参加了晚会。

节目一开始，小主持人深情地讲述了胡永飞的英雄故事，因为传承胡永飞精神，扬州与错那才结缘开展助学活动的。小志愿者服务队专门向周忠燕颁发了“优秀指导员”荣誉证书，明亮的灯光照射在大红封面的荣誉证书上，把周忠燕的脸庞也映衬得红红的。

晚会现场，小志愿者们开展了捐赠活动，有的捐钱，有的捐学习用品，有的捐衣物，有的捐玩具，在场的市民们都被深深感染了，爱心的热情远远超过了夏日夜晚的温度。

小主持人走上舞台，“下一个节目，是太阳雨志愿者童蕾蕾、继承军，为两地儿童牵手，而创作的快板《太阳雨润格桑花》”：

……

西藏错那悬崖峭
扬州烈士数英豪
好儿男，胡永飞
英勇精神冲云霄
周忠燕，好军嫂
柔肩勇把重担挑
对儿隐瞒巧引导
家和睦，孝敬老
勤勤恳恳十余年
无私奉献责任高

西藏错那高原高
雪原缺书又缺报
军嫂听闻铭记心
太阳雨人忙感召
千方百计去照料
拳拳爱心表达到
送衣物，汇钞票
送文具，买书包
一样也都不能少

雪域高原建爱巢

爱心图书齐送到
舍己为人护大家
各显神通热情高
小志愿者服务队
立志向，有目标
先进事迹人人学
循循善诱来引导
小学生们把书献
扬州西藏手相牵

高原烈士图书屋
汇聚爱心筑爱巢
后人为此而骄傲
格桑花开艳阳照
同顶一片天
共感中国情
扬州西藏齐奔跑
共同进步创新高

这正是：
太阳雨里筑爱巢
格桑花开艳阳照
扬州西藏心相邀
爱心路上齐奔跑

进入9月，扬州的孩子们都戴着口罩，纷纷返校开学了。周忠燕、朱峻松他们自然又想到远在错那的孩子们："西藏很快就要入冬了，孩子们的过冬物品都备齐了吗?”这是父母的牵挂，母爱的温暖。

很快，太阳雨爱心志愿者团队携手扬州报业集团“报春花”志愿者服务队，以及江苏万杨物业公司，通过中国邮政速递，向错那县觉拉乡完全小学捐赠139件“波司登”品牌羽绒服，太阳雨度度关爱服务队向该校“胡永飞爱心书屋”赠书近2000册，太阳雨高邮志愿者服务队向曲卓木乡完全小学捐赠棉衣95件、棉鞋运动鞋180双。近两年，太阳雨爱心志愿者团队已相继向错那县的这两所小学资助总价值近30万元。

错那，一直是爱心志愿者们魂牵梦绕的地方，很多人都有一个梦想，就是走上高原，去看看那里的学校，看看那里的孩子，看看那里的格桑花。9月下旬，朱峻松带领18名志愿者代表，自费踏上西藏爱心之旅。周忠燕因为要照顾家庭和店面，只能在机场为爱心志愿者团队送行。她嘱咐大家一定要注意安全，保重身体，一路顺利平安!

“传承胡永飞烈士的精神，是我们母子共同的心愿，感谢太阳雨团队的志愿者帮我圆了梦。”周忠燕说：“由于家庭的特殊情况，这次我不能亲自前往，真诚拜托各位志愿者把扬州人民的深情厚谊和满满爱心，带到西藏，带到山南，带到美丽的错那……”

18位爱心勇士先到林芝，再逐步登高，所以大家上了高原，身体反应还不是很强烈。当地开面包车的驾驶员对他们说：“凡是来高原行善播爱之人，上了高原都不会有太大的不适反应。”这话是对他们的鼓励，也是对他们的安慰。的确，施善使人愉悦，施善促进健康。

9月25日上午，错那县曲卓木乡完全小学内彩旗招展，格桑花在阳光的照耀下显得格外美丽圣洁。太阳雨爱心志愿者团队与曲卓木乡完全小学学生的爱心结对捐赠仪式正在这里举行。该校是太阳雨团队继觉拉乡完全小学之后，在错那县的又一所助学定点学校，第一批结对11名小学生，每人每年获得助学金2000元。

捐赠仪式上，太阳雨志愿者代表将 2.2 万元助学金和结对志愿者制作的联系卡，亲手交给了受助的孩子们。志愿者程佳德在给扎西罗布小朋友的联系卡上留言：“亲爱的孩子，好好学习，健康成长。愿你的生活充满阳光、快乐！我们愿与你患难与共，勇敢地迎接一切困难和挑战。”

一条神奇的天路，蜿蜒逶迤绕云间。路的这一端，18 位勇士志愿者踏上征途；路的那一端，系着温暖的等候。当天下午，太阳雨团队志愿者转场前往下一个目的地——错那县觉拉乡完全小学。

途中，面包车一进入勒布沟天上便下起中雨，这是他们进藏 10 天中唯一遭遇的下雨天，恰巧又碰上停电。后来得知，胡永飞当年就是在勒布沟英勇牺牲的。十多年后，英雄的家乡来了一批爱心志愿者，是不是老天有感应，动容在落泪？

苍天有泪挥作雨，致敬戍关真英雄！

次日上午，18 名志愿者在觉拉乡完全小学，见证了爱心捐赠仪式，他们与学校的 21 名孩子结对，发放了 4.2 万元助学款，对优秀教师和学生奖励了 1.5 万元，并把一批爱心羽绒服全部送到学生手中。捐赠仪式上，错那县委统战部向志愿者代表颁发给周忠燕的“2020 年度民族团结进步模范个人”荣誉证书。

此行的主要目的之一，是见证在觉拉乡完全小学，由周忠燕母子与太阳雨志愿者团队共同捐建的“胡永飞爱心书屋”揭牌落成。周忠燕母子通过手机视频观看了揭牌仪式，并和现场的师生进行了通话交流。

在手机视频那一端的洗衣店里，周忠燕动情地对学校老师和孩子们说：“我是周忠燕，一名军嫂。因为家庭特殊情况，不能参加这次活动，太阳雨的志愿者带去了我的祝福，同时也祝胡永飞爱心书屋揭牌成功！”

周忠燕用手指捋了捋额前的刘海，对着手机屏，接着又动情地对学生们说："错那县觉拉乡是胡永飞叔叔英魂守护的地方，他在九泉之下肯定也希望你们认真学习、茁壮成长。孩子们多读书，读好书，知识才能改变命运，才能把家乡建设得更好。你们也都是我的孩子，就是我在西藏的亲人，也是我最牵挂的人。祝孩子们茁壮成长，学业有成！扎西德勒！"

周忠燕与她的格桑花行动，不仅仅是捐赠与支持，更是爱的传递，新时代英雄精神的延续。"这是错那县唯一以烈士姓名命名的书屋。"在揭牌仪式上，觉拉乡完全小学校长索朗扎西说："我们希望用这座书屋凝聚爱心，让孩子们传承烈士的大爱精神，用知识改变自己的命运。"

在离开西藏前一天的凌晨，身心已经融入错那孩子们的太阳雨志愿者张群女士，一点睡意也没有，她索性起身，梳理记录这几天的心境：

西藏是神秘而纯净的，不仅是因为天空的湛蓝，还有西藏人民纯朴简单的生活方式和对信仰的执着和虔诚，不浮躁，不喧嚣，无论环境多么恶劣，内心却宁静而祥和。这次错那之行，踏着胡永飞烈士的足迹，对话高原，感受颇深。

我们从山下到曲卓木乡完全小学和觉拉乡完全小学，盘山公路都要经过几座海拔 5000 米高度的山峰，公路盘旋陡峭，两旁的山峰光秃秃的，没有任何绿色和植物，且最少车程 6 个小时，中途所有通信讯号皆无，当我们疲惫地抵达学校时，热情纯朴的师生们已经在校门口用哈达和尊贵的礼节，表达着他们对我们的敬意和欢迎。我们只带来了一缕春风，师生们却用热诚传递着他们的感谢，那是蓝天下爱与爱的互动。

相聚总是那么短暂，分别来得却那么匆匆。和一群带着纯真笑脸的孩子们，度过了几天难忘的日子。当我们真的要离开时，孩子们大声稚嫩地喊着，“阿姨再见，叔叔再见”“叔叔再见，阿姨再见”。一瞬间泪目，脚步就被定在那里，我们伸出手，拥抱着孩子们，他们也羞涩地、忐忑地，把黑黑的小手伸向我们，大手小手握在一起，紧紧地，柔柔的，不愿意分开。那一刻，所有的辛劳奔波之累都在泪水中释放，我们为所有的付出而感到值得。那一刻，泪眼蒙眬中，已经说不出再见，孩子们渴望和纯净的眼神，深深定格在心中。

多么希望孩子们能从胡永飞爱心书屋开始，让一本本书，成为一扇扇窗的模样；多么希望孩子们从越来越多的真心诚意结对的志愿者开始，从大山深处走出来，带着格桑花的梦想，去看看外面世界的精彩。

明天，就要离开这片美丽而祥和的土地了，说不出再见！我们期待着明年“格桑花”扬州之旅，组织第一批孩子到扬州来交流学习，让他们真正感受到社会的关怀，感受到扬州志愿者零距离的爱。

……

爱不是刻意的表达，爱是无声的滋润。铭记爱，传递爱，这是最美军嫂的高原情！这是跨越 4000 多公里的相助和守望！云端天路，温暖常在，山不再高，路不再长。

坐在拉萨飞往扬州的飞机上，朱峻松从窗口俯瞰高原，陷入思考。他惊叹大自然造物的神奇：漠风如沙砾，打磨出山的壮阔；流水似刻刀，雕刻出山的褶皱。军嫂是什么呢？这些可敬可爱的女性，以她们特有的温柔、体贴、坚毅和韧性，不仅中和、消解着高原环境的严酷，而且参与了对新时期高原军人的塑造。

负重前行只为岁月静好，日夜守望只为祖国安康，这是雪域将士的风雨坚守，这是高原战士的默默奉献！在胡永飞等烈士的身后，山河无恙，家园安宁。和平时期的军人，虽然没有炮火硝烟的洗礼，但是依然时刻紧握手中的钢枪，随时准备战斗；和平时期奉献的不仅是个人的生命，还有他身后的整个家庭！向伟大的军人致敬，向伟大的军嫂致敬！

2021 年 4 月 16 日，正在徐州老家休假的西藏错那县乡村振兴局副局长苗涛涛，在安徽省合肥市蜀山区颐和佳苑小学跟岗学习的错那县曲卓木乡完全小学校长洛桑次仁，应邀来到古城扬州参加太阳雨志愿者年会。一到扬州，他俩就手捧鲜花和哈达，赶往高邮革命烈士陵园，祭扫戍边英雄胡永飞烈士陵墓。

“胡队长，我们来看你了！十多年前，你把生命留在了高原边境，今天也是因为你，搭起了错那连接扬州的桥梁，让高原的孩子享受到古城人民的大爱。”伫立在胡永飞墓前，两个中年男子表情凝重地放声倾诉，说不了几句，声音哽咽，泪如雨下。

洛桑次仁校长擦擦眼泪，转身把洁白的哈达献给周忠燕。“我代表学校的全体师生感谢你，你是我们高原孩子们心中的福星！扎西德勒”！

太阳雨志愿者团队召集人朱峻松，最近和周忠燕一直在商量，用一条什么样的纽带把扬州和错那的小学生联结起来？他们趁着洛桑次仁校长在扬州的机会，把扬州市育才教育集团副总校长、扬州市工人新村小学校长高峰龄，约出来见面，几个有情怀的人坐在一起，思想一碰撞，火花迅即被点燃。

栉风沐雨整百年，砥砺奋进续华章。今年是伟大的中国共产党建党 100 周年，西藏和平解放 70 周年。在这激动人心的时刻，两位校长反复合计斟酌，很快拿出了具体的系列结对方案，首先在两所小学举办“家乡情　两地书　颂党恩”手拉手书信结对活动，三至六年级的学生参加，旨在通过书信互通的形式，搭建沟通桥梁，增进彼此了解，增加双方交流，互诉心声，共话成长，扣准人生的第一粒扣子，促进民族团结，打牢少年的情感思想基础。

千里鸿雁传真情，页页书信寄相思。“七一”前夕，一封封书信带着扬州同学们的思念，飞越千山，来到喜马拉雅山下；一封封回信带着错那同学们的温度，跨过万水，邮递到大运河畔。一封封书信牵起苏藏两地学子的友情，书信中他们介绍党的基本理论知识，讲述家乡的风土人情、红色故事，字里行间流露出来自远方的祝福，让藏汉民族友谊之花在雪域高原和苏中大地绚丽绽放。

这是扬州市育才教育集团育才小学五（6）班女生黄子纯，写给曲卓木完全小学学生的信：

扎西德勒！

虽然我们相距很远、民族不同，但我和你一样生活在美丽富饶的中华大地，都是中国这个大家庭的一分子，就像一个大石榴里的籽，骨肉相连紧紧融粘在一起。藏族小哥哥丁真说：“外面的世界很大，但我还是最爱我的家乡。”我也是这么认为的，我的家乡扬州，可能没有你的家乡地方大，也没有辽阔无垠的壮美高原，但我们这里十分秀美，我就来给你介绍一下吧。

……

今年是中国共产党100岁生日，我的爸爸妈妈都是中共党员，每天晚上我在写作业的时候，他们就在复习党史，看“学习强国”，他们还给我讲革命先烈的故事呢。你看过电影《红岩》吗？电影里的许云峰、齐晓轩的人物原型就是我们家乡的许晓轩烈士。许晓轩从1940年5月起，被国民党特务关押九年半，1949年11月殉难于重庆白公馆集中营，年仅34岁。他们被丧心病狂的特务关在黑牢里，牢里没有窗户，是看不见希望的孤寂的地狱。在那样恶劣的环境下，许晓轩不退缩、无畏惧，用自己的双手给同志们挖出了一条通道，自己却在自由前夕牺牲了。我忍不住想，如果我被关在那样的地方，没有亲人和朋友，还每天被毒打，我会怎样呢？可能会每天大哭吧。

妈妈说，我们要领悟到今天美好的幸福生活来之不易，是无数革命先烈用生命和鲜血换来的。我们生活在社会主义新中国，不愁吃不愁穿，在党的阳光雨露下，像盛开的朵朵鲜花，茁壮成长，愉快地生活。所以，我们要懂得珍惜，要学会感恩，为中华崛起而读书。

亲爱的藏族小伙伴，你我“同在蓝天下，共饮长江水，你在三江源，我在长江尾”。美丽的扬州欢迎你们来做客！对了，你也有丁真哥哥那样的小白马吗？你每天都会骑着它去上学吗？期待你来信告诉我你的故事哦！

祝学习进步、每天开心！

5月底，带着扬州小学生款款厚意的119封书信寄往雪域高原；6月14日端午节这天，扬州小学生纷纷收到了一封封飞越4000多公里、海拔4300多米的曲卓木完全小学学生的回信。

这是曲卓木完全小学四（2）班女学生白玛玉珍，写给育才小学四（2）班学生高颖湄的回信：

你好！

很高兴收到了你的来信，虽然我们相隔遥远未曾相见，但我愿以一颗真诚的心与你交朋友。我在你信里了解到，你生活的城市和你的爱好。我也喜欢交朋友，我特别期待你到我家乡来玩。我的家乡有很有名的千年古树沙棘林，还有温泉，雪山更是围绕着整个家乡。我们这里冬天有些冷，可夏天就特别凉爽，所以外地的客人都喜欢选择夏天来旅游，我家乡的美食有纯天然的糌粑、酥油茶、酸奶，还有人参果。

糌粑是我们民族传统主食之一，它是将青稞洗净、晾干，炒熟后磨成面粉，使用时用少量的酥油茶、奶渣、白糖等搅拌均匀，用手捏成团即可。它便于携带和储藏，出门只要怀揣一个木碗，腰间束上一个糌粑口袋就OK啦。我这么一说，你肯定想吃吧，等你以后有机会来时，一定请你尝尝。

对了，你在信中讲到，今年是伟大的中国共产党成立100周年的日子，共产党带领中国人民摧毁了一个旧世界，建设了一个全新的世界。听我奶奶说，他们以前上学时的教室又破又烂，根本没有我们现在的教室那么明亮、豪华，那时候连平整的道路也没有，爷爷奶奶的吃喝穿戴都发愁，我们现在是要啥有啥，今天的幸福生活来之不易啊，所以我们一定要好好珍惜美好的幸福生活，勤奋学习，天天向上。

藏汉情深何忍别，天涯碧草话斜阳。“期待两地的孩子相聚喜马拉雅山下，约会在瘦西湖畔，共叙民族亲情，共襄教育盛举，携手并进，共同谱写中国基础教育的新篇章。”高峰龄校长满怀希望地说。

滚烫的文字从小学生稚嫩的笔尖汩汩流淌出来，书信互通活动在继续，向藏区学生捐赠图书、生活用品、学习用品活动紧跟着展开，曲卓木完全小学也建成了“胡永飞爱心书屋”“两地共上一节课”“两地同唱一首歌”等系列活动正在筹划之中……

从雪域高原，到江淮平原，周忠燕就像一粒燃烧的火种，处处都在传递、散发着暖心的爱。

“滕妈妈，我来看你啦!”

“小燕子，谢谢你，好闺女!”

时间回到2019年底的一天，在扬州市江都区人民医院里，英雄母亲滕斌一见到周忠燕，两双手就紧紧握在了一起，滕妈妈笑得合不拢嘴。

“致敬英雄母亲”，是太阳雨爱心志愿者团队的主题志愿者活动项目，旨在关心革命英烈的父母。这项活动开展至今已经整整 6 年了。

滕妈妈今年 82 岁，她的儿子陈刚在 36 年前的一次边境战役中，献出了年轻宝贵的生命，被评为革命烈士、二等功臣。滕妈妈的丈夫和唯一的女儿也在 20 多年前先后离世，目前她孤身一人居住在江都区社会福利院，靠为数不多的退休金、抚恤金生活。既要支付福利院日常护理费，还要开支高血压、糖尿病常用药费，几十年来经济虽然拮据，但她从未向政府提过任何要求。她因为消化道肿瘤，多次大出血且无法手术，一年已住院抢救 6 次。

“致敬英雄母亲”是太阳雨志愿者团队多年来一直开展的一个公益项目，滕妈妈是公益项目服务的对象之一。目前，在扬州周边，像滕妈妈这样享受太阳雨服务的烈士父母共有 5 位。周忠燕也是一名太阳雨志愿者，因为太阳雨，这一老一小相识了。从此，她们彼此惦记、牵挂着对方。

月初，滕妈妈病危期间，太阳雨团队发起了爱心捐助活动，他一千，你五百，将对陈刚烈士的崇高敬意，化为对滕妈妈无限的关爱，不到一天时间便筹资 25531 元，让滕妈妈得到及时救治。周忠燕得知滕妈妈病危的消息后，心中十分焦急，她积极参与捐助，并多次打电话询问滕妈妈的病情和治疗方案。

这天，周忠燕捧着鲜花、拎着水果，专程来到江都人民医院看望滕妈妈。老人家看到周忠燕的到来，十分激动和高兴，两人谈笑风生，相互鼓励，彼此加油，“最美军嫂”探望“英雄母亲”的场面，非常温馨和感人。

过年了，城市和农村的上空都飘着浓浓年味，家家户户都团聚在一起，这是中国老百姓一年中最幸福的时光。周忠燕的心里自然想到了孤单的滕妈妈，她约上张群、戚玉霞、郑蕾、徐鹏等人一起，为滕妈妈精心挑选定做了红羊绒短大衣、红毛衣、轻便保暖鞋，拎着大包小包来到江都区社会福利院，给滕妈妈拜年。

老人家换上刚送来的新衣服，左拽拽右拉拉，乐得合不拢嘴，“正好，很合身，去年我身体一直不顺，今年我要穿得红红火火迎新春”！

“八一”建军节、国庆节，太阳雨志愿者分批次到江都区社会福利院，看望慰问滕妈妈。受新冠肺炎疫情的影响，大家想与滕妈妈见一次面都很不容易，福利院里面进不去，工作人员就推着轮椅，把滕妈妈送到院子门口来，让大家看看滕妈妈，和她聊聊天。平时，周忠燕就经常通过电话，了解掌握滕妈妈的身体状况，多方位关心关注这位革命烈士的老妈妈。

一转眼，牛年春节又要到了。这天下午，周忠燕和扬州太阳雨志愿者团队、江都区龙川情优抚社工事务所 20 多位志愿者一起，带着扬州包子、扬州茶食、牛奶、水果等年礼，还有志愿者自己编织的红围巾、毛线帽，另加一个压岁大红包，来到江都区社会福利院，给滕妈妈提前拜年。

因为疫情防控的需要，探视只能相隔数米。当坐在轮椅上的滕妈妈被工作人员陪护推送到大门口，“滕妈妈新年好”“滕妈妈，祝您身体健康”，门外的志愿者们大声送上祝福，滕妈妈微笑着向大家挥手。滕妈妈十分激动，一一叫着熟悉的志愿者的名字。

周忠燕三步并作两步，迅速站到大门线外招呼道：“滕妈妈，我给您老拜年来啦！”

“小燕子，我可想着你呢！”滕妈妈激动地说。

“我在滕妈妈身上，学会了坚强乐观地面对生活。”周忠燕禁不住热泪盈眶。

两个团队的志愿者在门外站成两排，门里的滕妈妈居中，随着快门“咔嚓”一声，一张特别有意义的新年“全家福”诞生。

2021 年，扬城疫情防控形势十分严峻，主城区进入紧急状态。

“社会各界关爱温暖我这一家，我无以回报。防疫关键时刻，我在家里坐不住啊!”30 日上午，周忠燕主动找到扬州报春花志愿服务队，表达自己想参加防疫志愿服务的迫切愿望，并迅速加入邗江中学核酸检测点的志愿服务者队伍中。

穿上马甲，就像披上“战袍”。场外待检区有一段长长的林荫大道，但通往场内待检区要经过一段烈日炙烤，还要登一段长长的台阶。“我去那边!”周忠燕主动选择站到烈日下的区域，引导市民们注意防护，“不要跑，注意安全，大家要保持一米距离”。

人群中，一对老人步履蹒跚，努力爬上台阶，烈日晒得老太一阵眩晕。周忠燕一个箭步冲上前，一把抓住了老太的手臂。老太先是一惊，看到在背后扶住她的志愿者，立刻回馈一脸笑容。

“谢谢你啊，姑娘！咦，你不就是那个，那个，那个好军嫂……”虽然周忠燕戴着口罩，但还是被老太认了出来。虽然叫不出名字，但周忠燕很感动。“我也没有做什么轰轰烈烈的事情，却有人记得我，认识我，关爱我，为我点赞，这一切都是对我的鼓励和鞭策。”

近两年，周忠燕先后荣获一些耀眼的荣誉。面对赞誉，周忠燕选择平静生活、默默奉献、回报社会。

周忠燕的爱心密码就是“永远不要吝啬你的善意，因为黑夜里，爱会发光”。她秉持着这份善良和真诚，不因自己生命渺小，而放弃对其他生命的温暖、托举与责任，尤其是放弃自身生命演进的真诚、韧性与耐力。

平凡的工作和简单的生活中也饱含着精彩。如果大家都来奉献出自己的爱，这个社会就会变成温暖的人间。让“满天星”汇成“一束光”！周忠燕不仅仅是含辛茹苦地带着一家老小在生活，她还有一股子精神，她把自己活成了一束光！

人生苦短，爱是最美的光源，只要内心储存着光和热，踏着坚定的脚步前行，义无反顾地追着光明，所有的美好终将如花绽放。

对于大多数人来说，生活并非一帆风顺。既有阳光也有风雨，既有顺境也有挫折，也许这才是生活。2020 年 6 月中旬，周忠燕例行体检，拍的 CT 片显示胸腔有积液，医生也不能判断究竟有没有问题，让她再到大点的医院去进一步检查，查清是什么原因引起的，说:“你这个年龄，不应该有这个情况啊!”

换了一家大点的医院，医生看了她拍的片子，问她有没有发烧、咳嗽?如果没有，那就再观察一段时间，过 3 个月再来复查。周忠燕感到医生可能在安慰她，她心里还是十分忐忑。她从百度上反复查找发生此毛病的原因，她担心是不是天天和各种化学洗涤材料打交道，而引发的问题?

平时总是为婆婆、妈妈和爸爸的身体健康情况操心，现在怎么又轮到自己了?她慌了，万一有个什么情况，这个家可怎么办啊?3 个老人怎么办?谁来照顾儿子啊?周忠燕被自己吓坏了，她躲在医院一个墙角里，心里阵阵伤感，眼泪止不住哗哗直流。她的心里很难过，也很孤独，遇到委屈和惊恐，没有地方诉说，没有肩膀依靠，只能自己默默承受。

这天，她想了很多。体检好是好，可是太让人害怕了，生怕老人或自己查出个什么毛病来。这个脆弱的家庭再也经不起一点意外情况了。但谁知道，明天和意外哪一个会先来?周忠燕这样想着想着，又哭了。等眼泪被风吹干了，她才骑上电动车回家。为了不让爸妈和儿子担心，她回到家里，自己体检的事只字未提，强颜欢笑，主动和他们说话聊天，但心里还是十五只桶打水，七上八下的。

那几天，她感觉到天都要塌了，经历过剜心般沉痛打击的她，又一次感受到了对未知命运的恐慌和惧怕。这天上午，高邮的好朋友吴敏来扬州办事，约周忠燕中午一起吃饭。周忠燕的脸色，逃不过好朋友那双敏锐的眼睛，在吴敏再三追问下，周忠燕“哇”的一下，放声大哭，她这才将自己的担心和盘托出来：

“我承认我怕死，毕竟我才40岁出头啊，为了这个家，我要好好地活着，好好地生活，好好地照顾婆婆和爸妈，好好地陪儿子长大。有我在，这个家就在啊!”

痛哭一场、倾诉一番之后，周忠燕心里稍微轻松了一点。回家的路上，她对自己说：你看过心电图吧，人生就像那条线一样，起起伏伏才是生，一马平川就完了，啥都没有了!

女人一生所求，不过温暖与良人。愿你身边有一人，会把你捧在手心，免你惊，免你苦，他会待你如初，疼你入骨，与你一起立黄昏，问你一声粥可温，从此深情不被辜负。

人生就是一个储蓄罐，你投入的每一分努力，都会在未来打包送回给你。“什么让你坚持，什么就让你收获。”近两年，周忠燕先后荣获扬州市“十大新闻人物”“十大教育新闻人物”“十佳情系国防好军嫂”和“江苏省道德模范”。首届“江苏最美退役军人”推选活动组委会给周忠燕颁发了“特别致敬”奖。她还先后被西藏自治区山南市、错那县分别表彰为“民族团结进步模范个人”。胡博文也被表彰为“江苏好少年”。在寻找“最美家庭”活动中，周忠燕家被表彰为“江苏最美家庭”“全国最美家庭”。2019年9月，扬州市双拥和国防教育领导小组，向有关单位、部门和驻扬各部队，下发了《关于开展向周忠燕同志学习的决定》，号召全市范围内深入开展向周忠燕同志学习活动。2020年底，经扬州市妇联推荐，由扬州市太阳雨爱心志愿者团队制作的微视频《最美军嫂的高原情》，入选江苏省妇联举办的江苏新时代“巾帼志愿服务十大暖心故事”，周忠燕也获得了“全国巾帼志愿服务十大感动人物”候选人……

周忠燕现在是“扬锋红色教育宣讲团”的主力成员，她经常随宣讲团做巡回报告，讲述胡永飞和雪域高原官兵的英雄事迹，她用实际行动向社会传播红色基因。在她看来，胡永飞早已不属于她一个人，他的献身精神属于大家。

有个大学生这样问她："燕子姐，假如胡永飞活着，你还支持他在西南边陲守卫国土吗?"周忠燕自信地回答道："他是部队培养出来的优秀军人，当祖国需要他的时候，他没有理由拒绝！我永远都会支持他!"

"树的年轮是刻在树干里，人的经历是写在眼睛里!"这些年，周忠燕脸上的笑容和过去不一样了，变了。漫长的岁月让周忠燕的脸上浸染了沧桑，她早已将自己对胡永飞永远青春、永远炽热的爱以及无尽的思念，留在了那片高原和雪域。

牛年春节临近，扬州市委常委、宣传部部长张长金，市委宣传部副部长、文明办主任蒋元峰一行，专门来到周忠燕的洗衣店。张长金对周忠燕表达亲切关怀与新春问候，并热情地送上鲜花、慰问品和慰问金。

"你们一家子的故事，展现了中国军人和军人家属独有的家国情怀!"张长金对周忠燕广泛激发正能量的事迹表示敬意，同时叮嘱邗江区相关部门要对周忠燕给予更多关心和帮助，让她感受到党和政府的关怀和温暖。

有人说，周忠燕这个自强不息、情系西藏、播撒爱心的典型，经得起兵心和社会的检验。她被宣传，是她的意外收获；她不被宣传，是她做人的本分。周忠燕把这些看得很淡，她说："我从来没有想过要宣传自己，对我来说，生活就是不停往前走。我要带着一家老小更好地活着，才是对胡永飞在天之灵的最好交代。"

2020 年 5 月 1 日，离中国共产党的诞生日还有两个月时间。周忠燕专门向翠岗社区党组织郑重递交了入党申请书，她在两年前就起草了申请书的初稿，近几个月又做了 4 次修改充实。她说："明年是建党 100 周年，争取能够尽快被党组织列为入党积极分子培养，早日加入光荣的党组织。这是人生中一件很有意义的事情。”在她眼中，鲜艳的党徽佩戴在胸前，比任何别致的胸针都好看、有分量。

周忠燕在入党申请书上写道：“我是从英勇牺牲的丈夫胡永飞身上，从西藏高原官兵的身上，从街道社区抗疫志愿者党员先锋队队员的身上，从太阳雨志愿者队伍中共产党员的身上，看到了新时代真正的共产党员的样子，是他们，在时刻召唤我入党。如果入了党，我一定要做一名党的优秀‘得分手’，对身边人多发光发热，对社会多送温暖，为党争分，为党旗添彩……”

每个季度，周忠燕都认真地向党组织写一份思想汇报，真实地反映自己的学习、工作、生活情况。很快一年过去了，周忠燕如愿参加了邗江区组织的党员发展对象专题学习培训。她说：“我虽然组织上还没有入党，但要在思想上先入党，以实际行动向党组织靠拢。我会一直努力，做任何事情都无愧于‘军嫂’这个称呼。”

经历了席卷全球的新冠肺炎疫情，人们又都感悟到一次错过可能就是一生，所以盘算着必须珍惜当下，努力做好有意义的事情，记录下每个生命的瞬间，不留一点人生的遗憾。周忠燕更是如此。

国际志愿者日——12 月 5 日，虽是小雪节气，但扬州城里已经寒意渐浓。散发温暖的太阳雨爱心志愿者团队，这一天向社会公开发布了“太阳雨周忠燕巾帼志愿者服务队招募令”：

今天，是第 35 个国际志愿者日，是全球志愿者共同的节日，时光浪漫，日新月异，春天有花和清风，夏天有绿和艳阳，秋天有果和枫叶，冬天有雾和雪花。而一年四季都有的，是一抹志愿红。

“扬州太阳雨周忠燕巾帼志愿者服务队”，将于 2021 年元月正式成立，是扬州太阳雨爱心志愿者团队打造的首支巾帼公益志愿服务队伍，江苏省道德模范、江苏省最美军嫂周忠燕，任服务队队长，旨在打造服务扬州妇女儿童成长成才的民间公益联动平台，展现新时代扬州女性大爱奉献的精神风貌。热忱欢迎有一定经济实力、社会资源、专业特长，热衷于公益自愿行动的女性报名参加……

招募令像一块不大不小的石头，投进了平静的瘦西湖里，一时间，扬州城乡春潮涌动，暖意融融。

“疫情当前，口罩下的面孔也许不曾相识，每个人到达的站点也不一样，但这趟新时代的列车却开往同一个方向，大家都拥有富国强军、幸福安康的共同梦想。”周忠燕感慨道。

3月7日上午，介于3月5日学雷锋活动日与“三八”妇女节之间，乍暖还寒，天气阴沉。在高邮烈士陵园，扬州、高邮两地的太阳雨志愿者，首先怀着崇敬的心情，祭扫胡永飞烈士陵墓并献花，然后志愿者杨芳代表扬州太阳雨志愿者团队向周忠燕授予“周忠燕巾帼志愿服务队”队旗。

志愿服务，以爱为薪，
燃烧自己，温暖心灵，
你是阳光，照亮生活的希望，
你是我们最亲爱的“周妈妈”。
……

一个儿童诗朗诵的稚嫩童音，在陵园空中回响。

仪式结束后，志愿者参观抗战最后一役纪念馆和高邮革命烈士纪念馆，党员志愿者面对鲜红的党旗重温入党誓词。

特别的时间，特别的地点，周忠燕高高举起这面特别的旗帜。

穿过峡谷，蹚过冰河，
我在长长的边境线上巡逻；
我站立的地方有多高，
这里叫作挂在天上的哨所……
请放心吧，亲爱的祖国！
当我在战场上倒下，
请别难过，
那鲜血染红的大地，
明天会开出更美的花朵；
当我在战斗中牺牲，
请别难过，
我化作翱翔的雄鹰，
也要守卫着祖国的山河……

当牛年除夕零点钟声即将敲响，千千万万的军人正在万里边关为祖国守岁的时刻，央视春晚舞台上，嘹亮的小号旋律由远而近，一首由军旅歌手雷佳深情演唱的新歌《请放心吧！祖国》，伴随着新年的钟声飞进了千家万户。坚定豪迈、温暖深情的歌声，如同一个士兵的深沉诉说，坚定表达了边防军人对祖国母亲的庄重承诺。这首歌颂新时代戍边官兵的音乐作品，以其独特的军旅风格、多彩的音乐语言和生动感人的画面，为人们描绘了一幅壮丽的戍边图，打动了亿万观众的心。

周忠燕看得热泪盈眶，午夜，她在朋友圈写道：有一些人正在用青春和生命守卫着这片温暖的土地，守护着万家灯火。因为有了他们的坚守与牺牲，才有了我们的岁月静好与万家团圆。边防军人，值得我们永远铭记！

2021 年 12 月 30 日下午，江苏省委宣传部、省文明办、省美德基金会，在扬州高邮举办江苏省道德模范与身边好人现场交流活动。周忠燕作为孝老爱亲的先进典型，在交流会上接受主持人专题访谈。

之后，周忠燕还作为先进代表，与江苏省委宣传部副部长、省文明办主任葛莱，扬州市委常委、宣传部部长张长金，共同揭晓 2021 年 12 月“江苏好人”和“江苏新时代好少年”榜单。

也是在同一天的上午，周忠燕在扬州市退役军人事务局王春香副局长、高邮市退役军人事务局毛礼良局长的陪同下，来到送桥镇政府，交上了动迁安置房的房款，选定了房号。周忠燕轻松地走到室外草地上，仰起头沐浴着暖暖的冬阳，长长舒了一口气。这两个夜晚，周忠燕终于睡了个好觉，她在香甜的梦中迎来了新的一年。

“有我在，胡永飞的家就一直在!”周忠燕总是这样对别人解释，也是向自己的内心承诺。

听了周忠燕的故事，不少人为之感动，来到洗衣店探访。人们心疼这个刚刚步入四十年华的美丽女子，她刻进生命里的坚强，长在心底的善良，融入血里的骨气，打动着每一个善良的人。

周忠燕真诚地对客人说：“我不是卖惨和矫情，不想博取别人的同情，也不是装能，我想让大家知道，无论遇上什么不顺心的事儿，都要坚强面对，走出阴霾，生活照样灿烂!”她觉得，能用自己的努力和对美好生活的追求，来感染、造福身边的人，正是她希望达到的效果。

能够帮助别人，周忠燕也感到很高兴。可笑着笑着，一聊到自己具体的生活，周忠燕还是忍不住哭了。“四十不惑，不是到了四十岁你就什么都知道了，而是四十岁以后，你恐怕就不想知道了。”周忠燕这样解释“四十不惑”。

周忠燕的人生，就像路遥在《平凡的世界》所写的那样：命运总是不如人愿。但往往是在无数的痛苦中，在重重的矛盾和艰辛中，才使人成熟起来。人生实苦，每个人都会经历一段至暗的路，充满了荆棘与恐怖。但如履薄冰的日子，往往能激发出内心的能量，赋予我们与苦难抗争的斗志。

她的人生故事告诉我们：世上没有绝望的处境，只有绝望的人。谁不是靠着梦想活到今天？只要对未来充满希望，心怀善良和真诚，俯下身子去干，每个人都能成为生活的强者！古人说："人随春好，春与人宜。"温暖的日子，一切严寒都将消散，万般美好也会随着春风如约而至。没有一个春天不会到来！

人生即如大海，也有潮汐。赤、橙、黄、绿、青、蓝、紫，短短的人生中，生命的色彩或绚丽灿烂，或光怪陆离——让我们以平常心，等待。别低估自己的心力与斗志，迎难而上，苦难最终会随风而逝。

大年初一，多次采访报道过周忠燕家故事的中央电视台军事频道记者、策划人高宇婷，发了一条长长的微信朋友圈：

> 我从事部队宣传工作十多年，很少被采访对象真正感动，周忠燕嫂子是最打动我的。并非她军属的身份，也不是她做了什么惊天动地的大事，只是因为她是一个真正善良的人。我希望，好人终有好的结局。我们团队首次尝试拍摄编制的微电影《爸爸十年不回家过年的秘密》，它很青涩，我却由衷高兴它在除夕这天推出了，今天在本台播放。这里，我把梁晓声《人世间》里的一句话送给忠燕嫂子："所以，即使我们的一种幸福感，只不过是因为曾有一位好嫂子，也应该谢天谢地，如果我的嫂子某一天不再是我的嫂子了，成了别人的妻子，我不但不会感到遗憾，反而会在内心里经常祝福她。好女人，不可以长期寡居。"

有人这般诗意地赞美周忠燕：她是日出时，渐渐驱散寒意的暖风；也是日暮时，天边瑰丽变幻的云彩！愿你三冬暖，愿你春不寒！

“愿为初心付此生！”这是周忠燕最喜欢的一句话。如今，她的爱心举动还在继续……

理想和情怀从来都是岁月中最发光的东西。周忠燕的个头 1.67 米，中国女性的标准身高，但她的精神高度却让人难以丈量。

尾声

初冬时节，周忠燕这只高速旋转的“陀螺”，特意放松一下自己，她选了一个好天气，独自开车出来兜兜风。周忠燕首先来到高邮老街走了两圈，然后坐在城边一个角落的石墩上，编写了一条QQ消息，进行穿越时空的灵魂对白：

> 永飞，你不在了，你的名字融入了祖国山河！这些年，我一直看着你最牵挂的这座家乡小城蓬勃生长。高邮有很多有趣的存在。如明朝以后小城中有盂城、界首两座驿站，小城有南北两个古街区，唐、明时期两座古塔，新旧两条运河，以至于今天呼啸而过的高铁也给这座城市两个停靠的站点，如果你现在还在西藏当兵的话，就可以乘高铁直达家乡了。名城、名人、名文与草木清辉一起生长，造就了这座运河小城独特的风韵、安好的当下和生动的未来……

周忠燕收拾整理好心情，坐上车，徐徐往前开。从汽车后视镜里看到的天空，总像一幅幅美丽的自然画作。蕴含的希望，又是另外一重精神的力量。

她最爱从后视镜里看蜿蜒的小径，汽车行驶在黄灿灿的银杏大道上，仿佛可以真实地体会当下的人生。路一点一点地后退，时光一点一点地消逝。日子看似重复，但每天都有新意，都有收获。在走过山重水复之后，逝去的时光才会如同在后视镜里看到的风景，依然觉得它好美。

周忠燕打开手机，播放出谭维维演唱的《如你所愿》，圆润、舒缓、凄美、提神。2019 年国庆期间，中央电视台为了庆祝建国 70 周年，在每晚黄金时间播放大型电视专题纪录片《祖国在召唤》，第四集《家国》动情讲述了周忠燕一家人的感人故事，专门录制了《如你所愿》做插曲，十分贴切地表达了周忠燕的经历和心境。我们歌颂人民英雄的荣光，见证如他们所愿的梦想。周忠燕十分喜爱这首歌，经常独自聆听、体会。

如果你能再活一次
我要如你所愿
一起走进春暖花开的日子
把欠你的那句话大声说出来
我爱你直到永远

如果你能再活一次
我要如你所愿
一起重温爱与被爱的瞬间
把迟到的那句话悄声送耳边
感恩你直到永远
分手时说好再见
你一定要回到今天
今天的祖国变得如你所愿

谁说这个春天不属于你了
你的生命之花盛开在
我走过的道路两边

如果你能再活一次
我要如你所愿
一起回到曾经平凡的岁月
把来不及说的话全都告诉你
谢谢你直到永远
……

她走下车，微风细拂过她的身心，送来了面朝大海春暖花开的美好和曼妙。静静地看着眼前满地泛黄的银杏树叶，她靠在初冬的树干上思考问题。人生往前看，是以希望为引擎，获得成长；人生往回看，是以曾经为托底，心存感恩。

顾城说：“黑夜给了我眼睛，我却用它寻找光明。”或许，每个人的内心都有一个属于自己的远方吧！那些想追寻阳光、追逐梦想的情怀，一定不会轻言放弃，更不怕前路漫长。生活有了方向，才能无畏前行；心里有了灯火，才能逐光而行。不论信风来得早或晚，坚持初心，保持热情，奔赴每一个期许的山海和热爱，我们终将邂逅最美的风景、迎来绚烂的盛放。

刚刚进入不惑之年的周忠燕，便是如此，正在成熟、灿烂、绽放，温柔了时光，惊艳了岁月。周忠燕，你是烟花三月天！你是人间一切的暖！

后记

守护好我们每个人心中的家园

一

摊开波澜壮阔的战疫图，引发了我对“家园”这个词更深层次的解读和思考。

周忠燕天天生活在扬州城里，疫魔降临后，她只好无奈地关上店门，宅在家里，引导督促一家老小采取防疫措施，妥善安排一家人的生活起居。她还抽出时间，主动加入志愿者队伍，逆行走向抗疫一线，穿梭忙碌在核酸检测现场。

经历过许多人生风雨的她，对眼前的这一切，表现出相对平和、冷静、镇定的心态，有些与众不同。

“我把小家管控好，不给政府和社会添乱，心就安了。”她总是这样说。

二

2019 年 4 月 7 日晚上，中央电视台《新闻联播》节目播放了周忠燕一家的感人故事。画面上，站立在丈夫胡永飞壮烈牺牲的雪域高原的悬崖边，周忠燕对着雪山、对着天空，号啕哭喊出了积压在心底10年的思念：

“永飞啊，我把你的骨灰带回老家了，但你的魂却永远留在这里了。守着这里的每一寸土地，永远都带不回去了……”

这期节目，我反复看了几遍。一连好多天，周忠燕面对群山撕心裂肺痛哭的场景，时常在我的眼前回放。我的眼泪止不住一直往下掉，家国情怀在那一刻变得那么具体！我是一名穿了近40年军装的军人，胡永飞也算是我的同乡小战友，他把年轻宝贵的生命献给了祖国的西南边防线，值得我们每个有血性、有良知的人尊崇，我为英年牺牲的他惋惜不已。

周忠燕，一个本不起眼的年轻军嫂，她还没有来得及办理随军手续，还没有领到部队下发的随军家属两地分居补助费，28岁就成了一名烈士的遗孀。她要照顾患有精神疾病的婆婆，哺育年幼的儿子，创业挣钱改善一家老小5个人的生活……

“落在一个身体里的雪，从来不被另一个身体看见。”这10多年，她一个四川女子，独自在扬州是怎么走过来的啊？她的生存环境和状态究竟是个什么样子呢？社会上还有多少像周忠燕这样的烈士遗孀啊，她们生活得好吗？一连串的疑问，一直在我头脑里盘旋。

我忘不了这一组悲壮的数字：1959年以来，我国在保卫西藏、建设西藏的过程中，共有一万多名烈士永远地长眠在了雪域高原；解放军进藏至今，已有6700多名官兵把生命献给了这片圣洁的土地，身躯化成了永恒的山脉，竖起永不褪色的界碑，将忠魂永远镌刻在雪山之巅。胡永飞，仅是众多牺牲官兵中的一员。

“为什么我的眼里常含泪水，因为我对这片土地爱得深沉！”

有着37年党龄的我，当过多年的团政治委员和师级单位政治部主任，平时工作中，少不了与官兵的家属打交道，对她们支撑小家庭、打造小后方的酸甜苦辣，有很深的了解和理解。作为一名身处他乡的扬州籍军人，对生活在扬州的周忠燕更是多了一份牵挂，对她这个特殊的军嫂油然而生出一种军人所特有的情愫。

因为出于一个军人对祖国大地的热爱、对戍边英雄的崇敬、对烈士遗孀的怜爱之情，所以，我渴望用一支饱含真情的笔，朴实、客观地记录周忠燕的现实生存状态，召唤人们记住英雄的牺牲奉献，体会烈士遗孀的生活艰辛，给予她们更多的关注帮助，激发民众涵养爱国爱军、向善向上的情怀。

三

2020 年 5 月，我走进了周忠燕每天在里面高速旋转的洗衣店。从见面时起，周忠燕就一口一个地叫我“首长”，只有在部队生活过的人，才会这样称呼领导。我更正了几次，可是她还是这样称呼，她对部队的礼节熟悉。我也像她周围的人那样，叫她“燕子”，大家都感到亲切，不生分。

在洗衣店里，基本上都是她一边在熨烫衣服，或忙着手里的其他活计，一边和我说话。她说，我听。我坐在小塑料方凳上，用心地听和记，我不忍耽搁她手头的事情，占用她整块的时间，因为洗衣店是她家的主要生活来源。

周忠燕一般不愿意接受媒体记者的采访，她说不想被宣传出名，日子还得靠自己过，也舍不得花费时间，影响自己干活做事情。对我的每一次来访，她是破例的热情，能聊的话题也特别多，因为见到我就像是见到娘家人，兴奋挂在她的脸上。

小说《平凡的世界》告诉我们，人生的苦难和快乐各占一半！的确如此，聊天的过程中，周忠燕有时说着说着就哭了，有时哭着哭着又突然笑了。她管不住自己的眼泪。“也不知道是不是我的命不好，我好像总是遇事不顺。”说到这里，周忠燕自嘲地来了一句，但我却分明看到了她眼神里的痛楚。

对周忠燕了解多了，我就完全能够理解她的心情，有时也会情不自禁地跟着落泪。年纪轻轻的她，经历了太多不该属于她这个年龄段女人所经历的事情，她一直硬撑着，都是为了这个家啊！她说：“自己的命运不好，但又不愿服从命运的安排，总想着努力改变自己的生活现状。”

像走亲戚一样，我成了周忠燕洗衣店的常客。每次离开店里时，周忠燕的妈妈都要拿上刚买来的几只柑橘、一瓶饮料，塞进我的包里，推都推不掉，我也不忍拒绝。第一次见面时，我就加了周忠燕的微信，我们几乎每天都用微信联系，她想起什么事就随时跟我讲。或许是她把我当作“首长”吧，她家里每次遇到什么大一些的事情，拿不定主意时，便发信息向我“请示”，我帮她分析权衡，帮她当参谋、出主意。一年多接触交往下来，我深切地感受到，周忠燕这一家子生活得太不容易了，家里真的需要一个遇事能商量、拿主意的人。

与此同时，我还采访了 40 多位胡永飞生前的同学、战友，周忠燕的好友、亲戚，扬州、高邮和西藏社会各界的同志。追寻着英雄的足迹，体味着军嫂的艰辛，丰富着我的思考。谈起周忠燕，大家都会竖起大拇指为她点赞：“她把当时一个支离破碎的家，建得现在这样烟火气旺旺的，日子过得像个日子，真不简单!”

我经常打开胡永飞留下的那本日记本，厚厚的，黑色塑料封皮，反复翻看每一篇日记的内容，从中看到了胡永飞从高中毕业步入军营、走上高原、考进军校、成为军官的成长心路历程；更看到了他作为一名基层带兵人，带领官兵坚守雪域高原、乐观面对艰苦、征服恶劣环境、改造生存条件、建设一流连队的非凡壮举，展示了当代军人的博大情怀。

其实，英雄和我们一样，都是平常人，是父母也是子女，有初心和情怀，也有酸甜苦辣。胡永飞便是既懂得尽忠尽孝、又食人间烟火的一个人。写周忠燕，自然少不了要写到胡永飞，所以我在讲述胡永飞的军旅故事上，也花了不少的篇幅，目的是想让更多的人在认识周忠燕的同时，也来熟悉了解高原军人的生活。胡永飞是周忠燕的丈夫，也是江苏大地哺育出来的优秀的军中儿郎。周忠燕也有这个要求，让我多写写胡永飞，她说“从来还没有人认真写过他哩”，想多留下一些有关胡永飞的文字记录，以后可以经常看看，这是她的一份念想。

四

“我站立的地方是中国!”这是胡永飞等成千上万的戍边勇士对祖国母亲的深情告白，对全国人民的庄严承诺，也是对自己肩负重任的时时提醒。

“有我在，家就在!”“我是木棉，你是橡树!”这是周忠燕每天夜深人静时，经常在QQ上的留言。虽然这句留言永远得不到回复，因为，那是丈夫胡永飞烈士原来的号。但是，这是她对九泉之下的丈夫爱的誓言，也是她带着一家老小往前奔的动力。

胡永飞守卫的边防线，是国；周忠燕守护的三代人，是家。守家，是他们共同的心愿和主题，一个大家，一个小家，他们合起来，守护的就是国家。全国有成千上万个像胡永飞、周忠燕这样的家庭，正因为有他们的坚守，我们的祖国才得以强大，百姓才拥有自己的幸福家园。

近几年，习近平总书记在不同的会议上反复强调：“对一切为国家、为民族、为和平付出宝贵生命的人们，不管时代怎么变化，我们都要永远铭记他们的牺牲和奉献。”“崇尚英雄才会产生英雄，争做英雄才能英雄辈出。”

统帅的英雄情怀，引领着时代的风尚。现在，尊崇英雄、弘扬英雄精神渐成风气，英雄被请回人间，受到敬重和爱戴，人们被可歌可泣、感天动地的英雄事迹感召着、鼓舞着、前行着，整个社会的精气神得到大大的提振。

五

“一玉口中国，一瓦顶成家。都说国很大，其实一个家。一心装满国，一手撑起家。家是最小国，国是千万家。在世界的国，在天地的家。有了强的国，才有富的家。国的家住在心里，家的国以和矗立。国是荣誉的毅力，家是幸福的洋溢。国的每一寸土地，家的每一个足迹。国与家连在一起，创造地球的奇迹……”这首爱国歌曲《国家》，充分表达了整个国家和人民的命运是风雨同舟、休戚与共、密不可分的。

家庭是社会的基本细胞，是人生的第一所学校。习近平总书记对家庭、家教和家风建设一直很重视，他强调“不论时代发生多大变化，不论生活格局发生多大变化，我们都要重视家庭建设，注重家庭、注重家教、注重家风”，提出“使千千万万个家庭成为国家发展、民族进步、社会和谐的重要基点”。

家园，对每天起灶做饭的普通百姓来说，通常这样理解：我的家园有我爱的人，为了这个家园，我会努力生活，让爱我的人不会担心我，这个家园让我累了可以休息，这个家园让我知道我并不孤单，我并不是一个人。

家园，还指一个人属于自己的精神内心世界，是指思想的纯净。

经过群众互荐、网上评议、层层推选，周忠燕家庭获得了“全国最美家庭”荣誉称号，示范引领带动身边更多的家庭见贤思齐、崇德向善。

“有我在，家就在!”这也是周忠燕经常挂在嘴边的一句话。胡永飞坚守的雪域高原的边防线是国家，周忠燕含辛茹苦、顽强坚毅，支撑的虽是小家庭，但他们都有博大高远的情怀。

我在心里推算了一番，如果胡永飞没有牺牲的话，他在部队现在可能已是副团职务、中校军衔了，他的小家庭，那该是多么的幸福美满啊！周忠燕每天从悬挂着“光荣人家”匾牌的门洞下进进出出，那心情一定是非常甜美滋润的！

六

“文艺是时代前进的号角，最能代表一个时代的风貌，最能引领一个时代的风气。”习近平总书记在文艺工作座谈会上的重要讲话中指出，在社会主义核心价值观中，最深层、最根本、最永恒的是爱国主义。爱国主义是常写常新的主题。拥有家国情怀的作品，最能感召中华儿女团结奋斗。

2021年下半年，江苏省退役军人事务厅联合《扬子晚报》，举办了“爱我人民爱我军”主题征文比赛活动，收到来稿近千篇，我根据深层挖掘到的周忠燕家的感人故事，精心写出了《婆婆的千层底》，荣获征文比赛唯一的一等奖；我创作的《用爱撑起一片天》，在《人民日报》文艺副刊“大地”版头条位置，刊发了半个多的版面。我想，这两个作品的成功，除了因为我用心用情写作的因素外，更重要的是周忠燕家的故事深深打动了评委和编辑的心，我们的社会需要这样提神振气、凝聚人心的作品。

铭记历史是拥抱未来的最好姿态。在采访、写作周忠燕这一家人的故事时，我的眼前经常会浮现出胡永飞烈士的面容，他在问我：“我的家人现在过得好吗？你们，还记得我吗？”

“当然记得你啦，也记得其他的烈士英雄。你当年那个16个月大的儿子现在已经上初中了，你妈妈的病得到了妥善治疗，周忠燕的洗衣店生意也正常，只是挺辛苦，一家人的日子过得算是安康，政府对你家的关心也是蛮到位的。因为有你们的牺牲奉献，我们的祖国今天建设得如你所愿的繁荣，家乡建设发展也驶上了高速铁路，老百姓过上了安居乐业的幸福生活，正是你们想看到而为之奋斗的模样。”我这样回答胡永飞。

与英魂对话，令我心灵感动和震撼！

有人对我说，如果你为大企业家著书立传，肯定能得到丰厚的报酬，可你偏偏采写的是一位烈士遗孀，辛苦不说，自己还贴上了不少费用，图个啥？我认为，家国情怀和无功利写作，活得通透而纯粹，我手写我心，激情讴歌时代英雄和生活中的真善美，这才是正道。

我写周忠燕一家人的故事，是一个共产党员的情怀，一个革命军人的豪情，一个作家的书写，一种诗意的艺术表现。写作的过程，尤其是这样讴歌英雄、记叙烈士遗孀生活的写作，对我来说，本身也是一个净化灵魂、提升境界的过程。“真实自有万钧之力。”最感人的不仅仅是惊天动地的大事，还有最平常的事情、最简单的细节，小视角、大感动，小人物、大情怀，带着真情实感，把平淡的事讲述得有情致，这些也最能触动人心最柔软的地方。没有深厚的感情，没有亲身的体会，作品的感情线肯定是单薄的。我有一个强烈的愿望，就是想通过这本书向全社会讲好江苏故事，讲好一个烈士遗孀“守家”的故事，从她的形象中体现出可贵的精神价值。其实，每一个角色都在寻找和拓展自我在社会意义上的价值。

我只有努力写出一些能够对抗时间的文字，才能不负自己，不负“作家”二字。我时时提醒自己，要诚实地面对这段历史，不回避人性，不辜负人心，不粉饰生活，真实地写出周忠燕的痛和周忠燕的爱，用一颗赤诚的心和对这片土地的爱，来写好这部作品。记录时代，观照现实，努力用一种真诚的态度去看待社会，看待生活，千万不要冷嘲，力争使作品既富有革命的浪漫主义色彩，同时也充满酸甜苦辣的人间烟火，凸显“人间送小暖”的作品底色。

“我感到胡永飞还在，只不过他在很遥远的西藏高原部队里，已经很久没有回家了！”这是周忠燕在我面前重复最多的一句话。

每个人都有自己的家，每个人心中也都有属于自己的家园。愿全社会都来大力弘扬习近平总书记一贯倡导的英雄主义精神和家国情怀，爱党、爱国、爱社会、爱大家、爱小家，自觉珍惜今天来之不易的幸福生活，激发向善向上的力量，看见落在彼此身上的雪，彼此守望，播撒春光和温暖，切实守护好我们每个人心中的家园！

2022 年 2 月

附录　周忠燕家荣誉年谱

2000年10月，胡永飞因为学习成绩优异，被解放军汽车管理学院表彰为“优秀学员”。

2009年10月，胡永飞为保护战友英勇牺牲，被西藏军区评定为“革命烈士”。

2017年7月，周忠燕被扬州市双拥办公室、扬州军分区政治工作处联合表彰为“十佳情系国防好军嫂”。

2019年3月，周忠燕被扬州市邗江区西湖镇翠岗社区居民委员会表彰为“2018年度创业女能手”。

2019年8月，中共江苏省委退役军人事务工作领导小组，隆重表彰首届“江苏最美退役军人”，周忠燕荣获推选活动组委会颁发的“特别致敬奖”。

2019年9月，周忠燕被江苏省精神文明建设指导委员会表彰为“江苏省孝老爱亲模范”。

2019年9月，扬州市双拥和国防教育领导小组，向有关单位、部门和驻扬各部队，下发了《关于开展向周忠燕同志学习的决定》，号召全市范围内深入开展向周忠燕同志学习活动。

2019 年 12 月，周忠燕被中共扬州市委宣传部、扬州市教育局、扬州报业传媒集团、扬州市广播电视传媒集团，联合评为“2019 年扬州教育年度新闻人物”。

2020 年 1 月，周忠燕被中共扬州市委宣传部、扬州市文化广电和旅游局、扬州市广播电视传媒集团，联合评为“2019 年扬州年度十大新闻人物”。

2020 年 3 月，周忠燕被中共高邮市委宣传部、高邮市融媒体中心评为“2019 年度高邮市十大新闻人物”。

2020 年 9 月，周忠燕被中共西藏错那县委员会、错那县人民政府表彰为“2020 年度民族团结进步模范个人”。

2020 年底，经扬州市妇联推荐，由扬州市太阳雨爱心志愿者团队制作的周忠燕故事微视频《最美军嫂的高原情》，入选江苏省妇联举办的江苏新时代“巾帼志愿服务十大暖心故事”，周忠燕也获评“全国巾帼志愿服务十大感动人物”候选人。

2021 年 1 月，周忠燕被中共西藏山南市委员会、山南市人民政府表彰为“2020 年山南市民族团结进步模范个人”。

2021 年 2 月，周忠燕被中共扬州市邗江区西湖镇委员会、西湖镇人民政府评为“2020 年度西湖好人”。

2021 年 5 月，周忠燕被扬州市邗江区精神文明建设指导委员会评为“邗江区第七届十大道德模范人物”。

2021 年 10 月，周忠燕被扬州市满公胡氏文化发展有限公司、扬州市高邮胡氏宗亲联谊总会评为“扬州市满公胡氏道德模范”。

2022 年 3 月，周忠燕被江苏省妇女联合会表彰为“江苏省三八红旗手”。

2019 年 9 月，周忠燕家被高邮市妇女联合会评为“高邮市十佳最美家庭”。

2019 年 9 月，周忠燕家获得高邮市妇女联合会颁发的“最美家庭人气奖”。

2019 年 12 月，周忠燕家被扬州市妇女联合会评为“扬州市最美家庭”。

2020 年 5 月，周忠燕家被江苏省妇女联合会评为“2019 年度江苏省最美家庭”。

2020 年 12 月，周忠燕家被扬州市妇女联合会评为“2020 年度扬州市五好家庭”。

2020 年 12 月，周忠燕家被中华全国妇女联合会评为“2020 年度全国最美家庭”。

2019 年 4 月，中共高邮市纪律检查委员会、高邮市文明办、高邮市妇女联合会、高邮市住房和城乡建设局，联合举办“贺新春、树家风、正家教、传家训”书信征文比赛，胡博文写给英雄爸爸胡永飞的一封信，荣获特等奖。

2019 年 5 月，胡博文被扬州市邗江区精神文明建设指导委员会评为“2018 年度邗江区美德少年标兵”。

2019 年 5 月，胡博文被江苏省少工委表彰为“2019 年度江苏好少年”。